Alicia Giménez Bartlett

Mensajeros ... uridad

DESTINO

El papel utilizado para la impresión de este libro es cien por cien libre de cloro y está calificado como **papel ecológico**.

Avinguda Diagonal, 662, 6.ª planta. 08034 Barcelona (España)
www.edestino.es
www.planetadelibros.com

Diseño de la cubierta: Laura Comellas / Departamento de Diseño, División Editorial del Grupo Planeta
Ilustración de la cubierta: © Kamil Vojnar / Getty Images, © David Freudenthal / Getty Images; Shutterstock
Fotografía de la autora: © L. M. Palomares, 2003
Primera edición en esta presentación en Colección Booket: mayo de 2010
Segunda impresión: febrero de 2011

Depósito legal: B. 5.801-2011
ISBN: 978-84-233-4210-5
Impresión y encuadernación: Novoprint, S. A.
Printed in Spain - Impreso en España

Biografía

Alicia Giménez Bartlett (Almansa, Albacete, 1951), doctora en Literatura por la Universidad de Barcelona, ciudad en la que reside desde 1975, ha publicado, entre otras, las novelas *Una habitación ajena* (Premio Femenino Singular 1997) y *Días de amor y engaños*. Con la serie protagonizada por la inspectora Petra Delicado se ha convertido en la autora española de género policíaco más leída en el mundo. Los títulos que la integran son: *Ritos de muerte* (1996), *Día de perros* (1997), *Mensajeros de la oscuridad* (1999), *Muertos de papel* (2000), *Serpientes en el paraíso* (2002), *Un barco cargado de arroz* (2004), *Nido vacío* (2007) y *El silencio de los claustros* (2009). En 2009 recibió el prestigioso Premio Raymond Chandler por el conjunto de su obra. En 2011 ha ganado el Premio Nadal con la novela *Donde nadie te encuentre*.

1

Todo ocurrió por culpa de la maldita televisión. Bien, eso es exagerado, digamos que mi implicación en todo aquel asunto endiablado se produjo a causa, y aquí no cambio ni una coma, de la maldita televisión. Aunque quizá debería mostrarme más honesta y confesarlo; en el fondo, yo fui la responsable principal. ¿De qué?: de aparecer en la maldita televisión. ¿Por qué?: quizá por no poder sustraerme a su influjo cautivador de voluntades. Esa fue una buena razón, si bien no la mayor. Lo que en verdad sucedió es que me dejé tentar pretendiendo, encima, quedar bien. Un buen día me llamó el comisario a su despacho y se puso a perorar sin tema concreto: los tiempos han cambiado mucho, la imagen de la policía no puede tratarse a la ligera, hay cosas que cada vez van a más... Inmediatamente supe que estaba tratando de pedirme que hiciera alguna cosa que no se contaba entre mis obligaciones. Y no es que se trate de ninguna maravilla mi capacidad de deducción, sino que cuando el comisario desea que ejecutes algo que te corresponde por deber, su estilo es ladrar una orden y en paz. En efecto, así era. Tras los primeros escarceos teóricos me hizo saber que querían entrevistar a alguien del departamento en un programa de televisión. Habían dejado en sus manos escoger quién debía participar y, naturalmente, él se había hecho un razonamiento nada original, justo ese razonamiento que estoy harta de oír, que carga, que ofende, que taladra, que reduce las neuronas a polvo sideral, y no es otro que: «Siempre queda mejor una mujer.» Parezco convencida de lo que digo, ¿no es cierto? Bueno, pues a pesar de ello acepté. La vanidad, siempre atisbando desde un rincón, me hizo pensar que quizá sería preferible que fuera yo quien diese la cara y, midiendo mis palabras, consiguiera que el Cuerpo de policía no quedase del todo mal.

Y así sucedió. Llegado el día de mi aparición estelar, un chófer de los estudios vino a buscarme y nos encaminamos hacia las instalaciones de Sant Cugat. Allí iba a ser entrevistada por Pepe Pedrell, un periodista que se había hecho famoso gracias a sus encuentros televisivos con gente que no era la habitual. Nada menos habitual que un poli charlando distendidamente, y como Pedrell se encargó enseguida de recordar, aún menos habitual si se trataba de una mujer. Ya por completo convencida de la particularidad de mis gónadas, y tras una charla intrascendente sobre todo lo general, pasamos a la entrevista propiamente dicha.

Puede que los personajes que el periodista invitaba no estuvieran entre lo común, pero sus preguntas sí incidían una y otra vez en ese lugar. Yo, al principio, contestaba con cierta timidez, pero cuando ya llevaba cinco o seis respuestas empecé a sentirme cómoda en aquel hábitat tan ajeno a mí. El ambiente de silencio, la atención puesta sobre mis palabras..., no sé qué mosca me picó, pero lo cierto es que me sentí como Gloria Swanson en el pináculo de su estrellato, y como una auténtica estrella me comporté. Busqué expresiones ingeniosas, relajé la expresión, coqueteé con cámara y presentador, intenté mostrarme humana, sincera, cariñosa con el delincuente, rigurosa con la ley... Tan cómoda me encontraba y tan imbuida de mi papel, que cuando se cortó la imagen final todo mi ser pedía más y más cancha, un poco de protagonismo extra, al menos una escena cumbre a lo Margarita Gautier lanzando entre esputos sanguinolentos delicadas palabras de amor.

Una vez en mi casa, me arrepentí. ¿No sería todo aquello una magna gilipollez?, ¿no me había excedido?, ¿no había proyectado un carisma del que carecía en realidad? Enfadada conmigo misma por haberme dejado engatusar hasta tal punto y por haber perdido en cierto modo la dignidad, me fui a la cama entre nubarrones de mal humor. Nada más injustificado, sin embargo, un arrebato estúpido que hubiera podido ahorrarme, puesto que al día siguiente cuando aparecí por comisaría me esperaba un auténtico homenaje popular. Para empezar, los guardias de la puerta me aplaudieron. Miré hacia atrás por si me seguía algún notable, pero era a mí. «¡Anda, inspectora, que no estaba usted guapa ni nada!» Me enternecí bobamente: «¿Guapa?» «Más guapa que la hostia, con perdón.» Les había gustado en la tele. Pero no eran los únicos. Mientras avanzaba por el pasillo tenía que ir parándome para recoger las muestras de entusiasmo. Los halagos presentaban curiosamente un formato técnico y profesional, un estilo que demostraba hasta qué punto la gente dominaba el lenguaje del medio. «¡Qué mando sobre el encuadre!», me soltó un colega inspector. «¡La cámara la quiere!», dijo una secretaria. Y en el colmo del virtuosismo la señora de la limpieza exclamó: «¡Sostenía usted el plano que daba gusto!» Era obvio que todos andaban en los secretos de la diosa televisión. El propio comisario me llamó a su despacho para felicitarme, encantado con la imagen del Cuerpo que proyecté y, llevando como siempre el agua a su molino, reflexionó: «Yo ya sabía que era usted la persona ideal.» Confusa y hasta mareada me metí en mi despacho huyendo de la súbita fama. Pero allí me esperaba Garzón con una sonrisa irónica que le comunicaba ambas orejas como un acueducto. «¿Habrá que ponerle tres estrellitas en la puerta del camerino?», preguntó, y luego siguió en el mismo tono: «¿Hablo con su representante o puedo dirigirme directamente a usted?» Cuando se encaminaba a una tercera pregunta florida de sorna, le espeté: «¡No me joda, Garzón!», que era la fórmula mágica tantas veces utilizada para atajar cachondeos incipientes. Entonces mi compañero y amigo querido se echó a reír y me felicitó de verdad con la frase que más agradecí: «Estuvo usted muy bien», dijo. Y yo, halagada y tontorrona, le creí.

No fueron aquéllos los últimos momentos de gloria. Tres días después, la estela de mi éxito tomó forma de baño de masas epistolar. Empezaron a llegar a comisaría montañas de cartas originadas por la entrevista. Se distinguían perfectamente del resto de correspondencia ordinaria porque mi nombre aparecía en los sobres como: «Petra Delicado Gonzálvez», segundo apellido que figuró equivocado en pantalla, puesto que el mío auténtico es González. Tomé la costumbre, durante las jornadas en que duró tal aflujo, de abrir las cartas a última hora de la tarde, concluido ya el trabajo habitual. Garzón solía venir a mi despacho y grapaba sus papeles del día mientras yo me dedicaba a aquella tarea. Lo hacía porque sentía curiosidad, y yo, de vez en cuando, para saciarla, iba leyéndole algún parrafo curioso o comentándole incidencias que encontraba escritas allí. En realidad estaba asustada por la repercusión que puede llegar a tener la maldita caja mediática, por las diferentes corrientes internas y sentimientos que despierta una aparición en quien la ve desde su casa. Aquel atardecer, con Garzón sentado en la otra mesa absorto en sus cosas, le leí el siguiente fragmento: «Mi padre pasó por varios procesos judiciales acusado de robos y estuvo en la cárcel. La policía nunca lo trató bien. Viéndola a usted por televisión estoy segura de que ahora quizá fuera diferente. Un sincero abrazo: Mari Carmen.»

Garzón me miró.

—No estoy seguro de que eso sea verdad —dijo.

—Ni yo tampoco —repuse.

Por fortuna había otras misivas menos culpabilizadoras. «Su jersey era monísimo», me decía una señora. Y un caballero de Bilbao afirmaba: «Llevo una estadística privada en la que contabilizo las veces que los entrevistados en los programas televisivos dicen "en consecuencia". Es apabullante, créame. Debo felicitarla porque usted no lo dijo ni una sola vez.» El subinspector soltó una risotada y continuó grapando documentos sin piedad.

—La gente es rara, ¿verdad, Garzón?

—Más que un perro verde, inspectora.

Entre toda la correspondencia acumulada sobresalía un paquetito postal. No le di más importancia porque ya había recibido uno el día anterior. Una anciana me había enviado como regalo un pañuelo de los que solía bordar en sus horas solitarias. Me conmovió. Aun así un paquete es siempre más llamativo, por lo que después de abrir unas cuantas cartas le di prioridad. De tamaño pequeño y envuelto en vulgar papel de embalaje, ostentaba el inequívoco error de apellido que lo identificaba como proveniente de alguno de mis admiradores de aluvión. Bajo el envoltorio había una caja de plástico negro y, al abrirla, vi en su interior una cuidada superficie de algodón. ¿Una joya? Lo aparté por un lado y... lo que apareció me hizo retirar instintivamente los dedos como cuando uno ha estado a punto de tocar un insecto de pinta dudosa. Muda, progresivamente incómoda y alterada, intentaba identificar lo que tenía ante mí. Era una bolsita de plástico transparente, nueva y sin arrugas, que guardaba dentro algo así como... Empecé a notar una náusea inconcreta que me apretaba el estómago.

—Garzón, ¿puede venir un momento? —musité.

Garzón, distraído, contestó con un mugido interrogante.

—¿Mmm?

—Garzón, venga, por favor.

Se quitó las gafas de concha acercándose cansino hasta mi mesa.

—¿Puede echarle una ojeada a esta cosa? —dije desfalleciente.

El subinspector se acercó despreocupado y miró. Yo lo estaba observando y vi en su reacción el mismo gesto inconsciente de repugnancia que mi cara debió de haber tenido segundos antes.

—¿Qué es eso? —preguntó, con los ojos aún fruncidos por el asco y la extrañeza.

—No sé, estaba en un paquete que acabo de abrir.

Pasaron unos minutos interminables. El objeto ejercía sobre nosotros una clara fascinación. Era... era algo difícil de describir, algo sin forma contundente, más bien un pingajo alargado que a todas luces parecía orgánico. De pigmentación entre cerúlea y amoratada, flotaba en un poco de líquido incoloro. Garzón hizo un movimiento hacia la caja que yo interrumpí con un ansioso: «¡No lo toque!», pero lo único que él pretendía era rozarlo levemente con un bolígrafo. La bolsita se desplazó y el misterioso contenido demostró que tenía peso y elasticidad. El subinspector repitió la operación. Luego, rascándose con ahínco la mejilla, sentenció:

—Petra, o yo estoy perdiendo el juicio o esto no es otra cosa que un pene humano.

Me acometió un ligero temblor.

—De eso se trata, ¿verdad?, de un pene seccionado. Yo había pensado lo mismo.

Repentinamente, el subinspector Garzón fue preso de una reacción incomprensible. Se puso muy nervioso. Corriendo a derecha e izquierda sin destino aparente, balbuceaba:

—¡Pero esto no puede ser!, ¡hay que hacer algo!, ¿de quién es este pene?, a lo mejor aún es posible reimplantarlo!

Era como si hubiera sufrido una pérdida de lógica momentánea. Lo atajé:

—Pero ¿qué está diciendo, Fermín?

Él continuó cada vez más excitado.

—¡Naturalmente, Petra, lo he leído muchas veces en los periódicos; aunque esté completamente cortado pueden volver a hacer que funcione otra vez!

Lo tomé por un brazo y le hice mirarme:

—¡Vamos, vuelva a la realidad! Esa operación sólo es posible si la ablación acaba de producirse. Además, Fermín, ¿reimplantárselo a quién?

Fue como si, tras un pasmo, regresara a la cordura. Se serenó y miró de nuevo el triste despojo.

—Pero ¿estamos seguros de que es lo que parece ser?

Sin duda el bueno de Garzón se encontraba bajo un síndrome que yo ya conocía. De hecho, muchas veces me había resultado chocante leer en los periódicos hasta qué punto provocaba auténticas movilizaciones una castración traumática. Los equipos médicos se galvanizaban, corrían como locos para llevar a cabo el intento de reimplante; hasta mis colegas, normalmente bastante pasivos si se trataba de un delincuente, se sumaban a la carrera común para salvar el miembro disgregado. Siempre pensé que era algo atávico entre varones, una solidaridad innata frente al totémico instrumento.

—Vayamos despacio, subinspector. —Busqué los papeles de embalaje que acababa de retirar y los examiné. Ningún remitente. Mi nombre y dirección habían sido escritos con aséptica letra de ordenador. Me fijé de nuevo en mi segundo apellido errado. En efecto, aquel regalito sorprendente provenía de algún espectador de mi entrevista. Dejé cuidadosamente el envoltorio sobre la mesa—. ¿Qué le parece, subinspector, vamos a hacerle una visita al comisario? Seguro que le gustará echarle una ojeada a este obsequio.

—¡Joder!, espero que no esté tomándose su café con leche de la tarde, se le va a atragantar.

Al comisario no se le atragantó nada excepto sus propias palabras. Lo hicimos venir a mi despacho para no tener que tocar la caja, y cuando la tuvo delante su reflejo fue parecido al nuestro, un movimiento de repulsión. Sin embargo, pasado un momento su reacción verbal fluctuó singularmente entre la mística y los bajos fondos.

—¡Dios eterno! —exclamó—. ¡Si parece una polla!

Llegados a ese punto, nadie osaba decir gran cosa. Aquel paquete instalado sobre mi mesa de despacho ejercía un efecto intimidante. Por fin el comisario hizo lo que debía: pidió que viniera alguien del departamento de analítica. Poco después uno de nuestros hombres se llevó la caja cogiéndola con unas pinzas, y también el papel de envolver. No tardaríamos mucho en tener la primera impresión de huellas. Una vez libres de aquel incómodo elemento, un aire misterioso invadió el lugar. Estábamos perplejos.

—¿Dónde estará el resto?

—¿Qué resto?

—El resto del hombre.

Comisario y subinspector fueron recorridos por un visible escalofrío.

—Puede ser un muerto o alguien que continúa vivo.

—Puede ser un loco que se ha autolesionado al verla a usted en televisión.

Di un respingo de alarmada sorpresa.

—¿Por qué iba a hacer alguien una cosa así?

—Porque ese alguien está loco y se ha enamorado de usted. Comprende que es un amor imposible y le manda su pene; ésa es la única manera que tiene de que tal parte de su cuerpo esté cerca de la amada.

Miré al comisario de hito en hito. Siempre me había parecido un hombre vulgar, sólo preocupado por los temas más políticos del servicio. Pero no, el comisario Coronas tenía, como casi todo el mundo, una novela en su caletre que afloraba cuando lo requería la ocasión. Intenté bromear.

—Comisario, comprendo que para enamorarse de mí haya que estar un poco loco, pero... ¡tanto!

—Déjese de coñas, Petra, hay mucho pirado por ahí. Es algo que siempre he pensado, ¿acaso tenemos ni la más mínima idea de la influencia de la televisión? Nadie puede imaginar quién está recibiendo imágenes y mensajes en la intimidad de su hogar, donde puede librarse a todo tipo de desvaríos.

—Sí, y además hay que reconocer que estaba usted muy guapa con aquella chaqueta azul marino —apuntó Garzón.

Vi que, siguiendo con los comportamientos atávicos, surgía de la emasculación masculina una sospecha genérica sobre la culpabilidad de la mujer.

—Señores, esto no me parece muy profesional.

El comisario reaccionó.

—Y no lo es; simplemente hablaba por hablar. Vamos a los hechos. No tardaremos en recibir un primer informe de analítica. Mañana por la mañana vaya usted, Garzón, a hablar con el juez, es preciso que ordene una investigación. Esta misma noche pónganme patas arriba a todos los servicios de urgencias de los hospitales; es muy probable que ingresara un tipo desangrándose ayer o anteayer.

—¿Sí?, ¿y desangrándose se fue a Correos para echar el paquete?

—No me líe de momento. Eso es lo que hay que hacer. A propósito, dentro de una hora quiero sobre mi mesa los expedientes de lo que lleven ahora entre manos, los dos. Deferiré sus casos a otros compañeros y éste, por motivos obvios, se lo voy a encargar a ustedes.

—Sí, señor —se adelantó Garzón con estilo militar. Sin duda llevaba ya un rato deseando que el caso no se nos escapara de las manos.

Una vez destrozada la organización de nuestras vidas, el comisario Coronas se disponía a partir, contento de su enérgica actuación. Sin embargo, volvió atrás porque aún le faltaba añadir a mi destino una nueva complicación.

—¡Ah, y mientras todo esto se aclara un poco, voy a ponerle protección nocturna en su casa, Petra!

Una nubecilla roja me empañó la visión.

—¡¿Qué?! ¡Ah, no, comisario, ni pensarlo, no veo la necesidad!

—Usted no la ve, pero yo sí. No olvide que es la destinataria del paquete. Me haría muy poca gracia que un loco enfurecido por haberse capado en un arrebato anduviera acechándola en la sombra.

—Pero, comisario, ¡eso es ridículo! Ya sé cuidarme sola, además...

—No hay ademases que valgan. Yo doy una orden, usted la acata y en paz.

Salió dándose aires de padre autoritario que velaba por mi bien. Me quedé sola con Garzón. El muy ladino apenas contenía la sonrisa, encantado de que alguien me pusiera en mi sitio al fin.

—¡Todo esto es absurdo! —exclamé.

—El comisario lleva razón —susurró el subinspector cargado de juicio.

—¿Cómo que lleva razón? Toda esa historia del loco autolesivo se la acaba de inventar, no tiene ni pies ni cabeza. ¿Sabe lo que ocurre en realidad?, que se está disparando el sentimiento paternal hacia las pobres mujeres indefensas, y medio tontas, además.

Garzón se limaba las uñas en el pantalón. Ponía cara de cosa sabida, de alumno que asiste a las explicaciones del maestro neurótico por milésima vez.

—A usted, Fermín, todo esto le hace mucha gracia porque no le afecta. Soy yo quien tendrá que aguantar el coñazo de un par de guardias en la puerta. Porque es así como suele hacerse, ¿verdad?

—Depende de por dónde le dé al comisario. Puede

designarle incluso un inspector. A lo mejor hasta una cuadrilla de húsares que le pongan los sables en arco cada vez que salga usted. —Se echó a reír ya sin ambages.

—Muy gracioso. Haga el favor de largarse a cumplir las órdenes del comisario. Y prepárese, Garzón, que le van a llover los deberes en este caso, de eso me encargo yo.

Garzón salió sin tomarme ni una pizca en serio. A ese estado habíamos llegado, a la total desmitificación de mi autoridad.

Me fui a casa presa de todas las furias. Así es la vida del asalariado que ocupa un puesto intermedio en la escala de poder. Te descuidas un momento y cae sobre ti el peso del superior por las más variadas razones: por motivos de escalafón, de seguridad, de obligación..., por lo que sea, pero hay que apechugar. Sólo queda la solución de desbravarse con el de abajo. Muy clásico, muy triste; un procedimiento casi demencial.

Me preparé uno de mis baños frutales y puse la radio a todo tren. La posibilidad de tener alguien vigilando la entrada de mi casa me provocaba una oleada de incomodidad. Era un trauma psicológico, lo sabía bien, pero justamente por eso mis sentimientos poseían más profundidad. Desde bien pequeña me había parecido desasosegante no estar completamente sola en un sitio. Deseaba que mis padres se largaran al teatro o a cenar con amigos para notar la casa sólo mía. En el colegio, cuando una de aquellas monjas latosas nos ilustraba sobre la presencia perenne y protectora del Ángel de la Guarda yo me ponía a morir. Recuerdo incluso alguna noche en que, antes de acostarme, abría la ventana y agitaba en el aire la chaqueta del pijama como si espantara un moscardón. Tenía la esperanza de que el ángel pirara por aquel método ingenuo e infantil. ¿Un detalle neurasténico? Lo sé, pero si a los cuarenta no te has reconciliado con tus extravagancias es que los demás han logrado diluir tu cerebro en la mediocridad, y yo conservaba la confianza de que no fuera así.

Hacía dos meses que había cambiado de asistenta. La impagable Azucena había tenido que marcharse. Ella misma me trajo a su sustituta, Julieta, una chica de unos veintipocos que era quien se ocupaba ahora de mi casa. Nada varió sustancialmente excepto la alimentación. Julieta, ya lo había constatado por su aspecto en el poco tiempo que la vi, era una hippy tardía que practicaba el vegetarianismo, la ecología y quién sabe qué inocuos sectarismos más. Desaparecieron del fogón las sustanciosas lentejas estofadas de Azucena y del microondas los choricitos curruscantes. Julieta empezó tímidamente con tortillas a las finas hierbas y, como yo no le decía nada, fue animándose en sus habilidades macrobióticas. A aquellas alturas yo ya me encontraba al llegar con inidentificables potajes de algas y, encima, notas dejadas por Julieta cantando las virtudes dietéticas de sus engendros. No me atrevía a pedirle un cambio porque, para ser sincera, sus platos sabían bien y, encima, había notado en las tallas de ropa que estaba poniéndome silfídea sin ningún esfuerzo especial.

Aquella noche hallé en el microondas una especie de pequeña boina parda sobre lecho de patatas. Acudí a la glosa que Julieta me había dejado en la puerta de la nevera, bajo un imán. A lo mejor así tenía alguna posibilidad de saber qué iba a comer. «Esto es una hamburguesa de gluten de trigo. El gluten es la auténtica carne de los vegetarianos, llena de proteína y energía. Espero que le guste.» Aquello era el colmo. Me propuse llamarla al día siguiente por teléfono para pedirle explícitamente que comprara un chuletón rezumante de sangre. Aunque quizá sólo fuera una reacción motivada por mi mal humor. Procuré tranquilizarme, calenté la seudohamburguesa y me puse a cenar. Incluso con mal humor había que reconocer que estaba buena. Regándola con una copa de Rioja me pareció hasta deliciosa. Tal vez no fuese tan mala idea dedicarse a lo verde y dejar a las vacas en paz. Sí, definitivamente me había arrastrado el mal humor. Pero tenía mis motivos. La escena vivida en comisaría se me aparecía ahora como algo descabellado y fantasmal. ¿Por qué Garzón y Coronas habían empezado a hablar del caso como si el caso existiera? Nada hacía presuponer que tuviéramos un caso. Yo había recibido un pene de donante anónimo. Pero ¿era aquello un pene real o acaso una reconstrucción en algún material idóneo? Podía tratarse de una simple broma de mal gusto, o quizá alguien conservaba aquel pene en hibernación y... En fin, si seguía pensando en el episodio acabaría llenando mi mente de cosas absurdas porque, estaba bien claro, partíamos de un punto absurdo, ¿o no es absurdo recibir un presente así?

Abrí un libro y me tendí en el sofá, pero no podía concentrarme. Apagué todas las luces y miré por la ventana con discreción. ¡Sí, joder, estaban allí, dos guripas metidos en el coche! Y bien enfrente de la puerta, sólo les faltaba un cartel anunciador. Aquel comisario era un neurasténico, había visto demasiadas películas de serie B. ¿No me asistía el derecho a declinar una escolta nocturna? Consultaría mis libros de Leyes, aunque dudaba seriamente de que existiera alguna legislación al respecto, no era una situación usual. Encendí de nuevo la luz, pero de pronto vi que llegaba otro coche, y de modo instintivo la apagué; quizá enviaban refuerzos. Era una falsa alarma, el coche siguió adelante y se perdió por la esquina. Volví a encender. Regresé al libro, ahora decidida a leer más tranquila a pesar de mi furor interno. Llamaron al teléfono.

—Inspectora, ¿está usted bien?

—¿Quién llama?

—¡Ah, perdone!, soy yo; quiero decir que soy el sargento Marqués. Estamos aquí delante y como encendía y apagaba usted tanto la luz pensaba que nos hacía alguna señal.

Suspiré profundamente y conté hasta tres.

—Sargento, hágame un favor, acérquense a la puerta, voy a abrir.

—A sus órdenes, inspectora, pero ¿está usted bien?

—¡Que sí, demonio, que estoy bien!

Ahora sabía que el pasatiempo favorito de todos los policías, con independencia de cometidos o graduación, eran, en efecto, las películas de serie B. Cuando vi al sargento y su ayudante se atemperó mi cabreo, en realidad casi me conmoví. Eran dos pipiolos jóvenes y espigados con más aspecto de querubín que de polizón. Me miraron con respeto. Marqués inició una disculpa que yo atajé. Los invité a pasar.

—¿Quién les ha dado la orden de proteger mi domicilio?

—El comisario en persona, inspectora.

—Y si yo les dijera que se marcharan no podrían hacerlo, ¿verdad?

Se miraron el uno al otro sin comprender.

—No, claro —proseguí—. Verán, les diré lo que vamos a hacer. Lo cierto es que no estoy corriendo ningún peligro real. El comisario les ha dado esa orden porque extrema la prudencia y es partidario de una total formalidad, pero les aseguro que no existe riesgo. De modo que alejen el coche de mi puerta, apárquenlo un poco más allá y relájense. Incluso pueden echarse a dormir.

—Eso ni hablar —exclamó convencido el sargento—. Si acaso lo haremos por turnos.

—Muy bien. ¿Y qué suele hacer el que queda despierto?

—Yo oigo *Los cuarenta principales* por los auriculares —dijo tímidamente el ayudante, que resultó llamarse Palafolls.

—Yo prefiero pensar en mis cosas —puntualizó Marqués.

—Perfecto, pues cada uno a lo suyo, y no se preocupen de si enciendo o apago la luz, de si hay ruidos raros o chirrían las puertas. ¿De acuerdo?

—¿Y si oímos un grito, inspectora? —preguntó el ayudante con toda inocencia. Marqués le propinó un mal disimulado codazo en las costillas y yo respondí con paciencia de parvulista.

—No sufran, si veo un ratón me contendré. —Di dos pasos en dirección a la puerta y, temiendo haber sido antipática, añadí—: ¿Puedo ofrecerles alguna cosa, un poco de leche, café?

—No, gracias, inspectora, no queremos molestar.

Salieron mansamente como niños que hubieran llamado a mi casa para una cuestación. Temí hasta que les hubieran robado el coche en aquel lapsus. Coronas se había lucido. Naturalmente, no iba a ponerme a la puerta a un par de tíos experimentados de primera línea. De este modo cubría el expediente y en paz; porque parecía evidente que con aquella pareja al lado yo podía recibir más puñaladas de las que figuraban en los anales del Sacromonte, sólo que él estaría fuera de cualquier responsabilidad. Me metí en la cama, incómoda, pero estaba tan cansada que enseguida me dormí.

Mentiría si dijera que al día siguiente no llegué a comisaría con un nudo en el pecho causado por la curiosidad. ¿Tendríamos caso o todo había sido un bote de humo? En cuanto un guardia me dijo que el comisario me esperaba en su despacho comprendí que probablemente sí, teníamos caso. En el despacho también estaba Garzón.

—Tome asiento, inspectora —ordenó Coronas en plan ministro plenipotenciario—. Ya contamos con los primeros datos de la preinvestigación. Proceda a informar, Fermín.

Garzón abrió una carpeta como si en realidad le hiciera falta leer, pero enseguida se olvidó de la comedia formalista y pasó a dar sus explicaciones.

—Para empezar hay que decir que el objeto de la caja es un pene de verdad. El juez ha abierto diligencias y dentro de una hora empezará el doctor Joaquín Montalbán a analizarlo en el Anatómico Forense. Nos ha dicho que, si queremos, podemos asistir a la primera sesión para tener las impresiones más generales. En cuanto a las huellas, en el envoltorio exterior hay un montón de ellas, absolutamente inservibles para la investigación, pero en la caja no hay ni una, excepto las que ha dejado usted, inspectora, cuando lo manipuló al recibirlo. Su nombre y la dirección de la comisaría vienen escritos en letra de ordenador vulgar y corriente, probablemente un clónico, y la impresión se realizó en una impresora de chorro de tinta de las que hay miles. El paquete llevaba sellos por un valor muy superior al necesario, fue echado en un buzón callejero y remitido al Departamento Central de Correos, donde se selló. La razón del sobreprecio postal hay que buscarla en que el responsable del envío no quiso ir a ninguna estafeta de barrio, obviamente para no ser reconocido después y para que en el paquete no figurara el matasellos de la estafeta que, al no ser la central, sí especifica el lugar. Poniendo sellos de más valor estaba seguro de que el envío llegaría y no daba la cara en ninguna parte. ¿Me sigue, inspectora?

—Como un perro —musité.

—Es decir... —continuó Garzón su perorata ya totalmente imbuido del papel de orador—, que tenemos una alevosía total por parte del emisario. Cosa que, por cierto, no augura nada bueno.

—¿Hay algún muerto de los últimos días que haya sido asesinado tras una castración?

—Ni en los últimos días ni en los últimos meses, inspectora. Si hay algún muerto castrado está aún por descubrir. Es más, hemos consultado los legajos del registro civil donde se anotan los miembros amputados y nada. Para estar bien seguros, anoche yo y la gente que el comisario puso a mi disposición nos pateamos todos los hospitales de la ciudad, y de castraciones accidentales o incluso terapéuticas, ni hablar.

Coronas intervino, visiblemente satisfecho con el estilo dialéctico de mi compañero.

—Dadas las extrañas características iniciales del caso, el juez ruega que mantengan ustedes la mayor discreción. En otras palabras, que si ven un periodista por la calle, cambien de acera y si aun con ésas él va tras ustedes, miéntanle con todo descaro. Los jueces ya están hartos de que los papeles alimenten el morbo.

—Puede que no resulte fácil darles esquinazo.

—Aun así inténtenlo. ¿Han traído la documentación de las cosas que llevan entre manos? Yo les diré lo que pueden seguir haciendo y lo que deben dejar, aunque procuraré que se queden bastante libres, no quiero que esta historia pase a mayores, como les digo es de las que pueden atraer al personal, y una historia atractiva que no se resuelve es un vehículo perfecto para que nos pongan a parir. ¿Entendido?, pues OK.

—¿Y de la escolta nocturna que me ha puesto, comisario?

—Déjela ahí unos días más, ¡cualquiera diría que le molesta!

—Psicológicamente me molesta.

—Si dentro de una semana las cosas están tranquilas, se la quitaré. Mientras tanto olvídese de psicologías y póngase a currar.

Hice un gesto que demostraba mi enfado. Entonces Coronas añadió:

—¡Y no sea tan cabezota ni tan individualista!, eso en un policía es muy negativo.

Garzón, ya en los pasillos, no podía ocultar el placer infantil que le procuraba verme abroncada. Y, encima, cabezota e individualista eran dos de los epítetos que él hubiera rubricado en cualquier momento. Estaba feliz. Arremetí contra él.

—Aparte de reírse por la sotabarba, ¿no hay un plan que deba comunicarme?

Ni se molestó en negar. Sacó una agendita astrosa que siempre llevaba en el bolsillo y leyó:

—A las once se realizará la autopsia del despojo. ¿Cree que debemos asistir?

—Desde luego. Mientras tanto vamos a desayunar.

Garzón y yo siempre nos alegrábamos de colaborar en algún caso, pero esta vez yo notaba en él idéntica reticencia a la que sentía en mí. No existía nada especial que pudiera agriar la situación, pero como si de una tormenta aún lejana se tratara, a ambos nos dolía la cicatriz. Sin duda los motivos había que buscarlos en algo simbólico e irracional. ¿Y qué más símbolo queríamos que aquel auténtico artículo freudiano conservado en alcohol? Aquel maldito paquete amenazaba con sacar a pasear nuestros más ocultos fantasmas de la lucha de sexos; cosa que, a poco que fuéramos inteligentes, debíamos a toda costa evitar. Pero era un poco pronto para plantearlo en frío, ya habría ocasión de puntualizaciones.

Desayunamos en un bar frente al Anatómico. El subinspector estaba convencido de que teníamos un caso sonado entre manos. Como solía hacer siempre, organizó, por su cuenta y sin ceñirse a ninguna lógica, una pequeña composición de lugar.

—Esto es un tío loco que se ha flipado por usted, inspectora, ya lo verá. Lo encontrará algún pariente o algún vecino desangrándose en su habitación. Lo llevarán al hospital, desde Urgencias nos pasarán el soplo y se acabó. La historia será corta.

Yo estaba ya demasiado acostumbrada a sus previas puestas en escena como para intentar llevarle la contraria.

—Parece tener mucha experiencia en recepción de penes sin dueño —comenté.

—En eso no, pero sí en tíos solitarios, inspectora. Créame, hay mucha gente loca por ahí, hombres y mujeres que viven todo el tiempo en el lado oscuro. Imagínese sola en una habitación, sola con sus obsesiones, sus alucinaciones..., ¿hasta dónde se puede llegar? A lo mejor cuando salen a la calle, si es que salen, tienen una apariencia completamente normal. Pero no, no todos los locos están convenientemente archivados en los psiquiátricos.

Garzón notó sin duda mi estremecimiento, me conocía lo suficiente como para saber que ese tipo de cosas me impresionaba. Y yo lo conocía a él como para saber que, después de notarlo, seguiría por ese camino. Y siguió:

—Yo he tenido experiencias muy fuertes en ese sentido. Una vez, en Salamanca, nos llamaron los municipales. Unos vecinos habían dado parte de que se oían golpes en una pared durante toda la noche y no podían dormir. Pero los guardias temieron algo raro y nos pidieron que acudiéramos nosotros también. Tuvimos que forzar la puerta del piso, porque oíamos algo como gemidos. ¡Joder, inspectora, fui yo el primero en entrar y aquello era dantesco! La pared en cuestión se veía llena de manchurrones de sangre, y en medio de la habitación había un tipo desnudo con la cabeza destrozada. Hicimos una inspección ocular y enseguida nos dimos cuenta de que no había existido agresión. Aquel tipo era un pobre loco, inspectora, y presa de un ataque de enajenación se había pasado la noche entera dándose él mismo golpes contra la pared. Fue algo terrorífico, de verdad.

Noté que el trozo de cruasán bajaba con dificultades por mi gaznate. Bebí un buen sorbo de café para ayudarme a tragar. Garzón me observaba malignamente y al ver que había superado su relato sin perder la compostura, insistió:

—Y recuerdo otra vez en que me tocó asistir a un suicida solitario que...

Logró lo que se proponía, salté.

—Oiga, Fermín, si lo que quiere es que me imagine a un tipo sentado frente a mi imagen televisiva rebanándose la polla entre estertores, muy bien, lo ha conseguido, me lo imagino ya. El pobre desquiciado se enamoró a primera vista de mí, dejó la bolsa de palomitas a un lado y se puso a la labor. Luego, convencido de que yo apreciaría el detalle, hizo ese complicadísimo paquete ocupándose de que no dejaba huellas, y salió a echarlo a un buzón. ¡Y todo eso desangrándose!, lo cual tiene más mérito y prueba lo profundo de su amor.

—Sólo estaba haciendo conjeturas, inspectora, no se ponga así. ¡Pero no crea que todo lo que digo son tonterías!, si imagino un hombre solitario y desgraciado es porque pienso en la imagen que usted dio en esa entrevista.

—¿Qué imagen di?

—Sobre todo maternal.

—¡¿Maternal?!

—Toda aquella comprensión hacia el delincuente y los que sufren, su sonrisa tranquila, la afirmación de que la policía ya no es lo que era, el afán de servicio que tiene ahora hacia el ciudadano, las ganas de velar por él... Maternal, inspectora, maternal.

—¿Opina que me pasé?

—No hablo de que se pasara o no; a mí me gustó. Lo que quiero decir es que el que le envió esa cosa debió de percibirla como una madre protectora. Es algo con lo que hay que contar.

Pagué nuestra cuenta aparentando indiferencia, pero había sufrido una ligera conmoción. Lo que Garzón decía no era descabellado. Me fastidiaba enormemente reconocerlo, pero era verdad, una madre protectora no era una mala interpretación. Lo que aquello había sugerido a nuestro emisario resultaba un misterio velado aún. ¿Se trataba de algún ex presidiario que habiendo sufrido una experiencia policial a años luz de mi versión edulcorada quería darme un escarmiento? Pero ¿por qué un pene cortado, y de quién? Si ni en depósitos ni hospitales había muertos ni vivos a quienes faltara su masculinidad, ¿de dónde salía el miembro? Aquello tenía toda la pinta de un rompecabezas del que sólo disponíamos de una pieza, aunque sustancial. Unicamente la autopsia podía arrojar alguna luz.

Cuando llegamos al Instituto el doctor Montalbán nos esperaba ya. Era un hombre maduro, sereno, con pinta bondadosa al que antes se hubiera atribuido la especialidad de pediatría que la que llevaba a cabo en realidad. Quizá mirando sus ojos con detenimiento sí podía detectarse esa cualidad gastada y amarga de quien ha visto a los hombres al final y no al principio. Nos hizo pasar a la antesala de autopsias, donde se nos facilitaron batas y mascarillas. Garzón parecía un buzo con la suya. Nos reunimos alrededor de la camilla de operaciones y el doctor Montalbán, consciente de lo insólito de la situación, ironizó con buen gusto:

—Veamos qué es lo que nuestro pequeño cadáver nos puede contar.

Abrió la caja y con sus manos enguantadas procedió a colocar la bolsita de plástico sobre la superficie aséptica. El paquete se movió de un modo inquietante, provocando burbujas en el líquido. De la bandeja del instrumental Montalbán escogió unas tijeras y, poniendo la bolsa en una cubeta, cortó uno de los extremos de arriba abajo. Automáticamente el líquido fluyó. Una vez remansado en la cubeta, notamos un olor fuerte y desagradable.

—Formol —sentenció prontamente el forense.

—¿No es alcohol entonces?

—Formol. Formaldehído al cuarenta por ciento. Es lo idóneo para conservar cualquier preparado anatómico.

Siguió con su tarea. Tomó muestras de los tejidos y fue colocándolos en pequeños recipientes que serían enviados a analítica para determinar grupo sanguíneo y ADN. El pene, manejado con pericia por sus manos expertas, parecía ahora un gran gusano sin vida. Montalbán lo examinó de cerca y levantó su base con unas pinzas.

—Se trata del miembro de un hombre joven, y resulta curioso que... —Quedó callado.

Los ojos emboscados de Garzón me miraron expectantes. La máscara hacía que no pudiera observar su expresión. Montalbán continuó ejecutando un montón de maniobras minuciosas. Por fin me atreví a preguntar:

—¿Qué es curioso, doctor Montalbán?

Pareció preparado para dar un dictamen.

—Es curioso, pero no tengo casi ninguna duda; yo diría que este pene ha sido separado por procedimientos quirúrgicos ortodoxos. Veo perfectamente la línea fina del bisturí, el comienzo de la incisión en punta, el final rematado. Luego toda la herida ha sido restañada.

—Nada accidental, entonces.

—En absoluto accidental. Sólo podría confundirme la posibilidad de que se tratara de un tajo radical con algo muy afilado, pero es imposible. Está cortado exactamente por la base; si se tratara de un ataque violento jamás hubiera sido así. La fuerza que exigiría un corte semejante viene impedida por la incidencia del miembro en la pelvis. ¿Me explico?

Se produjo un silencio inseguro.

—Veamos, imagínense una tabla de cortar carne y un gran cuchillo tipo machete de carnicero. Colocando el pene sobre la superficie y dándole un impulso muy fuerte a la herramienta podría lograrse un tajo de estas características; pero díganme, ¿en qué postura colocar a un hombre para hacer una cosa de ese tipo? Casi imposible; siempre se produciría un corte inferior, nunca a la altura que presenta este resto. ¿Lo entienden ahora?

—Sí —contesté con rotundidad. Miré a Garzón. Tenía la frente perlada de gotas de sudor grandes como rocío—. ¿Lo entiende, subinspector? —inquirí cortésmente.

—Sí —musitó con un hilillo de voz temblorosa.

—Eso y la naturaleza de la incisión indican con muy poca probabilidad de error que este miembro ha sido emasculado médicamente —prosiguió Montalbán—. El método habrá sido probablemente atar una goma a la base del pene para cortar el flujo sanguíneo, quizá por eso tiene una marca azulada en la base. Si se ha hecho así, lo que procede después es practicar un nudo en los ligamentos para evitar la retracción y más tarde, introducir un pequeño tubo en la uretra para que cicatrice abierta. Al final debe cauterizarse la herida.

—Por la complicación de la maniobra todo parece indicar que sólo un médico pudo hacerlo.

Montalbán se apartó de la camilla y se quitó la máscara, nos hizo retirarnos también y pudimos hablar a cara descubierta. Tras el desvelamiento pude ver la expresión meditativa del médico y el rostro pálido y desencajado de mi compañero.

—Veamos, inspectora, yo no he dicho eso. Saber si lo hizo un médico o no cae completamente fuera de mis dictámenes. Pudo hacerlo un enfermero, un estudiante de medicina, un biólogo acostumbrado a trabajos de laboratorio..., incluso alguien ajeno a lo sanitario que tuviera buenas manos. Le aseguro que en el ejercicio de mi profesión he visto cosas asombrosas en ese sentido. En una ocasión me llegó el caso de un jefe de estación que tuvo que cortar el brazo de un mozo de tren. Se produjo un accidente y el brazo de aquel hombre quedó medio arrancado. El jefe de estación, viendo que el socorro clínico tardaría en llegar hasta donde estaban, acabó de cortarle el brazo, evitó la septicemia, restañó la hemorragia y conservó el miembro refrigerado. Cuando llegó la ambulancia no tuvieron más que aplicarse a un traslado rápido. Vi el trabajo que aquel aficionado había realizado sin siquiera instrumental y me quedé patidifuso. Era perfecto, ningún cirujano lo hubiera hecho mejor. Hay que contar con que la amputación es una maniobra relativamente fácil, y cuanto menor sea la envergadura del miembro amputado más sencilla aún. Otra cosa es el empalme, ¿comprenden?

—Sin embargo, usted opina que el corte se hizo con bisturí.

—Estoy casi seguro de que se empleó instrumental quirúrgico, pero eso tampoco prueba que fuera un cirujano quien lo manipuló. Hay tiendas de material médico que están abiertas a cualquiera.

—¿Y qué me dice del formol?

—Lo mismo. No existe un preparado comercial, pero las farmacias lo venden a granel.

—¿Sin receta, sin saber qué utilidad se le dará?

—¿Tienen ustedes hijos en edad escolar? ¡Es obvio que no! Los míos han comprado mil veces botellitas de formol por indicación del maestro. Diseccionan ranas en el laboratorio de Ciencias Naturales, conservan saltamontes durante meses... Cualquier escuela o instituto, cualquier profesor o estudiante, todos ellos pueden ser usuarios habituales de formol. Obviamente, las farmacias no van a venderles una cuba para mantener un cadáver flotando, pero sí una pequeña cantidad, una cantidad mucho mayor de la que había en el interior de esa bolsita.

—¿Hay algo más que pudiera ser de uso médico, doctor, la propia bolsita, la caja en la que venía?

Montalbán negó con la cabeza. Me volví hacia Garzón y vi que se tambaleaba.

—¿Se encuentra mal, Fermín?

—Creo que sí —contestó desfalleciente—. Si ustedes me disculpan..., la esperaré en el bar, inspectora, estoy mareado.

Me quedé desconcertada viéndolo salir. Montalbán sonrió.

—¿Qué le ha ocurrido? —dije—, es un hombre acostumbrado a estas cosas, ha visto infinidad de autopsias, quizá...

El forense me atajó, comprensivo y paternalista.

—No sé si se hace cargo, inspectora, pero el pene representa para los hombres algo muy especial. Las reconstrucciones mentales de su pérdida suelen vivirse de modo muy nítido. Hable usted de castraciones frente a un auditorio masculino y verá cómo instintivamente todos cierran las piernas.

—Me alegro que lo diga, doctor, había acabado por pensar que eran figuraciones de mi exceso de celo feminista.

—A lo mejor eso sucede también.

Me miró pícaramente y se echó a reír. Me gustaba aquel forense. Era un hombre ecléctico, sereno, ponderado. Si no hubiera tenido siete hijos y una adorable mujer le hubiera propuesto matrimonio.

—Hay algo muy importante, doctor, ¿puede saberse si este miembro fue cercenado a un hombre vivo o a un hombre muerto?

—Claro que puede saberse. Opino que el hombre a quien se le cortó aún estaba vivo cuando lo hicieron. Se aprecia en ese miembro lo que nosotros llamamos la reacción vital; ha habido coagulación y retracción de los tejidos. No sabemos si murió en el mismo acto en el que fue emasculado o incluso a consecuencia de éste, pero no se trataba *a priori* de un cadáver, de eso puede estar usted segura.

—Eso descarta la posibilidad de que sea un resto tomado furtivamente en una sala de disección.

—¿Pensaba usted en bromas de estudiantes?

—Es algo que debo descartar.

—Pues descártelo, los restos que emplean en Anatomía son viejos cadáveres que a veces llevan años en piscinas de formol. Están acartonados como mojama y tienen una coloración bien especial, algo parecido al pergamino. Le aseguro que nunca se trataría de un pene así, fresco y rozagante.

—¿Cree que hace mucho tiempo que fue cortado?

—No sabría decirle exactamente; el formol fija los tejidos y desvirtúa ese hallazgo. Lo que está claro es que fue metido en formol poco después de ser separado del cuerpo, digamos que en un plazo inferior a veinticuatro horas. Después de ese tiempo comienza la putrefacción y no veo aquí síntomas de ella.

—¿Hay algo más que pueda añadir a este dictamen, doctor?

—No gran cosa. Dentro de un par de días tendremos unos análisis más precisos hechos al microscopio; quizá ahí salga algo que se me ha pasado a mí. Sabremos además el grupo sanguíneo y el ADN. ¿Tienen algún sospechoso?

—Ninguno en absoluto.

—Entonces, por el momento, de poco nos van a servir esos datos. Ustedes ya saben que sólo son válidos cuando se usan comparativamente para determinar la identidad, pero si no hay víctima ni verdugo aparente..., tendremos un pene y una identidad biológica fantasma; no mucho, ¿verdad? Aunque más adelante quizá sí puedan servir, cuando encuentren un cadáver o tengan sospechosos en la lista.

—Eso no es muy alentador.

—Le confesaré que es la primera vez que hago un trabajo así, inspectora; todo esto me parece raro de verdad.

—Lo es; tenemos pocas pistas y no resulta razonable que no se encuentre acogido en ningún hospital un tipo a quien han cortado el pene civilizadamente.

—La ablación del pene es una operación que se hace rarísimamente. Por lo general sólo cuando hay un cáncer localizado. ¿Ha preguntado si se realizó alguna en los últimos meses?

—El subinspector buscó en todos los hospitales sin ningún resultado. Simplemente, no se hizo esa operación.

—Es muy poco frecuente, ya le digo.

—Doctor Montalbán, ¿adónde van a parar los miembros que se amputan en los quirófanos?

—A una fosa común. Es prescriptivo inscribir esos miembros en un legajo que existe en el registro civil, aunque a alguien puede pasársele. ¿Han mirado allí también?

—Sí, sabíamos lo del registro y lo hemos consultado, pero sin ningún resultado. Si hubiera figurado un pene en esos legajos nos habría hecho sospechar que alguien lo inscribió sin llevar a cabo el enterramiento, pero no es así.

—Haré mucho hincapié en que los analistas busquen restos cancerosos en los tejidos. No se me ocurre otra cosa, pero la verdad, no me parece muy efectivo. ¡Vaya follón que se les presenta!

—Ni que lo jure, doctor, de ese individuo sólo sabemos que era un hombre.

—Y para colmo, igual con un sexo postizo colocado en Casablanca que se le cayó —dijo entre carcajadas. Luego, enigmático y más serio, añadió—: ¡Pobre subinspector, si es tan sensible a este tema como parece, lo va a pasar mal! ¿Usted sabe la de bromas que tendrá que oír mientras dure la investigación?

—Procuraré que no salgan de mí.

—Demostrará usted una gran amabilidad.

Observé su bondadosa cara. ¿Por qué un hombre tan encantador como él tenía que tratar con muertos pudiendo hacer las delicias de cualquier paciente? ¡Ah, la vida era así, todo parecía dispuesto para funcionar al revés!

Encontré a Garzón en la cafetería de la esquina reponiéndose del trauma genital. Le compendié lo que me había dicho Montalbán y me sumé al café que tomaba. Tenía mejor aspecto, por lo menos a su cara había vuelto el color habitual. Intenté quitarle importancia a su defección.

—¿Se encuentra mejor, Fermín? No me extraña que se mareara, ahí dentro hacía un calor...

Pero él no aparentaba tener necesidad de ningún disimulo, porque comentó:

—Nada de calor, ha sido ese dichoso médico con sus explicaciones. ¿Cómo se puede ser tan bruto? «Imagínense una tabla de cortar carne», ¡por Dios, tampoco eran necesarias unas imágenes tan exactas!

—Pues yo le he entendido muy bien.

—¡No, claro, usted sí!

Se acercó el camarero con presteza y una cantinela obsequiosa:

—¿Alguna pasta, señores, unos churritos que los acaban de hacer?

El subinspector mostró un gesto de rechazo y retiró los churros de su vista.

—¡Quite eso de ahí! Voy a pasarme un mes sin comer salchichas ni espárragos ni churros, ¡nada que tenga forma alargada!

—¿No está exagerando?

—Me da repelús todo este asunto. Un cadáver es otra cuestión; pero pensar en la posibilidad de que un tío ande paseándose sin polla por ahí... o de que se haya muerto desangrado por ese sitio... ¿Con qué cree que nos enfrentamos, inspectora?

—Sinceramente, no lo sé. El primer juicio del forense me ha dejado desconcertada.

—A mí también. Lo lógico era pensar que hubieran cortado ese miembro de manera violenta. Yo había llegado a imaginarme que se trataba de alguna muchacha que tuvo la oportunidad de castrar a su violador. Por eso ninguno de los dos daba parte a la policía, ambos cargaban con alguna culpabilidad. Entonces ella, en un gesto de venganza, se lo envió a usted.

—Ya ve que tal cosa es imposible.

—¿Y si la chica era enfermera y a punta de cuchillo lo obligó a ir hasta algún lugar donde pudiera operarlo?

No daba crédito a mis oídos, Garzón estaba lanzado hacia la conjetura cada vez más artificiosa.

—¿Ha pensado en dedicarse a la literatura policial?

Pidió un donut al camarero sin contestarme.

—Todo este meneo me ha dado hambre.

—Coma y déjese de fantasías. No hay nada que hacer hasta que no tengamos los análisis.

Pero no fue tan fácil que se callara, le gustaba especular. Pensó en la teoría del violador, pensó en la posibilidad de que se tratara de un asesino en cadena que no había hecho más que empezar. Me asaeteó con místicas interpretaciones de locos que se creyeran ángeles sin sexo. Estoy convencida de que, al final, estaba dándole pábulo a sus desatadas neuronas sólo por distraerse, pero me había propuesto dejarlo que se explayara y lo dejé. Si en verdad el tema de las castraciones lo hacía sufrir, era mejor que descargara tensiones de modo tan inofensivo.

Conduciendo el coche de vuelta me puse a pensar en todo aquello. A mí también me gustaban las apuestas, pero mi cerebro era mucho más escéptico que el de Garzón. La venganza se me antojaba improbable. ¿Quién hoy en día se arriesga a que lo trinquen por una cuestión abstracta? Porque ¿qué es la venganza sino una satisfacción emocional en la cual no media dinero ni materia? Un asunto obsoleto, incluso romántico en la actualidad. ¿El asesino en serie? Ni hablar, ésas eran cosas propias de guionistas hollywoodenses con recursos manidos. Mi descreimiento feroz me hacía concebir la existencia del crimen como algo de lo que se obtiene beneficio tangible, o como un hecho sucedido fortuitamente que debe ocultarse. Toda aquella literatura del subinspector, todo aquel concepto artístico de la maldad me parecía inconcebible en una birria de sociedad como la nuestra. Si realmente hubieran existido asesinos poéticos que querían devenir ángeles, o justicieras doncellas agresoras, entonces sería cuestión de replantearse el tema y ponerse de parte del rufián en vez de ser policía. Pero mucho me temía que había que buscar culpables en las filas de lo sólito y vulgar. Aunque a decir verdad, incluso a mí empezaba a resultarme excesiva la pretensión de ser lógica y descreída a toda costa en un asunto tan oscuro. ¿Acaso el subinspector llevaba razón y había un mundo oculto, subterráneo, un universo solitario y espeluznante que pertenecía al lado oscuro del hombre? ¿O la sociedad sólo era un listado de prácticas comunes, un compendio de comportamientos homologables? No, puede que me sintiera más tranquila afirmándolo, pero no era así. Debía considerar mi vena racionalista como la base de toda deducción, pero sin descartar aquella turbadora tiniebla de la que hablaba Garzón.

Embebida en mis pensamientos había llegado hasta casa, había abierto la puerta e incluso me había instalado en la mesa de la cocina dispuesta a trabajar un rato más. Tenía otros asuntos rutinarios que revisar, aunque me daba cuenta de que el pene seccionado empezaba a actuar como un faro que centraba toda mi atención. Siempre pasa de esa manera con los casos que provocan pasión investigadora: una comienza como si se tratara de un escalón habitual y de repente hay algo que se desprende del conjunto, una especie de virus, una chispa de fuego intenso que acaba por atraparte de pies a cabeza, consumiéndote. Comprendí entonces que me encontraba frente a una de aquellas ocasiones y me estremecí. Hay algo estimulante y peligroso en esa sensación. Y yo la noté a conciencia, viva y casi dolorosa como una cerilla quemándose lentamente en mi piel.

Trabajé y trabajé procurando no pensar en nada de aquello, y lo hice con éxito, puesto que casi me olvidé de cenar. Eran las once cuando decidí prepararme una tortilla de queso y beberme un buen vaso de yogur. Batía los huevos con ímpetu guerrero y de repente los recordé: «¿Estarían aún allí?» Me asomé a la ventana, busqué brevemente y sí, allí estaban, los dos paladines dueños y señores de mi seguridad. Sentí enseguida aquella molestia anímico-urticante por no estar sola del todo. Semejante precaución seguía pareciéndome el colmo de la ridiculez. Imaginé a aquellos dos pobres diablos bebiendo coca-cola de lata y mirando hacia mi puerta con cada vez menos interés. ¿Les habría dicho el comisario la razón exacta por la que estaban apostados frente a mi casa? Sentí curiosidad. Me dirigí hacia la calle y les hice varios gestos para que se acercaran. Salieron disparados del coche y vinieron a paso ligero, con la mano derecha sospechosamente guardada en el interior de la americana. Se habían alarmado, debí imaginarlo.

—¿Está usted bien, inspectora?

—Muy bien, ¿y ustedes?

Quedaron indecisos ante mi respuesta coloquial.

—Había pensado que a lo mejor hoy sí les apetece hoy tomar un café.

Se miraron mutuamente con satisfacción.

—Si usted es tan amable de invitarnos...

Vistos bajo la clara luz de la cocina me parecieron más jóvenes aún. El sargento era fuerte y de rasgos esculpidos en piedra. Palafolls no debía de tener más de veintiuno, lo que se notaba en la delicadeza de su hermoso rostro. Les preparé café mientras charlábamos sobre bagatelas. Se les veía contentos por mi invitación. Puse tres tazas humeantes sobre la mesa y un apetitoso *plumcake* industrial. Si seguía el modelo típico de hospitalidad de un superior con sus subordinados lo que tocaba entonces era preguntarles a aquellos muchachos por sus familias, novias y todo el estatus personal. Pero no me apetecía un carajo meterme por esos vericuetos paternalistas, así que, sin más dilaciones, les espeté:

—¿Ustedes saben exactamente por qué están aquí?

El sargento Marqués me clavó los ojos como pidiendo que no le metiera en problemas.

—Nosotros cumplimos órdenes del comisario, que...

—¡Lo sé, lo sé!, pero díganme, ¿el comisario les ha contado de qué se trata el asunto que investigo?

—Pues sí, inspectora. Nos ha dicho que hay un tipo que usted metió en chirona y que acaba de salir. Dice que es mejor que vigilemos unos días su casa por si se le ocurre venir y darle un susto.

—Ya —dije pensativamente. Estaba claro que, en el fondo, Coronas no pensaba que estuviéramos ante un caso con auténtica entidad. Según su idea aquello se aclararía de modo satisfactorio en muy poco tiempo. Era obvio que, mientras tanto, tenía intención de llevar el asunto de modo vergonzante. Así evitaba curiosidades y morbos internos, y se aseguraba el secreto de cara al exterior. Muy hábil, el comisario. Bien, al menos aquella pareja de vigilantes había servido para proporcionarme una composición general de qué se esperaba de nosotros. Sería mucho mejor parar el carro de las pasiones investigadoras y, de paso, poner freno a las fantasías de Garzón. Nadie iba a achucharnos con aquel caso, de modo que, superada la desinteresada fase de los empeños personales, no nos dedicaríamos demasiado a él. Me sentí más tranquila.

—Sírvanse un poco más de pastel.

—No, gracias, inspectora, es usted muy amable pero tenemos que volver al trabajo.

—¡Bueno, ahora están trabajando también!, sentados aquí conmigo me vigilan muy de cerca.

Debieron de sentirse risibles tras esa frase. Remolonearon al marcharse. Yo estaba satisfecha con mi averiguación, o quizá, pienso ahora, intentaba encontrar un motivo que disipara mi obsesión por el caso del pene.

Me acosté ya muy tarde y seguí leyendo en la cama. Quedé sorprendida al oír sonar el teléfono cerca de las dos de la mañana. Descolgué. Después del tercer «diga» nadie había respondido aún. Permanecí en silencio cogida al auricular. Poco después quienquiera que fuera colgó. ¿Un error? Estuve un rato pensando sin saber muy bien en qué. Luego me levanté a oscuras y fui hasta la ventana. Mis salvadores continuaban aparcados en el mismo lugar. Vi la lucecita de la cerilla que uno de ellos encendió, el pequeño resplandor frente a su cigarrillo. ¿Resultaría al final cierto que iba a necesitar protección?

2

En los días sucesivos nadie volvió a hablar del pene segado. Nos ocupábamos de los demás trabajos asignados al margen de aquel caso y procurábamos no mencionarlo en ninguna conversación. Sin embargo, tanto Garzón como yo esperábamos el resultado de analítica con una punzada de impaciencia. Yo lo advertía en él con facilidad. Miraba enseguida los recados que teníamos acumulados tras estar ausentes y si alguien lo llamaba por teléfono se precipitaba a contestar con visible aceleración. De vez en cuando pasaba por mi despacho y preguntaba: «¿Qué, alguna novedad?», sin explicitar el objeto de su interés. «Nada, nada, todo va bien», respondía yo con énfasis ficticio. Pero ambos sabíamos que la *non sancta* reliquia estaba en el fondo de nuestras controladas inquietudes.

Sin embargo, tantas expectativas resultaron exageradas. Cuando por fin el doctor Montalbán nos hizo saber los resultados del análisis, supimos el ADN de un sujeto y su grupo sanguíneo, O positivo, pero nada más en absoluto. No se encontraron rastros de materias extrañas ni síntomas de enfermedad. Es decir, el fantasma seguía embboscado en la sombra. Al ver la frustración del subinspector comprendí hasta qué punto el *affaire* había estado ocupando un lugar en se mente. Lanzó con brusquedad el paquete de tabaco sobre la mesa.

—¡Hay que joderse!, tantos adelantos científicos y no nos sirven de nada en absoluto.

—Alégrese de eso, si no fuera así entre jueces y médicos lo resolverían todo. ¿De qué viviríamos entonces usted y yo?

—Podíamos montar un restaurante.

Lo miré con escepticismo.

—¡Despierte, Fermín, estamos condenados a este oficio!

—No lo diría yo tan seguro. ¿Se imagina regentando un mesón? Mesas robustas de madera, un hogar en el rincón para el invierno y platos de loza rústica. Una buena bodega de vinos y deliciosas especialidades para picar: choricitos de cantimpalo, pimientos del piquillo, tortillas, ensaladas variadas...

—¿No será que tiene hambre?

—¿Por qué nunca toma en serio mis aspiraciones?

—Sinceramente..., nunca me había contado que anduviera pensando en crear un negocio.

—Sólo porque sé que no voy a hacerlo, pero por gustarme... le aseguro que me gustaría de verdad. Hay algo sano y positivo en eso de dar de comer a los demás. Nos encontraríamos en un ambiente alegre, humano. Guisos que humean, gente coloradota riéndose...

—¿Tiene usted nostalgia del mundo normal?

—¡Por supuesto que sí! Llevo demasiados años rodeado de ladrones y mafiosos. Siempre lo oscuro, lo negativo, el delito, el horror. ¡Y por si faltaba algo, ahora esta historia macabra del pene!

—Macabra es una buena palabra para definirla, lleva usted razón.

—¿Y qué podemos hacer, inspectora?

—Me temo que no mucho más. Volveremos a dar una vuelta por los hospitales, más que nada por cumplir, y les repetiremos que tengan los ojos abiertos y nuestro número de teléfono a mano. Estaremos pendientes de los cadáveres que puedan ser hallados y... ¡se acabó!

Garzón no estaba satisfecho, veía cada vez más cercana la posibilidad de que aquel embrión de caso recibiera un sonoro carpetazo oficial. Si no hay cuerpo no hay caso, el pene permanecería un tiempo prudencial en el Anatómico Forense para una posible identificación y después el juez cerraría la investigación y todo aquello quedaría olvidado. A mí también me fastidiaba profundamente que eso sucediera, siempre me han repateado las situaciones absurdas. Además, mi implicación en los hechos era mucho mayor, no había que olvidar que yo era la destinataria del lúgubre envío. El subinspector tenía la frustración pintada en el rostro, la inquietud reflejada en los ojos.

—Hay un asesino por ahí campando y nosotros tenemos que ocuparnos de cosas rutinarias.

—¿Es eso lo que le preocupa de verdad, o está únicamente sintiendo la rabia de dejar algo inconcluso?

—Siempre me ha puesto negro tener que salir del cine a media proyección, o que me cambien el plan en el último momento.

—Sí, a mí también, pero no hay que confundir esa

sensación con la inquietud por un posible asesinato. De momento, no hay muertos que rastrear.

—¿Y si va recibiendo paquetes con diversos trozos de un individuo?

—Cuando lleguen las orejas empezaré a sospechar.

—Eso es muy gracioso, inspectora, pero la lógica nos enseña que las cosas no suceden porque sí, siempre hay una ristra de consecuencias que siguen a una primera acción.

—Un razonamiento acertado, Garzón, pero no podemos perdernos en un mar de conjeturas. Además, ¿quién le ha dicho que la vida es lógica?

—Tiene que haber una explicación. ¿Y si tras todo esto se halla una organización de tráfico de órganos? ¿No será un arrepentido quien le ha mandado como muestra ese botón? ¿Y qué me dice de un médico solitario, trastornado y extraño que se ha marcado por su cuenta una operación sangrienta?

Aplasté el cigarrillo en el cenicero dispuesta a atajar aquella escalada de despropósitos. Sonreí con una mueca tensa para decir:

—¿Y si una señora, cansada de prepararle la cena al marido, decidió cocinarle una salchicha singular y se la cortó? ¿Y si el envío es el resultado de una de esas apuestas masculinas que empiezan por: «Me apuesto la polla a que...»?

El subinspector me miró con una inquina salvaje.

—Ya le he dicho antes que está usted muy graciosa hoy. Creo que voy a tener que marcharme a la calle para soltar las carcajadas en otro lugar menos serio. Con su permiso, me largo a trabajar en todos esos asuntos tan importantes que solemos manejar.

Se alejó más digno que un hidalgo de pacotilla. No me

esperaba aquella reacción, y eso que tenía indicios para haberla previsto. Garzón era, hasta la médula, un hombre pasional, y obviamente se aburría, ¡vaya que sí!, se aburría de manera desaforada, como una bestia, como un desdichado animal condenado a estar en la celda de un zoo cuando lo suyo son las infinitas sabanas. Una vida de rutina mayoritaria había conseguido hacer de él un buscador de sensaciones cuando se le avecinaba la jubilación. Por eso, después de haber probado la miel del misterio se resistía a volver al vulgar potaje del menú convencional. ¿Cómo podía pensar siquiera en la posibilidad de montar un restaurante? Aquel sueño de paz cotidiana se habría disuelto cuando un cliente le hubiera pedido el mismo plato por segunda vez. No, Garzón tenía la vena de un hombre de acción, pero yo no había corrido tanto como él por la vía policial y los casos sencillos y facilones los vivía aún como bendición del destino. Se le pasaría.

Volvió la tranquilidad a nuestro trabajo. Alguna vez en los días sucesivos el comisario preguntó si había alguna novedad, pero nunca se presentaba nada que pudiera relacionarse con el pene misterioso. Fueron hallados un par de cadáveres en la provincia a los que nuestros hombres se apresuraron a bajar los pantalones con impudicia, pero ambos estaban tan íntegros como su madre los parió. Yo acabé por olvidarme un poco de todo aquello y llegué a pensar que más penes se cortaron en las guerras goyescas. Dejé de recibir correspondencia relacionada con la televisión y, para colmo de bonanzas, el comisario retiró por fin la escolta de mi puerta. Una noche Marqués y Palafolls vinieron a despedirse exhibiendo fórmulas de cortesía tan peregrinas como que había sido un placer protegerme. Los vi alejarse satisfecha y me fui a dormir con tranquilidad por primera vez en muchos días.

Si hubiera sido panadera o calderera o sastra o portera, la aspiración a continuar en paz habría sido razonable y normal. Pero era policía, así lo había decidido en un momento de chifladura, y tampoco puedo quejarme demasiado al recordar que aquella calma no duró. Una mañana de noviembre, con toda la fría bruma concentrada en la rojez de mi nariz, entré en mi despacho de comisaría dispuesta a trabajar. Comprobé con poca alegría el insuficiente calor que irradiaba el aparato calefactor y, después de mirar por la ventana sin ningún motivo, como solía hacer antes de meterme en faena, me dirigí hacia la mesa de una maldita vez. Y allí estaba, como si tal cosa, entre el montoncito de cartas cotidiano, como si a nadie le hubiera extrañado que llegara a comisaría un paquete así. Lo vi desde lejos y no me atreví a avanzar. Cuatro pasos me separaban del paquete en cuestión, pero estaba ya tan segura de lo que iba a hallar que, como en una pesadilla, se me ralentizaron las piernas y no sabía si andaba o no. Me pasé la mano por la cara como en una pesadilla también y, al final, súbitamente indignada conmigo misma por aquella reacción, anduve la corta distancia como un general del Tercer Reich. No había la más mínima duda: mi nombre, la dirección, la letra en que ambos estaban impresos, la forma del paquete, su tamaño, el color del papel de envolver. Siguiendo con mis reflejos patológicos no me había atrevido a coger ni a tocar siquiera el envío, pero maldita la falta que hacía. Allí, sobre mi mesa, se hallaba sin duda el despojo número dos. ¿Por fin las orejas?, me pregunté, ¿o esta vez sería un órgano interno: un hígado, el páncreas, el corazón? Estaba metiéndome solita en un crescendo de horrores. «¡Basta ya! —exclamé para mí—, debo actuar.» Actué dejándome llevar por el ser autoritario que todos llevamos dentro, o como un militar, o como ambas cosas a la vez si es que ambas cosas no son lo mismo *per se*. «Que tus movimientos sean precedidos por rodar de cabezas», pensé y, presa de un arrebato de mando, salí al pasillo gritando:

—¡¿Quién coño ha traído esto aquí?!

Los predecapitados tardaron un buen rato en hacerse una idea de la situación, y cuando me dirigí al guardia de la entrada su respuesta fue conmovedora de tan normal.

—El cartero, inspectora —respondió como si hablara con una evadida de psiquiátrico.

—¿El cartero? —insistí.

—Sí, el cartero a primera hora. El paquete traía su nombre y ha pasado sin problemas el detector, de modo que yo...

—¿Y usted no sabe que este paquete es especial?

Negó con la cabeza como un extraño niño de uniforme. Me quedé sin argumentos para seguir y le ordené, cargada de paciencia:

—Llame al subinspector Garzón.

Garzón entró en mi despacho relajado y ausente como si volviera de un picnic, pero enseguida lo vio. Sus ojos se agrandaron y despidieron una luz que parecía de ilusión. No tuve la menor duda: el subinspector se alegraba de volver a empezar con aquella historia.

—¿Cuándo ha llegado? —preguntó.

—En el correo de esta mañana.

Ni siquiera se permitió una pregunta más.

—Ábralo —dijo, absorto como un jugador de ajedrez.

—Fermín, ¿no cree que sería más indicado llevarlo al laboratorio y que lo abran allí?

—¿Y si sólo contiene recortes de periódico? No, ni hablar; viene a su nombre, ábralo.

Su impaciencia y devoradora curiosidad estaban haciendo que tomara el mando al tiempo que mi pánico me llevaba a perderlo. Me temblaban las manos al despegar las cintas adhesivas. Mi imaginación cabalgaba hacia el absurdo: ¿un hígado, un dedo, quizá una tráquea sanguinolenta? Quité el papel. La cajita tenía exactamente la misma forma, el mismo color. Quedé un momento en suspenso y vi cómo el subinspector, fuera de sí, se adelantaba y desprendía la tapa.

—¡Dios! —murmuró.

Yo no encontraba exclamaciones. No era un esófago ni una nariz ni un bazo, era, achicado y mustio, un pene muy parecido al anterior.

—¡Dios! —repitió mi compañero.

Pasó un minuto completo sin que pudiéramos despegar la mirada cautiva de su foco de atención. Por fin el subinspector demarró chirriando como un coche a toda velocidad.

—¡Se lo dije, inspectora, se lo dije, las cosas no podían quedar así!

—No alcanzo a imaginar qué está pasando.

—Esto es obra de un asesino en serie, de un psicópata, de una bestia maldita, de un degradado cabrón. Estaba seguro de que el caso no había hecho más que empezar, Petra, y nosotros aquí haciendo el chupatintas y ocupándonos en chorradas. ¡Se acabó, hay que actuar deprisa! Yo me encargo de los prolegómenos del juez y el comisario, usted vaya enseguida a informarse de si se ha hallado algún muerto o denunciado alguna desaparición.

Salió escapado de mi despacho llevando el paquete siniestro en la mano. Seguía mandando él, pues yo estaba zombi del todo. ¡Qué podía importar! Debo reconocer que me asusté, que mi implicación personal me envaraba y llenaba de dudas, porque no sólo se trataba de que aparecieran incomprensibles penes cortados, sino que estaban enviándomelos a mí. ¿Por qué?

A las siete de aquel mismo día y, cumplidas las diligencias iniciales, Garzón y yo nos encontramos en el Anatómico Forense. El había convencido al doctor Montalbán de que se saltara los turnos y prioridades e hiciera la autopsia del pene sin más dilación. Había montado un buen escándalo interno, el subinspector. Incluso Coronas, persuadido por su insistencia y aceleración, consintió en relevarnos de cualquier otro caso que no fuera aquél. Por su parte, el juez seguía recalcando: confidencialidad y discreción, no podíamos permitirnos ni un solo titular, que sería de órdago, ni un «breve» en sucesos, no digamos nada de la televisión. Veríamos hasta qué punto éramos capaces de controlar un amenazante aluvión de morbosidad.

Montalbán estaba más serio que la primera vez. Se daba cuenta de la trascendencia que aquello podía tomar. Era consciente también de que, moviéndonos entre sombras tan densas, su informe tomaba una especial relevancia. En efecto, mis primeras investigaciones sobre muertos o desaparecidos arrojaron un resultado negativo. Habían denunciado la ausencia de un par de mujeres, inmediatamente descartadas, y la de un viejo perturbado que confiaban en que no tardara en aparecer. Muertos, una adolescente por sobredosis y nadie más. Por eso el forense se concentró como si, en vez de rajar un pene extinto, se aprestara a realizar un trasplante de válvula mitral. Yo, más tranquila, asistía al acto médico sin muchas esperanzas de ninguna aclaración.

—Volvemos a las andadas —dijo tras la primera inspección ocular—. Este es el pene de un hombre joven conservado en formol. Envasado al vacío exactamente por el mismo procedimiento que el anterior. —Hurgó sobre la incisión de uno de los extremos y dictaminó—: También escindido por métodos quirúrgicos, con bisturí.

—¿No ve ninguna diferencia?

—En fin, las morfológicas propias de otro individuo. Verán, les mostraré, voy a buscar el pene conservado, que aún está aquí. —Se acercó a unas estanterías del quirófano donde tenía preparaciones de formol en tarros más o menos parecidos. Trajo el pene hasta la mesa—. ¿Ven? El anterior es un poco más largo, éste tiene un diámetro mayor..., pero, en fin, si miran la línea de sección ustedes mismos podrán comprobar que está hecha exactamente igual. No hay diferencias sustanciales. Ahora vamos a ver si... —De pronto algo llamó su atención y se inclinó sobre el pequeño cuerpo—. ¿Y esto? ¿Qué es esto?

El subinspector entró al trapo como un muchacho nervioso.

—¿Qué pasa, doctor Montalbán?

Pero el médico ni le oía, ante lo cual él reincidió:

—¿Ha encontrado algo interesante?

Tuve que hacerle una seña de calma para que dejara de incordiar.

—Creo que..., bueno, sin ninguna duda esto es un punto de sutura. Miren.

Elevó con las pinzas el extremo inferior del miembro. Vi una minúscula puntada de hilo traslúcido que empezaba y acababa en sí misma.

—Sí, es un punto hecho con catgut.

—¿Qué es catgut? —preguntó Garzón.

—Un hilo quirúrgico distinto del de seda, más moderno. Los puntos se reabsorben, no es necesario quitarlos. Se emplea en todo tipo de operaciones.

Comprendí que mi compañero iba a hacer otra pregunta y le pedí silencio con el dedo sobre los labios. Hacía mucho tiempo que no lo veía tan excitado y tan pelmazo. Pero aún no era momento para interrogatorios, el forense seguía concentrado por completo en su labor, con el ceño fruncido y la expresión nada satisfecha.

—Lo que no entiendo es que..., bueno, lo que no entiendo es el punto en sí mismo; quiero decir que un punto aislado y en el lugar que está no sirve para nada, es innecesario. No puedo adivinar el motivo por el que está ahí; no sutura, no abarca o cose ninguna rozadura, ninguna incisión, ningún pequeño desgarro... Digamos que no tiene razón médica. —Levantó la vista y sus ojos se adaptaron a la distancia normal. Parecía tan intrigado como nosotros—. ¿Qué piensa de esto, inspectora?

—No lo sé, doctor, no lo sé. Dígame, ¿sucede con el catgut como con el formol o los bisturíes, puede comprarse con facilidad?

—En fin..., descarte las farmacias, por supuesto, pero como material quirúrgico... Aunque la verdad, yo creo que sería un poco más complicado..., a no ser que... ¡No sé, inspectora, esto es un lío! Pensar que alguien acopia un variado instrumental médico, que realiza una incisión perfecta, que da un punto de sutura y corta las puntas del hilo tal y como se hace en la práctica ortodoxa, yo creo que quizá...

—Quizá el cúmulo de casualidades concertadas nos lleva a pensar que no se trata de casualidades y es un médico quien está haciendo esto, ¿cierto?

—Un médico es demasiado decir, ya se lo indiqué la otra vez. Yo abriría el campo y apuntaría hacia cualquiera relacionado con la profesión: una enfermera, un estudiante, un ayudante de quirófano... o un médico, sí.

El corporativismo acérrimo de los galenos hacía que Montalbán tomara toda serie de precauciones, aunque llevaba razón, no debíamos centrarnos en una conjetura viciada desde el principio. Intervino Garzón.

—Dígame, si no hay razón médica para que ese punto esté donde está, ¿por qué cree que alguien lo dio?

—No se me ocurre, Garzón, quizá fue una prueba previa de la herida que se suturó después, quizá...

—¿Un descuido?

—No, ni hablar. Los médicos podemos ser descuidados y sin duda ustedes han oído contar sobre vendas o tijeras que quedan accidentalmente en el interior de un enfermo en el transcurso de una operación, pero eso no es lo habitual. Además, aquí esa hipótesis resulta absurda, ese punto se dio en esta localización porque era ése el lugar escogido, no me pregunten la razón. A mí me parece un emplazamiento aleatorio. En cuanto a la factura..., es perfecta, sin más.

Los tres nos miramos con gesto consternado. ¿Acababa allí nuestro avance en el caso después de la autopsia? Era pronto para afirmar si la acotación al mundo médico constituía algo sustancial, pero habíamos dado un paso.

—¿Por dónde tiraría usted, doctor? ¿Hay algún modo de saber si estas castraciones están produciéndose en un hospital?

—Ni idea. Sólo puedo decirles que hay muchos hospitales en Barcelona, gran cantidad de especialistas, un montón de cirujanos, una legión de enfermeras... Si ya han alertado a los servicios de andrología y de urgencias supongo que quedan pocos caminos por los que puedan continuar.

—Daremos una ojeada por ahí, hablaremos con los cirujanos jefe, con los encargados de quirófano, con los enterradores de restos amputados... Algo saldrá.

Montalbán me miró con simpatía.

—No les envidio la suerte, amigos míos; es como meterse por la noche en el bosque con una cerilla por toda luz.

Pero mentía. Tuve la impresión de que estaba tan intrigado con aquella historia que nos hubiera acompañado de buena gana en vez de quedarse entre sus tarros de mermelada cadavérica. De hecho, cuando salíamos nos rogó que le comunicáramos cualquier sospecha o novedad.

Garzón iba ensimismado como un místico. No me miraba ni se fijaba en nada. De pronto pasó su pensamiento a palabras.

—Entendería que un psicópata tenga un cuerpo conservado en formol y vaya enviándole partes, pero qué aparezca otro pene no tiene lógica alguna.

—La mente nos juega malas pasadas. Usted tenía esa idea en la cabeza y el nuevo envío se la ha desbaratado. Pero eso sólo significa que su idea era equivocada.

—No, inspectora; eso eleva el grado de complicación y, por lo tanto, es menos posible como hipótesis. ¿Se da cuenta de hasta qué punto es difícil matar a dos hombres sin que aparezcan los cuerpos ni se denuncie su desaparición? Y si esos hombres mutilados siguen vivos, ¿puede explicarme por qué no levantan la voz?

—Debe de haber algo infamante en sus castraciones, quizá un castigo, una amenaza, un ajuste de cuentas. Si hablan, los matan; lo cual explicaría su silencio.

—Castración quirúrgica como venganza no me parece normal. Lo de castigo... ya está más dentro de la línea. Suena a algo de tipo mafioso.

—¿Actúa la mafia en España?

—La mafia italiana, no; pero algún cártel de droga...

—En ese caso, ¿por qué me enviarían a mí los trofeos?

—Quizá en un intento de perfilar el castigo, hacerlo

más humillante. También es posible que sea una manera de que los castradores cierren la boca del todo.

—¿Y de dónde sacan un médico para que les haga las chapuzas?

—Ya ha oído al doctor, no tiene que ser un médico precisamente; además, si es verdad lo que estamos diciendo, entraríamos en otra dimensión. Esa gente cuenta con medios, dinero, conexiones internacionales; encontrar a una enfermera no sería un problema.

—Demasiada sofisticación.

—No lo crea; es el modo de que no se desangren, de que no podamos encontrarlos medio muertos por ahí. Los secuestran, o los engañan si es que son de su propia organización, y, una vez narcotizados, los someten a la operación. Cuando se despiertan y los riesgos de salud están controlados, vuelven a soltarlos.

Impulsé todas mis neuronas al estado de alerta. Sí, ¿por qué no?, era una posibilidad más que aceptable.

—Suena bien, subinspector, es plausible. Póngase en contacto con la Brigada de Narcóticos y que le cuenten cómo tienen el panorama en ese sector: movimientos en los últimos meses, grupos que actúen en Barcelona, rivalidades manifiestas, algún soplo que hayan recibido... No se olvide de pedirles la discreción que exige el juez.

—Tendré que contarles lo imprescindible.

—Cuénteselo, pero que no se vayan de la lengua.

—Muy bien, inspectora, no hay problema. Esto empieza a ponerse interesante. ¿Se imagina que, por una vez, tengamos en las manos un caso grande? Lo malo sería que los de Narcóticos quisieran meter la cuchara.

Los pruritos profesionales masculinos siempre me han llenado de curiosidad. Los hombres conceden gran importancia a la altura en que se desarrollan las cosas, toleran mal bajar un solo escalón siquiera. También era cierto que el subinspector necesitaba algún acicate personal. Desde que se había producido el traumático fallecimiento de su novia Valentina no levantaba cabeza. Se le veía tranquilo y relajado, sí, pero sin ninguna ilusión. Yo procuraba preguntarle por sus cosas y animarlo, pero inútilmente; su vida privada se hallaba bajo mínimos. Llevaba una ordenada rutina, iba a veces al cine, tenía un amigo o dos... Reanudó el contacto con Pepe, mi segundo ex marido, y pasaba muchas horas muertas acodado en la barra de su bar. Pepe había vuelto a casarse, pero su mujer era una odiosa periodista triunfadora a la que no le quedaba mucho tiempo para dedicárselo a él. Contó al menos con la clarividencia suficiente para darse cuenta de que no debía abandonar su trabajo ni alejarse del ambiente del Efemérides, su curioso local. Hacía mucho tiempo que no nos veíamos, y eso que Garzón siempre intentaba convencerme de que le acompañara a tomar una copa, cosa que nunca hice. Sin saber muy bien la razón procuraba sustraerme del pasado. Mezclada entre los recuerdos estaba mi propia imagen anterior, y no me gustaba enfrentarme a ella ni siquiera con la pérdida de pasión que aporta el tiempo. Ahora era una mujer serena y comedida, dotada de un escepticismo feroz que me servía de protección y faro existencial. En cualquier caso, me alegraba de que Garzón se sintiera estimulado con todo aquel meneo de los penes. ¿Era eso lo que necesitaba para devolverse la autoestima, un buen asunto de servicio, desenmascarar una banda de narcotraficantes, cazar a un sangriento asesino? Entonces tampoco era demasiado; había quien precisaba un amor apasionado, tener un cuerpo perfecto o especular con millones en la bolsa de Wall Street.

Pasé la tarde entrevistándome con tres directores de

hospital a los que ya habíamos visto un mes atrás. Me enseñaron todo cuanto quise ver y acabaron convenciéndome con su insistencia de que era virtualmente imposible que nadie de su personal sanitario hubiera utilizado un quirófano de modo subrepticio. Visité también el incinerador de residuos orgánicos de cada uno de los centros y comprobé hasta qué punto las rutinas metódicas se realizaban con orden, prontitud y documentación. Solicité que me presentaran a los jefes de servicio de andrología y riñón, las especialidades más cercanas a las partes anatómicas que teníamos en nuestro poder. Ninguno de ellos manifestó tener la más mínima duda sobre el equilibrio y normalidad de la gente bajo su jurisdicción. Aunque aquella visita pareciera de entrada infructuosa, no iba a quedarme más remedio que repetirla en toda la lista de hospitales. Pero no todos el mismo día, pensé, y dándome un respiro autocomplaciente decidí volver a casa antes de lo normal. Soñaba con un poco de lectura, un dedo de brandy, un sencillo bocado y el hundimiento total de mi cuerpo y mi espíritu entre los muelles del sillón.

Enfilé la última curva antes de llegar a mi calle, contenta por la indulgencia que había demostrado hacia mí misma, cosa que no siempre suelo hacer. Pero mis alegrías y sueños inmediatos se esfumaron en cuanto avisté un coche conocido justo delante de la puerta. ¿Eran? ¿No eran? Se me aceleró el corazón, pero no fue muy lejos, porque de repente casi se paró al ver a mi doméstica Julieta acompañada de Marqués y Palafolls. Charlaban, charlaban y reían, se camelaban, en la mejor tradición decimonónica de guardias y modistillas. Ella sujetaba la puerta bien abierta y situaba su cuerpo en el quicio. Ellos, desde fuera, se apoyaban alternativamente en uno u otro pie comiéndosela con los ojos. Ni se enteraron de mi llegada y sólo los sacó de su embeleso el portazo que arreé al salir del coche.

—¡Señora Delicado! —exclamó Julieta, que era la que estaba de cara. Entonces los dos jóvenes se volvieron y se cuadraron ante mí como si estuviéramos en el desfile de la Hispanidad.

—iA sus órdenes, inspectora! —bramaron al unísono.

Yo estaba de un humor fétido.

—Hola, Julieta. Y ustedes ¿qué coño hacen aquí?

—Acabábamos de llegar, inspectora. Estábamos haciendo unas preguntas sobre seguridad de la casa por si...

—Suban al coche y lárguense.

—Verá, inspectora, el comisario Coronas nos ordenó que...

—¡Al carajo con esas órdenes!, ya han oído lo que les ordeno yo.

La ferocidad de mi tono y aquel desacato impensable hacia el comisario los dejó fuera de cualquier intento de argumentación.

—¡A la orden! —rugieron en un ataque de locura napoleónica.

Partieron escapados. Yo me serené mínimamente y al dar la vuelta me topé con la cara aterrorizada de Julieta, que nunca me había visto en hábito marcial.

—¡Jesús! musitó, y, no queriendo meterse en dibujos, corrió hacia la cocina a toda prisa.

De tres pasos me planté frente al teléfono y marqué. No tardó mucho tiempo en ponerse.

—¿Comisario Coronas? Soy Petra Delicado.

—¿Qué hay, Petra, cómo está?

—Hecha una furia es exactamente como estoy. ¿Puede explicarme por qué ha vuelto a ponerme la escolta nocturna?

—Sabía que se enfadaría, pero no he tenido otro remedio. Ha recibido usted un nuevo envío, y ya sabe lo que dicen las ordenanzas sobre la seguridad de los agentes.

—¿Las ordenanzas, Coronas, las ordenanzas? ¿Quiere que le diga todas las ordenanzas que nos pasamos cada día por el forro?

—No hace falta que sea grosera.

—¿Sabe lo que es una huelga de celo, comisario? ¿Va a obligarme de verdad por una chorrada así a que me pase los próximos meses cumpliendo las ordenanzas una a una?

—Está bien, Petra, está bien, es usted cabezota como una mula. Le quitaré la escolta si quiere, pero tendré que informar a mis superiores, porque no quiero tener ninguna responsabilidad sobre usted.

—De acuerdo, se lo agradezco.

—Ahora pídame disculpas por el tono que ha empleado.

—Le pido perdón, señor, estaba un poco nerviosa.

—¡Qué será cuando lo esté mucho! Deje de darme la tabarra, ordenaré que le digan a los muchachos que ya se pueden marchar.

¡Ja!, si hubiera sabido que los muchachos andaban ya a kilómetros de allí... Pegué un soplido de cansancio y relax. Entonces oí una tímida llamada en la puerta del salón. Era Julieta, asomando la cabeza.

—¿Señora Delicado? Ya he acabado. Le he dejado la cena en el microondas: una empanada con espinacas y ensalada de soja.

—¿Y tú por qué andas siempre cocinándome hierbas, es que no puedes comprar un buen bistec?

—Sí, señora, sí, sí, mañana mismo, descuide.

Estaba horrorizada. A lo mejor temía que sacara mi

arma reglamentaria y disparara. ¿Desde cuántos días atrás andaría de cháchara con mis guardianes? Todo aquello era ridículo. Ridícula la decisión de Coronas, ridículo el caso que se avecinaba, ridícula mi explosión de cólera. Tardaría un buen rato en reponerme de aquel cabreo. Lo intenté sometiéndome a un whisky terapéutico.

Los días sucesivos se desarrollaron entre comprobaciones que llegaron a hacerse rutinarias. A pesar de la ayuda que nos prestaron nuestros compañeros de Narcóticos nada se aclaraba con sus informes. El método de cortar un pene y enviárselo a la policía no les parecía un sistema propio de la gente con la que trataban. Era una venganza improbable, y como ajuste de cuentas resultaba alambicado y sin precedentes, demasiado sofisticado. Si camellos o traficantes decidían dar a alguien un escarmiento, no metían a la policía por en medio ni utilizaban cirujanos para la parte sangrienta. En cuanto a las bandas rivales..., por muy fuerte que hubiera podido ser el desencuentro, jamás se habría enviado una evidencia a la poli. Tampoco les cuadraba aquel modo misterioso y juguetón de hacer los envíos seriados ocultándose en la sombra. No, aquellos tipos no estaban para *delicatessen* del delito y se habrían inclinado siempre por un despiece más carnicero. Aun así, pasamos las horas muertas con nuestros colegas, asistiendo a las consultas que hicieron sobre ficheros, fotografías y últimas detenciones. Sin ningún resultado. Llegamos incluso a salir a la calle para interrogar a algunos jóvenes que hubieran podido ser sospechosos. Me percaté de que los de Narcóticos estaban haciendo lo imposible por complacernos y echarnos una mano, pero que realizaban aquellas pesquisas sin fe en su utilidad. Se lo agradecí y los envidié, al menos ellos tenían su campo de acción bien acotado y era un terreno firme, real. Buscaban droga y se enfrentaban a individuos que actuaban con un móvil económico. Nosotros no contábamos con tantas ventajas. De hecho, podíamos estar pivotando sobre cualquier cosa, cualquiera, desde un asesino loco a una organización siniestra.

Paralelamente a estas investigaciones, Garzón y yo continuábamos, un poco agónicamente, con los interrogatorios de hospital. Ya teníamos amigos entre la clase médica. Tanto era así que el subinspector, dueño de un desparpajo considerable, se había hecho visitar de refilón por un especialista para que le aliviara el dolor de espalda. Pero aquéllas eran gestiones policialmente baldías. ¿Cómo podía ser de otro modo? Hablábamos con cirujanos que negaban cualquier posibilidad de error o suplantación, con enfermeras que nos ratificaban el orden imperante en las salas a su cargo, con celadores que manifestaban haber cumplido siempre su papel. Y semejaba lógico, además; ¿qué médico majara va a colarse dentro de un quirófano en sus horas libres para ejecutar una castración?, ¿y a quién habría convencido para servir de conejillo?, ¿y qué hacía con «el paciente» una vez llevada a efecto la separación? Pero, sobre todo, ¿por qué? Los médicos no andan por ahí rajando pollas y luego mandándolas como si fueran una invitación a tomar el té.

Como ya empezaba a convertirse en costumbre para mí, los prolegómenos de los casos difíciles me ponían de pésimo humor. Sabía, tenía siempre la conciencia clara, de que eran pasos tan imprescindibles como perdidos, pero nunca los juzgué tan inútiles como estaban siendo en aquella ocasión. Con nuestra recua de galenos y drogotas no conseguíamos más que divagar, ya que ambas líneas de investigación se basaban en hipótesis oscuras. Mi mal humor no volvió a explotar en forma de ruidoso ataque, pero hablaba poco y ni siquiera escuchaba demasiado los parlamentos de Garzón cuando hacíamos una pausa para relajarnos o tomar un café. Él se daba cuenta y, con buen criterio, me dejaba en paz. Por eso, pasado un largo tiempo en idéntico vía crucis, llegó una mañana a mi despacho y se puso contentísimo para decir:

—Inspectora, me acaban de avisar de algo que le va a gustar. Anoche denunciaron la desaparición de un chico joven. ¿Qué le parece? —Me miraba como si acabara de regalarme unas flores.

—¡Por Dios, Garzón, cualquiera que le oiga...! Dígame dónde y quién fue el denunciante. —Me puse rápidamente en pie y busqué con impaciencia mi chaqueta.

—¿Lo ve? Sabía que necesitaba entrar en acción —dijo él.

—Yo pensaba que esa necesidad la tenía usted.

—Para mí, más que necesidad se trata de un placer.

3

El desaparecido se llamaba Ricardo López y procedía de Hospitalet. Hacía una semana que faltaba de casa, pero su madre no dio antes parte a la policía porque el chico se largaba de vez en cuando sin dar explicación. Nos miraba serena cuando fuimos a visitarla. Era viuda y tenía siete hijos más. Trabajaba como limpiadora en unas oficinas por las noches y de día cuidaba su casa y procuraba mantener a sus hijos fuera de la marginación. Era un intento difícil; los chicos mayores, influidos por el ambiente y marcados por la pobreza, habían derivado hacia unas vidas salpicadas por el desorden y los pequeños delitos. Una historia demasiado típica y repetida, ejemplo de la maravillosa sociedad en que vivimos, pensé.

Todos aquellos prolegómenos no hacían presagiar que nos moviéramos en los parámetros de singularidad que exigía el caso, pero aun así realizamos a aquella mujer un interrogatorio minucioso: el carácter de su hijo, sus amistades, los ambientes que frecuentaba, las circunstancias excepcionales que notó los días previos a su desaparición. La madre contestaba como desde la lejanía, sin desesperación ni dolor. No tenía tiempo para sufrir, no podía permitírselo. La exigencia de su vida diaria, los golpes recibidos, la miseria moral... Supuse que resultaba absurdo preguntarle si había notado algo raro en el chico últimamente. ¿Cómo podía dedicarse a las precisiones psicológicas de siete hijos a los que había que alimentar? Dijo sin embargo que Ricardo era el más independiente, que no tenía trabajo fijo, que a menudo desaparecía durante un par de días y luego volvía diciendo que había estado ocupado en asuntos privados. Y dijo por fin algo a lo que sí prestamos especial atención; en los últimos tiempos el muchacho había estado relacionándose con mendigos. Aquel detalle parecía ser lo único que la ponía fuera de sí.

—Me he matado para que fuera limpio, para que nunca le faltara el dinero de un bocadillo y un plato caliente al llegar, ¿y qué le da por hacer? Largarse con todos esos piojosos, hombres más viejos que él que se reúnen en un descampado cerca del Besós. Suelen ir varios amigos, les tiran de la lengua a esos desgraciados y dicen que se divierten con las historias que cuentan. No me extrañaría que se hubiera marchado a otra ciudad y estuviera haciendo de mendigo él también.

Los López no eran el final de la escalera; debajo de ellos existían varios peldaños que bajaban hasta un abismo total. Registramos la casa y buscamos un pelo, presuntamente de Ricardo, que Garzón pronto localizó.

—Creo que ya hemos encontrado lo que vinimos a buscar —dijo escuetamente, y metió los pelos en una bolsita estéril.

—¿Eso servirá para encontrar a mi hijo?

—Ayudará.

Una vez fuera de aquella casa opresiva tuve la sensación de que a aquella mujer no le importaba demasiado recobrar a su hijo. Lo comenté en voz alta y Garzón me acusó de injusticia.

—La realidad de la gente pobre no tiene los mismos esquemas que la nuestra, inspectora. La señora López ama a sus hijos, pero de una manera inconsciente procura sentir lo menos posible. ¿Por qué querría llevar a fondo sus sentimientos si resulta que casi siempre son dolorosos?

—¡Caramba, Garzón, cualquiera diría que se ha dedicado usted toda la vida al auxilio social!

—Puede que no, pero estoy convencido de que he visto muchos más pobres que usted.

—¿Pretende que compitamos en un concurso?

—Haremos una cosa, inspectora, si a usted le parece bien. Después de llevarle estos pelos al doctor Montalbán podemos seguir la investigación visitando los descampados llenos de vagabundos que ha citado esa señora. Sé a cuáles se refiere.

—Eso ya lo habrán hecho los colegas que están a cargo de la desaparición.

—Sería interesante que nosotros nos moviéramos un poco por allí. El tercio de mendigos y vagabundos se nos había olvidado. ¿No le parece que sería extraordinariamente fácil emborrachar a uno de esos pobres desgraciados, o narcotizarlo, y después experimentar con él cortándole el pene o cualquier otra atrocidad?

—¿Y no correría la víctima a denunciarlo en cuanto se despertara?

—¡Denunciarlo! Eso sería lo más improbable. La mayoría de ellos son trastornados, inspectora. Y aunque no fuera así, su mundo no es un mundo de denuncias ni de derechos. Malviven como pueden. ¿A cuántos de esos vagabundos ha conocido, inspectora?

—¡Hombre, tanto como conocer...! He visto hombres harapientos dormir en el metro; otros me han pedido limosna al pasar..., pero estoy segura de que usted tampoco suele invitarlos a cenar los sábados.

—Pero he hablado con ellos, inspectora, los he visto en su salsa muchas veces a lo largo de mi carrera policial.

—Le felicito, Fermín, ha ganado usted el primer premio del «Hatillo Mendicante», pero ¿puede decirme en concreto qué es lo que propone? No creo que se interese tan sólo por revelarme las verdades de la vida.

—No, creo que debemos visitar los albergues de caridad que hay en Barcelona, hablar con los responsables y preguntar si en los últimos dos meses han acogido a algún hombre joven que presentara heridas en el pene o síntomas de haber perdido sangre, debilidad...

—Es razonable. Habrá que preguntar al gobierno autonómico cuántos de esos centros existen.

—Ya contamos con esos datos, Petra. Una parte dependen de Bienestar Social, otros del Ayuntamiento, y hay varios eclesiásticos que sirven a los sin techo mediando la caridad. Usted sólo sígame y relájese.

¡Vaya por Dios!, ya tenía al subinspector en plan paternalista intentando demostrar que no era más que una frivolona para quien los únicos mendigos eran los *clochards* de París. ¿Por qué tantos hombres necesitan ser guías de mujeres de vez en cuando? Pero no iba a ponerme reticente por una cuestión de tono menor. De la teoría del subinspector me parecía aprovechable la primera parte; aquel grupo humano era en efecto lo suficientemente indefenso como para que, habiendo sufrido alguna agresión, ésta quedara oculta. Pero las ramificaciones sobre experimentación con mendigos entraban ya en la fantasía. Y quedaba la incógnita de siempre: ¿quién demonio una vez cometida la fechoría sangrienta me enviaba el cuerpo del delito como si fuera un delicado presente?

Dejamos el cabello de Ricardo López en el Anatómico para que el doctor Montalbán determinara su ADN y luego partimos a disfrutar del *tour* turístico de la marginación. Preguntamos en albergues y comedores dependientes de Cáritas y Bienestar Social, en locales de beneficencia, en descampados en los que se reunían mendigos. Pasamos el día completo metidos en esa tarea, pero no recopilamos ni un solo dato de interés. Nadie herido ni enfermo había pasado por aquellos lugares. Nadie había hecho ningún relato sospechoso a cuidadores o asistentes sociales.

Una vez acabadas las pesquisas, abandonados aquellos ambientes tan depresivos, empecé a perder el control autoimpuesto frente a mi compañero. Tomé varias bocanadas de aire fresco y suspiré.

—¡Hay que joderse, la vida de algunas personas!

Pero Garzón hizo como si no me hubiera oído. El espectáculo de la marginación me resultó atroz. Los detalles de lo visto me golpeaban la mente sin cesar. Aquel equipamiento de los albergues, con camas idénticas y mantas bastas, los pequeños intentos de decoración consistentes en flores de plástico y cuadritos con fotos de paisajes idílicos eran significativos en sí. Todo hacía pensar en hombres derrotados que tienen como espejo una sociedad próspera, el excipiente, los que no cuentan, los que casi no son. El baño obligatorio, la luz que se apaga para todos al mismo tiempo... Quien fuera a dormir allí estaba asumiendo su fracaso mientras el mundo le decía que había sido culpa suya. Todo es una falacia, pensé, una mentira asquerosa que hemos acabado creyéndonos: la sociedad justa, la igualdad de oportunidades...

Caminábamos a paso lento por las calles estrechas del centro. Garzón dijo:

—Ya ve, nada interesante, el único huésped de esos hoteles de lujo con problemas de salud fue un viejo que vomitó sangre el jueves. De pichas cortadas o jóvenes que parecieran enfermos nada de nada.

—Oiga, Garzón, vamos a dejarlo por hoy. ¿Por qué no se viene a mi casa? Algo habrá para cenar.

El subinspector tardó casi diez minutos en determinar si el potaje de arroz integral que nos había preparado Julieta le gustaba o no. Acabó diciendo que estaba bueno y se sirvió un poco más. Yo había perdido el apetito, jugueteaba con la comida en el plato.

—¿No come?, anímese; este plato me recuerda las cosas que sirve Pepe en el Efemérides.

—¿Es feliz Pepe?

—Pues no lo sé, ¡vaya pregunta!, supongo que sí.

—Todos nos vamos librando, ¿verdad, Fermín? Trabajamos y nos libramos de la pobreza, tenemos amigos y nos libramos de la soledad... Nos vamos escapando, nos escabullimos..., pero si un día falla algo podemos acabar ahí, en uno de esos hoyos que hemos visto.

—Tranquilícese, eso es muy improbable.

—No estoy intranquila por mí misma, es en general.

Suspiró hondamente y me miró con cara de abuela protectora.

—Lo sabía, sabía que iba a reaccionar así. Tomó lo que le dije como una machada, pero yo sabía que usted es muy sensible a la cosa social.

—Sabe que no soy una persona blanda, que como policía voy acostumbrándome a lo peor; pero esto es distinto, aquí no hay delito ni lucha, ni siquiera picaresca. Son hombres acabados, apartados en un rincón y olvidados; pero lo cojonudo es que todos lo sabemos y nos da igual.

—¿Y qué vamos a hacer, inspectora? No está en nuestra mano cambiar esas situaciones.

—¡Pues al menos deberíamos estar jodidos!

—No se puede estar jodido toda la vida, para eso prefiero pasar a la acción y hacerme cocinero voluntario de un asilo.

—El voluntarismo y las caridades no arreglan nada. Además, hace falta un carácter especial; yo no aguantaría ni un minuto al lado de esa gente.

—Y entonces, ¿qué coño quiere que hagamos, la revolución por nuestra cuenta?

—¡Yo no quiero nada, Fermín, quiero estar jodida en paz!

—¡Muy bien, esté jodida, esté jodida y cabreada y todo lo que se le ocurra! Yo voy a servirme un poco más de este engrudo.

Se puso a comer, enfadado. Yo me levanté y fui hasta la ventana. El viento arrancaba las hojas de los árboles. Alrededor de las farolas la luz cobraba un aspecto brumoso. Encendí un cigarrillo y, siempre dándole la espalda a mi compañero, permanecí con la frente pegada al cristal. De pronto, oí la voz cascada del subinspector.

—¿Qué ha preparado su doméstica de postre —preguntó—, un panal de miel con abejas y todo, una compota de bayas silvestres? ¿No hay ni siquiera algunos hierbajos azucarados?

Sentí ganas de reír y llorar al mismo tiempo. Perdida la fe en lo razonable, Garzón intentaba animarme con despropósitos infantiles. Se lo agradecí con enorme intensidad, de buena gana hubiera llegado hasta él para estamparle un beso en medio de su anticuada cabeza. Me volví de golpe.

—¡Una leche ha preparado!

—¿De burra campestre?

Nos echamos a reír. Volví a la mesa, aligerada y zalamera, fingiendo mal humor.

—Sí, ríase, Fermín, el día menos pensado nos vemos durmiendo en un jergón y alimentándonos con la sopa del pobre. No olvide que los dos estamos solos en el mundo.

—Es posible, pero yo exigiré que mi sopa tenga tropezones, y quiero un jergón con hidromasaje y dosel harapiento. ¡Siempre habrá categorías, hasta en la indigencia!

Se reía como un Falstaff travieso. Estaba contento porque con sus petardos inocentes había conseguido disipar la nube de mi tristeza. Sin pensarlo demasiado le espeté:

—¿Y usted, es feliz?

Me arrepentí de la pregunta en cuanto vi cómo los rasgos de su cara, contraídos por la risa, se estiraban en segundos hasta una dolorosa seriedad. Luego volvió a relajar la expresión y dijo:

—Estoy solo, inspectora, no tengo amor, no soy rico, tampoco guapo ni joven. Si lo pienso es como para que me dé un ataque de pena. Pero ¿sabe lo que le digo?, hay días en que me lo paso bien: charlo con amigos, me peleo con usted, el trabajo me absorbe por completo en algunos momentos... Y está la comida... y el vinillo de Rioja... También me gusta plantar macetas... —Se quedó callado con la mirada perdida en los cuadros rojos y verdes del mantel. Luego, con el tono de voz más bajo y las pausas más largas continuó su titubeante enumeración—: Hay partidos de fútbol interesantes... El sol de mediodía en invierno cuando salimos de comisaría para comer... Me gustan bastante los baños de mar...

Lo interrumpí antes de que mencionara los cigarrillos y el café como último cartucho filosófico.

—Es usted un hombre lleno de vida y de recursos; nunca he tenido la menor duda, Fermín.

Reaccionó con una sonrisa halagada.

—No será tanto. Además, no sé qué hacemos usted y yo lamiéndonos las heridas mientras dos hombres se pasean sin polla por ahí, o quizá yacen muertos.

—¿Por qué me lo recuerda?

Se animó de repente.

—¿Consideraría una falta de respeto si le recitara algunos versos que me sé sobre pollas?

—Hay confianza, Fermín, adelante.

—Dicen así:

Tío que nace en Algorta
tiene la polla muy corta,
y los hombres de Sangüesa
suelen tenerla bien gruesa.
La de mayor longitud
se encuentra en Calatayud.
Hay pollas que dan un susto
y otras que matan de gusto.
Mas nadie puede negar
que la polla más templada,
más singular y más mona
la tiene el Papa de Roma
aunque no sirva de nada.

Mis carcajadas atronaron la cocina. Sentí, al mismo tiempo, un cierto alivio, porque el poema hubiera podido ser mucho peor. Bien, el subinspector sacaba un ruidoso instrumento ritual que ponía en fuga los malos espíritus de la melancolía, justo los mismos que él había concitado llevando la investigación por aquella vía. Bravo por él. Se puso en pie, sonriente y seguro.

—Y, una vez demostradas mis habilidades como rapsoda, me marcho. Mañana hay que madrugar.

—¿Ni siquiera toma una copa?

—No, a primera hora he de pasar a recoger el informe de laboratorio, ya se ha demorado lo suficiente.

—¿Tiene esperanza de que sirva para algo?

—Me sorprendería. Esos hombres no estaban enfermos, inspectora. Han sido castrados a la fuerza por un carnicero fino. Hay dos jóvenes bajo tierra en algún lugar y no son dos cadáveres completos.

—Ésa es una afirmación demasiado arriesgada.

—Puedo creerme que un hombre se calle por miedo después de que le hayan amputado esa parte de su cuerpo; pero que haya dos tíos con semejante cuajo no puedo tragármelo.

—Si el miedo es muy intenso...

—Debería ser un miedo terrible. Lo que sí puedo decirle es que quien ha hecho semejante cosa es un completo cabrón.

—No hay duda de eso.

Salió embutido en su gabardina y el aire de la calle le revolvió los pelos. Me quedé mirándole desde la ventana. Tenía energía, el subinspector. Las desgracias de este mundo no iban a pescarlo sumiso. Si la vida decidía darle una dentellada, no sería él quien ofreciera el cuello, lucharía.

Empecé a recoger la mesa con la mente poblada por mil imágenes diversas, por retazos de poemas bufos. Entonces sonó el teléfono. Pensé que el subinspector me llamaba desde su móvil para hacer alguna precisión.

—¿Diga?

Nadie respondió.

—¿Diga? —repetí en un tono nervioso—. ¿Quién llama?

En ese momento una voz de hombre deformada y ansiosa, llena de angustia y dubitaciones, dijo:

—No, no.

Me quedé helada e inmóvil.

—¿Quién habla? ¿Quién es?

La voz repitió, esta vez con más énfasis:

—¡No, no, no!

—¿No qué? ¿Qué quiere decirme?

Oí con claridad el ruido del auricular al ser colgado. Colgué yo también, muy despacio, con la respiración acelerada y los ojos fijos en algo que no veía. Mi primera reacción fue apagar la luz y asomarme a la ventana. Atisbé a lo largo de la calle solitaria, en los huecos entre coches aparcados. Era demasiada casualidad que la llamada hubiera coincidido con la marcha de Garzón. Alguien lo había visto salir y me había telefoneado. Pero ¿qué significaba aquella negación repetida atormentadamente? ¿Me estaban amenazando? No, por muy escueta que hubiera sido la comunicación el tono no era amenazante sino desesperado. ¿Era una de las víctimas de castración que me pedía ayuda? ¿Estaba secuestrado? ¿O quizá nada tenía que ver aquello con el caso de los penes? ¿Sería posible que alguien que me había visto por televisión estuviera intentando embromarme con auténtico mal gusto? No, nadie bromea demasiado con la policía. Entonces, ¿corría algún peligro real? Las preguntas se me agolparon como agua en un estrecho y rebosaron. Me apreté las sienes, encendí la luz y me serví un poco de vino. Haría mejor preguntándome cosas más cercanas cuya contestación sí dependía de mí. ¿Debía dar parte de aquella llamada?, ¿comentársela al menos a Garzón?, ¿le diría también que creía haber recibido otra llamada sospechosa cuyo ejecutante quedó callado? ¡Dios, eso no sólo significaría la vuelta inmediata de Marqués y Palafolls a mi puerta, sino que me intervendrían el teléfono! ¿Y si aquella llamada no tenía el más mínimo significado?

Decidí meterme en la cama e intentar olvidarme de todo si pretendía dormir un poco. Sin embargo, antes de retirarme a mi habitación tuve el repente de llegar hasta la puerta principal y echar el pestillo de seguridad. Y bien, si hacía una cosa semejante era porque consideraba significativa aquella llamada, y por lo tanto debía informar de ella. Cumpliría el maldito deber.

Al día siguiente Garzón entró a media mañana en la comisaría con noticias desesperanzadoras, aunque positivas. Había aparecido Ricardo López. Él mismo volvió a su casa después de haber permanecido varios días haciendo autostop. Su madre había corrido hasta nosotros para retirar la denuncia. Ahora estaban allí y nos tocaba interrogarlo y, quizá, llevarlo al forense para que comprobara que nadie le había amputado el pene. Se trataba de tarea difícil considerando que era mayor de edad, y tan embarazosa que resultaba preferible esperar al dictamen de ADN que teníamos encargado. Aun así hubo que hacerle preguntas al respecto, y, como parecía lógico, se mosqueó. Ni al demonio se le ocurre ir cuestionando por ahí si a uno le han cortado sus vergüenzas. Sólo ver la reacción de extrañeza del chico, el modo en que respingó y nos trató de degenerados, ya pude deducir que permanecía tan íntegro como en un tratado de anatomía. No comprendía nada, además, y me miraba como si estuviera valiéndome de mi poder para lograr una buena perspectiva de su joven colgajo. Tuve que contenerme porque me acometieron deseos de mandarlo al infierno. Le di un codazo a Garzón y le susurré que lo dejara marchar. El muchacho se encaminó digno hacia la puerta, pero cuando estaba a punto de ganarla algo le hizo pararse y retroceder. Entonces, lleno de rabia y cargado de razón, me miró y, de modo desafiante, se abrió la bragueta y llevándose la mano a los genitales los sacó a modo de puñado.

—Muy bien, ¿está contenta? —dijo—. Ninguna tía ha dudado nunca de que yo tenga la picha en su sitio.

Garzón se levantó de golpe con claras intenciones represivas, pero le tiré del brazo con firmeza y le ordené que lo dejara salir. El improvisado exhibicionista reacomodó el paquete en su embozo y se fue más altivo y contento que un conquistador en un desfile. Entonces, el subinspector, muy azarado, me pidió disculpas, supuse que en nombre del género masculino.

—Quédese tranquilo, Fermín, a estas alturas no voy a escandalizarme..., aunque, pensándolo bien, me pregunto por qué la ha tomado conmigo ese chaval. ¡Ha sido usted quien le ha interrogado, quien ha hablado todo el tiempo! Yo me he limitado a estar presente.

—Bueno, inspectora, en cierto modo es lógico que se picara con usted; usted es una mujer y...

—¡Si no he abierto la boca!

—Bueno, el chico se ha puesto nervioso.

—Ahora tampoco lo entiendo a usted. Hace un segundo hubiera sido capaz de partirle la cara a ese desgraciado, y un minuto más tarde parece justificarlo.

—Entiendo que no lo entienda, porque éstas son cosas muy sutiles y con significaciones delicadas.

—Ya veo. Debe de tratarse de un asunto etéreo, casi místico: la maravillosa «razón» penetradora e impenetrable.

No le hizo ninguna gracia. Obviamente había que andarse con pies de plomo cuando una decidía entrar en terrenos blandos; pero incluso con precauciones máximas me costaría algún tiempo desentrañar aquel extraño código no escrito.

En cualquier caso, y sensibilidades varoniles aparte, nos habíamos quedado sin una víctima-sospechoso, y mucho me temía que siguiendo por la vía de mendigos y desheredados varios no íbamos bien encaminados. Pasé horas en mi despacho, devanándome los sesos. ¿Sería eso lo que pretendía advertirme la misteriosa voz telefónica, que no había que continuar por ahí? ¿Era un colaborador en vez de un enemigo?, ¿acaso un confidente que se avergonzaba o estaba muerto de miedo? Pero, por muy aterrorizado que estuviera, habría sido más explícito de haberse tratado de un informador... Repetir negación tras negación no parecía tener sentido alguno ni aportaba la menor claridad. ¿El propio asesino y castrador cometía los horrores y luego enviaba los penes y por último llamaba a mi casa? ¡Bah!, los misterios no se sirven en bandeja para después hurtar la solución. Además, los asesinos en serie de tipo travieso y ocurrente sólo se dan en la ficción.

Fuera lo que fuera tenía que tomar una determinación sobre comentar la llamada a Garzón e informar a Coronas. Si intervenían el teléfono y aquel fantasma llamaba una sola vez más, quedaría automáticamente localizado. Tendríamos una información fidedigna acerca de si era un testigo miedoso, y al propio asesino en el mejor de los casos. Todo ello si conseguíamos cazarlo; porque podía darse la probabilidad de que realizara la comunicación desde una cabina con tarjeta o mediante un móvil. Entonces no sólo no estaría a nuestro alcance, sino que advertiría la maniobra y dejaría de llamarme. Aunque, ¿de verdad pensaba que volvería a hacerlo? No, a poco cauto que fuera, no lo haría. Era inútil seguir manteniendo el secreto. Descolgué el teléfono interno y le pedí audiencia al comisario, luego avisé a Garzón para que estuviera presente en su despacho.

La bronca que me dedicó Coronas fue colosal, quizá incluso desmedida e injusta, pero al menos tenía toques barrocos que la hacían entretenida.

—¿Es que quiere usted convertirse en mártir o lo que pretende es resolver el caso solita, como en las películas? Entérese de que ahora mismo podría empaquetarla como a un regalo de cumpleaños. Esconder datos de una investigación a sus superiores o colaboradores está considerado falta grave.

—Pero comisario, ni siquiera hay seguridad de que esa llamada tenga algo que ver con el caso de los penes.

—Mire, Petra, dejémonos de coñas, hay algo más que dudas razonables de que esté relacionado. Además, ¿qué objeto tiene tanta reticencia? ¿De verdad le molesta hasta ese punto que haya dos polis en su puerta?

—No duermo bien sabiendo que están allí.

—¡Pues tómese un somnífero! Es más, vaya comprándose un pijama aparente, porque si sigue tocándome los cojones voy a meterle a esos dos tíos en su cama.

—Puedo defenderme a mí misma sin necesidad de tutela.

—Si todo este número estuviera montándomelo un

hombre, usted diría que se trataba de un machito y un prepotente. Pero, claro, así se invierten los términos y el prepotente soy yo. Mire, inspectora, o me apea usted ahora mismo las reivindicaciones feministas o la apeo yo de este caso. Usted verá.

—No era mi intención crear problemas.

—¡Perfecto! Entonces intervendrán su teléfono y la patrulla volverá a su casa por las noches. A ver si aclaramos de una puta vez quién ha decidido complicarle la vida. ¿De acuerdo?

—A sus órdenes, comisario.

Garzón caminaba a mi lado por los pasillos, sin soltar prenda. Al comprobar que yo tampoco tenía intención de hablar, dijo por fin con aire ofendido:

—Nunca hubiera esperado de usted que a mí tampoco me dijera nada.

Me paré, volviéndome completamente hacia él.

—Subinspector, he aguantado la filípica de Coronas porque no me han quedado más narices, pero le advierto que no voy a encajar ningún otro reproche.

Se quedó callado. Entonces continué andando y refunfuñando en voz aún audible:

—¡Joder, ni que hubiera estado de cháchara con el carnicero de Milwaukee!

Garzón me alcanzó y, en un quiebro imprevisto, propuso:

—Oiga, ¿por qué no nos vamos a cenar al Efemérides? ¡Llevamos todo el día encerrados en esta puta comisaría!

Mientras nos acercábamos al bar de mi segundo ex marido iba calculando mentalmente cuánto tiempo hacía desde la última vez que lo había visto. Me quedé horrorizada al contar tres años. ¿Tres? En ningún momento lo había echado de menos. Para ser honesta, ni siquiera tuve recuerdo de él en todo ese período. Sabía por Garzón que vivía con una periodista, que era aparentemente feliz y que sus postulados vitales seguían siendo los mismos. Me hubiera costado bien poco acercarme por su local en alguna ocasión y estar un rato de charla. No existían entre nosotros rencor ni episodios tortuosos de ruptura. Simplemente no había sentido curiosidad ni tampoco la había sentido él. Sin embargo, aquella tarde, mi reacción al vislumbrar su figura tras la barra me llenó de pensamientos confusos. Era como si hubiera crecido y cambiado en aquel tiempo. Ridículo, lo sé, nadie crece a partir de los veinticinco, pero se trataba quizá de su porte, de su actitud, del aspecto más fornido de sus hombros y más maduro de sus facciones. Fuera por lo que fuere, una tremenda nostalgia me invadió. La vida había pasado rápida y alocada por mí, pero se detuvo y aportó cosas a Pepe. Los ojos que antes miraban con candidez lo hacían ahora con seguridad. Me pareció terrible comprobar que había frustración mezclada en mis sentimientos. Sí, no podemos soportar que aquellos con los que ya no estamos hayan seguido su camino. Al mismo tiempo, notaba una ternura bobalicona, un cierto orgullo materno. Estaba guapo, y fuerte, y sano, y resplandecía como una joya que ya no sería mía nunca más.

Se sorprendió y alegró de verme. Me dio un abrazo prieto, llamó a Hamed. No sabía en realidad qué hacer para demostrarme su euforia. Garzón propuso un brindis e inmediatamente se descorchó una botella de champán. Luego hablamos y reímos y bromeamos todos juntos. Fue un reencuentro jubiloso que en ningún momento planteó situaciones embarazosas de silencio o pausas incómodas. Observé que era el subinspector quien soportaba sutilmente el peso de la escena. Comentaba con desenfado temas variados, hacía inconcretas loas a la amistad y los tiempos felices para internarse después en disquisiciones más o menos casuales sobre el corazón humano y sus misterios.

Esperamos a que hubieran servido la cena de los parroquianos para comer algo nosotros también. Garzón y yo nos sentamos en un rincón. Pepe y Hamed atendían a la joven clientela. Pepe me miraba de vez en cuando y sonreía. Me inquieté. ¿Qué vería en mí? Los signos de vejez de tres años sobre mi cara. El cansancio de alguien que no tiene grandes proyectos para el futuro. ¡Y encima estaba vestida con un traje sastre gris que solía ponerme los días anodinos! Le sonreí a mi vez. Tenía los ojos grandes, la mirada limpia, una boca alegre y sensual. Con toda probabilidad aquella zorra de la periodista lo trataba mejor que yo. Aunque para eso no eran necesarios grandes esfuerzos, yo lo había tratado fatal. No lo había tratado, en realidad, me había casado con él y dedicado después a ver cómo podía reconducir mi vida. Una vez ésta reacomodada, resultó que no había sitio para él. ¡Pobre Pepe, y ni siquiera me guardaba rencor! Era cierto que vivir con él no resultó nada excepcional, que a veces se ponía impertinente, que tenía ganas de jugar cuando yo estaba seria y viceversa; pero no podía olvidarme de que le llevaba un montón de años. ¡Claro que también se los llevaba su segunda mujer! Seguro que ella siempre tenía ganas de jugar cuando era pertinente.

A la una de la mañana aligeraron su trabajo y vinieron a sentarse de nuevo. Abrimos otra botella de champán y volvimos a brindar por una serie de cosas abstractas. Entonces Garzón, demostrando ser depositario de una gran sensibilidad, se llevó hasta la barra a Hamed con el pretexto de hacerle unas preguntas sobre arte oriental. Me quedé a solas con Pepe, sin saber a ciencia cierta si quería estarlo. Aunque cualquiera hubiera jurado que sí, porque como tocada por un resorte, enseguida le pregunté:

—¿Eres feliz?

Pepe inició una risa divertida.

—¡Joder, Petra, tirando a matar!

—Ya ves.

—En otra época te hubieras enfadado si llego a ser yo quien te pregunta algo así. Me hubieras dicho que la felicidad es un concepto desfasado y burgués, que no se vende en el supermercado, que...

—Debió ser un coñazo estar casado conmigo.

—No sé, duró tan poco... Fue como esos ciclones tropicales que llegan, arrasan y se van.

—Y sólo dejan desolación y malos recuerdos.

—¡Ni hablar, dejan la sensación de que uno ha vivido algo arrasador!

—Pero queda la casa destrozada.

—Eso sí; a uno no le queda más remedio que construirse otra.

—Otra más fuerte y mejor.

—La primera casa es la que hace más ilusión, la que se recuerda siempre.

Cabeceé intentando parecer irónica.

—¿Te va bien con la periodista?

—Sí, aunque no nos vemos mucho. Ella está siempre trabajando y yo siempre aquí. Supongo que soy de los que necesitan una mamá.

—Todos buscáis una mamá, la diferencia es que tú lo reconoces.

—Pero sólo bajo presión psicológica.

Nos reímos a gusto, en perfecta sintonía, con una pequeña nube de emoción gravitando sobre nuestras cabezas.

—Garzón me ha dicho que lleváis un caso complicado.

—¿Te ha contado algo más?

—¡Ya puedes imaginártelo! Toda esa historia lo tiene obsesionado.

—¡No me hables, es como si cada pene se lo cortaran a él!

—Muy natural.

—¡No me parece tan natural, yo lo tomo con mucha más calma!

—¿Es el caso de tus sueños?

—Insinuar eso es una iniquidad.

Levantó ambas manos en exagerada reclamación de inocencia.

—¡Ni se me ocurriría ser malpensado! Pero dime, y tú, ¿eres feliz?

Me dispuse a una pequeña representación que disipara la melancolía que estaba invadiéndome.

—¡Por supuesto que sí! Como bien puedes ver vivo en una orgía perpetua de pollas cortadas, sangres derramadas, almas condenadas..., y todo lo alimento con unos gramos de perversidad.

—Es un buen plan.

—¿Me dejas decirte una cosa? Estás guapo. Siempre fuiste un hombre hermoso.

Acerqué mi cara a la suya y le besé los labios. Estaban calientes, secos, mullidos y acogedores como un trozo de algodón perfumado. Sonrió serenamente.

—¿Vendrás más a menudo por aquí?

—En cuanto deje de tener mi despacho lleno de penes.

Me despedí de todos con ademanes alegres. Totalmente falsos. Estaba triste. El camino de vuelta a mi casa se me antojó lento y trabajoso. Pensaba. El pasado, la fugacidad de amores y pasiones. Tuve por un momento la globalidad de mi vida en la cabeza, y eso es aniquilador. Pero ¿hubiera podido ser de otra manera? Sí, como todas las cosas, mi vida hubiera podido ser diferente, incluso opuesta. Aunque daba igual, siempre hay hechos que te inducen a cambiar y cada cambio se vive como una pérdida. Vivir es una pérdida continua, hasta que al final se pierde todo.

Ni siquiera la visión de Marqués y Palafolls frente a mi casa, alojados en su coche como un par de solitarios mejillones, logró evaporar mi dolorosa concentración. Entré como una exhalación dispuesta a meterme en la cama sin darme oportunidad de más pensamientos nublados. Di un vistazo general al salón. Sobre la mesa estaba el paquete. Reconocí al instante su morfología peculiar. No había ninguna duda, era un paquete idéntico a los dos anteriores. Hice ese descubrimiento sin alarma ni excesiva reacción, casi sin la menor sorpresa. Pero entre un primer reflejo y el ahondamiento en la realidad median momentos estáticos en los que uno hace reflexiones extrañas. «¿Hay alguien que quiere asesinarme?», pensé.

Al tomar el paquete en mis manos dejé de flotar y entré en el mundo material. Venía a mi nombre y aquélla era mi dirección. Matasellos de correos. El anónimo comunicante debía de haberme seguido hasta mi casa. Sin duda era también quien había llamado por teléfono. Estaba localizada. Cazada por alguien que intentaba provocarme. ¿Cometía sus castraciones sólo para poder mandarme los macabros paquetes?

Llamé a Julieta por teléfono. El paquete lo había traído el cartero por conducto normal. Nada sospechoso.

¿Qué debía hacer, esperar hasta el día siguiente con aquella cosa allí, abrirla al menos, dejarla como estaba? Deseando sacarlo de mi entorno e incapaz de desenvolverlo en aquellos momentos, me incliné por seguir el proceso legal y llevé el pene al juzgado de guardia, donde se lo harían llegar al juez que instruía el caso. De vuelta a casa le comuniqué la noticia a Garzón. Más tarde me confesó no haber pegado ojo en toda la noche a causa de mi llamada. Lo lamenté por él. Pregunté a mis protectores si habían visto algo anormal en la calle y se quedaron sorprendidos. Marqués se atrevió a mostrar su curiosidad, pero sólo pude decirle que mantuvieran los ojos bien abiertos. Le gustó mi nueva actitud, los convertía en dos seres menos inútiles pegados a mi puerta.

A primera hora de la mañana Garzón me esperaba en el Anatómico Forense para repetir la ya consabida operación. Debía haber acudido a trabajar a las cinco de la mañana porque a aquellas horas tempranas venía ya con la información de que no se habían hallado cadáveres mutilados. Es decir, volvíamos a enfrentarnos a un miembro viudo sin más. El doctor Montalbán empezaba a estar alarmado. Al principio pudo tener su gracia, pero aquello ya le parecía una ofensa frontal, como todo lo que no tiene explicación.

—¿Está segura de no haber enviado a la cárcel a algún delincuente relacionado con la prostitución o el abuso de menores?

Estaba segura de que los pocos delincuentes que durmieron en la cárcel por mi culpa no podían hacerme una cosa así. Yo era de las que acababan en buenos términos con los culpables, que hasta se quedaban con ganas de invitarme a merendar. Como muy bien decía Garzón, era del tipo maternal cuando no me daba por ser del tipo salvaje.

—Ha de haber tres cadáveres, inspectora —decía Montalbán—. Parece imposible que si existen tres hombres castrados por ahí no hayan presentado denuncia o, de alguna manera, no se les haya localizado.

—Y si hay muertos, ¿dónde están? —inquiría Garzón.

—Los paquetes vienen de Barcelona, pero ¿por dónde empezamos a buscar muertos? Pueden estar incinerados en el horno de una industria, enterrados en un jardín de los alrededores. No tiene caso ni pensar en una búsqueda a ciegas.

La pasión hacía rebosar las teorías de aquellos dos hombres, lograba que se olvidaran del momento presente. Mientras ellos se dedicaban a interrogarse, la cajita con el nuevo pene yacía sobre la mesa de disección.

—Señores, por favor. ¿Por qué no procede a la autopsia, doctor Montalbán?

El forense se dio cuenta de que estaba dejándose llevar por una fuerza investigadora que excedía su cometido especial. Entonces se puso más serio aún y, calándose las gafas, bajó los ojos y los fijó en el inerme cuerpecillo cortado.

Tras media hora de silenciosa observación, en la que nos mantuvimos a dos prudentes pasos de distancia, Garzón no pudo contenerse más y dijo:

—¿Hay algo nuevo, doctor?

Montalbán levantó la vista desenfocada y alzando un dedo en el aire sentenció:

—Hay algo sorprendente, pero denme dos minutos más.

Yo también estaba reconcomida por los nervios y la impaciencia, ¿para qué voy a negarlo?, y viendo que el médico demoraba su inspección, le di un codazo al subinspector y le propuse que saliéramos a fumar un cigarrillo.

En el corredor pude comprobar lo que era un hombre en estado de consunción. Mi compañero literalmente humeaba. Por sus orejas salían los vapores de la intriga, mordía el filtro manchándose los labios de nicotina y se paseaba de un lado a otro con furibundas y estériles zancadas. No pudiendo mantener más la tensión, empezó a ponerse crítico.

—¿No cree que este forense es un poco lento?

—No sé, Fermín, será lo normal.

—Bueno, lo normal... Tampoco está destripando la momia de Ramsés; total, por una minga de nada de las que ya ha visto dos...

Antes de que pudiera mandarlo al infierno, Montalbán asomó la cara por la puerta.

—Vengan, por favor.

Nos dirigimos hasta la mesa y allí hicimos un corro anhelante.

—Bueno, se repiten las características habituales en un ciento por ciento: pene de hombre joven, seccionado quirúrgicamente con toda atención y metido casi inmediatamente en formol. No creo que la amputación date de muchos días, aunque eso sigue siendo lo más difícil de determinar a causa de la fijación de los tejidos. Todo esto es igual a lo que encontramos en las otras ocasiones. Al respecto debo añadir que en este pene no he hallado puntos de sutura necesarios o innecesarios, si bien sí he encontrado algo mucho más insólito aún.

—¿Y qué es? —preguntó Garzón sin darle tiempo a terminar.

—Una gota de lo que parece ser cera derretida, no tengo ni idea de qué tipo, en forma de cruz.

—¡Atiza! —soltó mi compañero al buen tuntún.

—Una gota derramada sobre la carne ya muerta, puesto que no observo retracción ni irritación o enrojecimiento. ¿La ven?, está ligeramente adherida, pero si la muevo se caerá.

En efecto, hacia el centro del pene, en un lugar tan estratégico que no parecía casual, había algo así como una lenteja coloreada que, vista con detenimiento, remedaba la forma de un minúsculo crucifijo.

—Yo no estaría seguro de que fuera cera —dijo Garzón.

—Voy a meterla en una caja al vacío y lo mejor será que la manden a su propio laboratorio policial.

Garzón y yo nos miramos con desesperanza.

—¿Entiende usted algo, inspectora?

—Ni palabra, se lo juro.

Montalbán se quitaba los guantes quirúrgicos cuando afirmó:

—Para mí que tanto el punto de sutura como esta crucecita son signos, señales, y no sólo restos circunstanciales de la castración. Si se han fijado bien resulta evidente que esa gota fue colocada ahí, que no cayó por azar. ¡Y no digamos nada de la forma! Esto no es casual.

—¿Sería capaz de afirmarlo?

Se movió intranquilo dentro de su bata blanca y al final exclamó:

—¡No, claro que no! Nada es categórico en un análisis, pero hay cosas cuya evidencia da pie a sospechas razonables.

—Muy bien, doctor, admitamos que son signos, pero ¿signos de qué? ¿Qué puede haber en común entre puntos de sutura y gotas de cera en forma de cruz? Además, ¿qué pretenden esos signos, darnos pistas o sumirnos en una confusión aún mayor?

El forense se puso a la defensiva para concluir:

—¿Y yo qué quiere que le diga? Lo único que sé es que ninguno de esos dos materiales puede estar ahí por obra de la casualidad. Es plausible que haya descuidos mínimos por parte del asesino cuando se cuenta con un cuerpo en toda su integridad. La anatomía tiene innumerables recovecos en los que a uno puede despistársele algo, pero en un pequeño pene dos evidencias tan concretas... No, es obvio que fueron puestas ahí por alguna razón y, dado que no fueron ustedes quienes encontraron el pene sino que éste les fue enviado a domicilio, es factible pensar que tengan un significado. ¿O no?

La lógica del médico resultaba impecable, tanto que llegué a pensar que sería una buena cuestión pedirle que intercambiáramos nuestros puestos: él dirigiría las pesquisas y yo rajaría los muertos. Pero antes de que pudiera plantearlo, se despidió de nosotros haciéndonos una siniestra profecía:

—Mucho me temo, inspectora, que éste no es el último regalito que va a recibir. Si el cabrón que anda por ahí castrando hombres ha encontrado una manera segura de deshacerse de los cuerpos...

Aquello era insostenible, le dije a Garzón cuando volvimos a encontrarnos en la intimidad. Nadie mata a tres tíos sin que salgan a la luz los cadáveres ni se denuncie ninguna desaparición.

—¡Una vengadora de violaciones, Petra, se lo dije al principio!

—¡Quite, eso no puede ser! Una vengadora que intervenga quirúrgicamente, ¿verdad?

—Puede ser cirujana.

—¿Y la cruz de cera?

—Puede ser sacerdotisa también.

Al mirarlo con furia creciente me di cuenta de que estaba tomándome el pelo.

—Déjese de bromas, Fermín, y lleve esa puta muestra a analizar.

La llevó, y eso significó veinticuatro horas más de incertidumbre y desasosiego.

4

Montalbán había acertado de pleno. Era cera, cera vulgar, si bien mezclada con incienso o alguna otra sustancia aromática. El análisis reveló también la presencia de un pigmento responsable del aspecto rojizo. Nada que no pudiera encontrarse en cualquier tienda de velas. Magnífico, estábamos igual, aunque con un pene más en nuestra particular colección. Resultaba grotesco verlos todos, cada uno en su tarro, como si se tratara de provisiones para el próximo invierno. Tres tristes pingas. Ni un cadáver sospechoso ni una mala llamada de los hospitales ni una denuncia de desaparición de hombre joven que indicara un camino a seguir. Los tres *castratti* se paseaban por el mundo contentos o aterrorizados con su suerte, pero en cualquier caso sin cantar ni una nota. Aquello era como para volverse loco, o al menos como para empezar a inquietarse de verdad. Coronas había dado los primeros síntomas de nerviosismo preguntándose cuánto tiempo seríamos capaces de mantener el asunto en secreto de cara a la prensa. Yo estaba convencida de que se despertaba cada mañana temiendo encararse con un titular tremendista: «Inspectora de policía recibe penes con los que no sabe qué hacer», o quizá algo mucho peor, ya que el tema era propicio a cualquier barbaridad. Quizá temiendo las injerencias del comisario, le dije a Garzón que nos convenía estar en nuestros despachos lo menos posible.

—Vámonos a ver tiendas de velas, Fermín —propuse.

Él contestó, jocoso:

—No hay nada que me apetezca más.

Visitamos el barrio peatonal emplazado en el centro antiguo de la ciudad. Eran apenas las once de la mañana, pero las calles bullían de vida. Se veían muchas mujeres que iban de compras, miraban escaparates y se detenían para tomar café en algún bar. Lucía un solecillo espléndido que se colaba por entre los viejos edificios muy juntos unos de otros. Un músico ambulante soltaba al aire una hermosa tonada de flauta. Todo me pareció armónico y tranquilo. En efecto, mientras nosotros estábamos cada mañana hundidos en nuestros lúgubres despachos, había gente libre que podía verle a la vida el lado luminoso. Observé a una elegante ama de casa más o menos de mi edad que entraba distraída en una tienda de ropa para niños. ¡Naturalmente, eso era la felicidad, sentarse a ver cómo le crecen los dientes a tus hijos en vez de andar como una perdularia intentando averiguar por qué le cortan la polla a los demás! Mi elección vital había sido desacertada, aunque resultara un poco tarde para remediarlo. Con el rabillo del ojo comprobé que Garzón no estaba del mismo talante que yo. Lejos de admirar las maravillas ciudadanas o entrar en reflexiones sobre su destino, seguía dándole al magín sobre ceras y velas, y no lo hacía derrochando buen humor.

—¡Joder, inspectora, esto es la leche! Me he visto en muchas y he tenido que visitar sitios inmundos, pero una cerería... En Salamanca había una donde sólo compraban las beatas. Tengo la sensación de estar dando palos de ciego, y encima de que los doy mientras otros me observan y me toman el pelo.

—Calma, Garzón, esto tiene la ventaja de que si no averiguamos nada siempre podemos comprar un cirio y ponérselo a santa Rita.

Lanzó un bufido en mi dirección.

—Cachondéese lo que quiera, pero esto es un petardo que va a estallarnos en las manos.

—También para encender la mecha del petardo una vela puede venirnos bien.

Aunque me sentía bien poco proclive a la risa, embromar al subinspector cuando estaba mohíno siempre era una diversión encantadora para mí.

Había escogido la primera cerería por el tamaño, un gran establecimiento singular en el que no sólo se vendían velas sino también figuras y adornos de cera. Sin embargo, el grueso eran las velas. Las había de todos tipos, formas y colores: velones decorativos, velas perfumadas, antimosquitos, antihumo, velitas de cumpleaños, velas de Navidad, especiales para Halloween, especiales de bodas y comunión, velas con el escudo del Barça y otras con el del Madrid, resistentes cirios de jardín y guirnaldas de flores secas en las que se insertaban velas también. Un mundo de fantasía concebido exclusivamente para arder. Sabía que existían esas modernas tiendas, pero jamás había entrado en una; sin embargo, era Garzón quien estaba más sorprendido. Después de haber echado una ojeada general, dijo de pronto:

—Esta sociedad nuestra se va a ir al carajo de un momento a otro.

Intenté comprender mirándolo con fijeza.

—Hay algo que no va bien en un mundo donde uno puede comprar cuarenta tipos de una cosa superflua —añadió.

No supe qué contestar, o mejor dicho, no podía decir nada inteligente sobre el complejo problema que, como si tal cosa, planteaba el subinspector. Era mal momento para liarse a hablar de la belleza y lo innecesario como opción y, sobre todo, intuía que semejante réplica hubiera sonado a gilipollez. Por eso me limité a decir:

—Al parecer en eso consiste la libertad del mundo capitalista.

—¡Hay que joderse! —murmuró Garzón.

Nos acercamos a una de las vistosas dependientas, que nos sonreía, y sacamos la cajita con el pequeño crucifijo de cera. En cuanto le informamos de que éramos policías decidió llamar al encargado. Probablemente lo tenían escondido para que no chocara con la sofisticación del lugar. Era un hombre adusto con pinta de comerciante del siglo pasado, pero en cuestión de ceras parecía saberlo todo. Tomó la muestra en su mano y la observó de cerca con cuidado. Le dijimos que contenía mezcla de incienso o esencia aromática. Asintió y dictó sentencia.

—Nuestra no es. Conozco bien todas las ceras con las que tratamos y no tenemos esta variedad. Yo diría por el color amoratado que debe de ser una vela de iglesia. Y si me dicen que lleva incienso, mucho más. Antes los curas sólo empleaban cera virgen, pero ahora los fabricantes les sirven algunas novedades.

Nos dio la dirección de un establecimiento especializado en velas de culto situado cerca de la catedral, al que acudimos. Todo era eclesiástico allí, y dando un vistazo se podía comprobar que el *aggiornamento* de la Iglesia aún dejaba bastante que desear. El local medía muchos menos metros que el anterior y tenía una pinta más cutre. Aun así, la cantidad y variedad de velas llamaba la atención. Velas inmensas de diámetro considerable, velones con extrañas iniciales en relieve, velas mortuorias, velillas votivas y cirios de procesión. Tras el mostrador esperaban dos dependientas que superaban la cincuentena. Una de ellas se identificó como la dueña y se quedó patidifusa al saber nuestra condición de policías. Seguramente no nos contábamos entre sus clientes habituales. Escudriñó la gota con atención y se demoró más de un minuto antes de contestar sin dudas:

—Sí, este tipo de cera creo que lo vendemos nosotros. Es una vela votiva que no tiene mucha salida en realidad. Las hace un fabricante de Ávila de manera muy artesanal. De hecho, dudo que haya otras tiendas en Barcelona donde se vendan. La reconozco por el color y porque, en efecto, llevan un poco de incienso que huele al quemarse. Encargamos cuatro o cinco cajas al año, no mucho más.

—¿Y quién las compra?

—Pues si quiere que le diga la verdad, casi todas las vendemos a las Damas Negras. Es por ellas por quienes hago el pedido, no es una vela que tenga mucha salida. Antes también las compraban las Esclavas de Jesús, pero ahora prefieren otros modelos.

—¿Y eso de las Damas Negras qué es? —preguntó Garzón, quizá con poca diplomacia.

—Una congregación dedicada a la enseñanza. Su colegio está en la Vía Augusta. Se da la casualidad de que tienen la capilla decorada y pintada sobre lilas y el tono morado rojizo tan especial de esas velas les queda muy bien para las ceremonias. Si quieren puedo darles la dirección exacta.

—Sí, por favor. Y dígame, ¿no recuerda haberlas vendido a nadie más?

Negó con la cabeza. La otra asistente a la conversación carraspeó nerviosa.

—Yo sí —se atrevió a susurrar.

La dueña se volvió hacia ella y preguntó, imperativa:

—¿Tú, a quién?

—Sí, Mercedes, yo vendí dos cajas enteras a un joven, no hará ni dos meses.

—Pues no me lo comentaste. Por cierto, ¿has pedido más a Ávila?

—No, aún no.

—Mal hecho. Ahora vendrá sor Ernestina cualquier día y no la podremos servir.

—Pero es que yo...

Comprendí que íbamos a convertirnos en testigos de una larga polémica y las atajé.

—¿Recuerda a ese joven?

—¿Al que compró las velas? Pues no. Si recuerdo que era un joven es porque tenía la moto aparcada en la puerta y estuve mirando las maniobras que hacía para cargar las cajas cuando se marchó.

—¿Y de su aspecto, nada?

—No gran cosa; era un chico joven, delgado, de unos veinte años, con pinta de estudiante o algo así. Entró y me pidió velas votivas. Le enseñé nuestro muestrario y se fijó en ésas. Me pidió dos cajas enteras y se las di.

—¿Cuántas velas hay en cada caja?

—Cincuenta.

—¿Y no le extrañó?

—No, ¿por qué?

—Bueno, todo indica que sus clientes suelen ser personas que pertenecen al mundo de la religión.

La dueña intervino, un punto excitada.

—¡Ni mucho menos! Aquí puede entrar cualquier persona.

—Lo sé, pero un estudiante no debe de ser lo normal.

—Hay veces en que los envían desde colegios.

—Nadie a los veinte va al colegio aún.

—Pueden ser colegios mayores, parroquias a las que prestan servicio muchos jóvenes, asociaciones piadosas, capellanes de conventos... La gente piensa que esto del culto es algo propio de monjas y viejos, pero lo cierto es que, gracias a Dios, la liturgia va a más.

Comprendí que había pisado terrenos espinosos.

—Entiendo lo que quiere decir. En cualquier caso, ustedes no le preguntaron para qué quería las velas.

—No —soltó quedamente la dependienta. Fue la dueña quien remató la contestación.

—Oiga, esto no es una tienda de armas; para comprar velas no hace falta una licencia especial.

—Lo sé, disculpe, lo sé. Sólo estoy intentando hacerme una idea de la situación. Dése cuenta de que me encuentro alejada de mi ambiente.

Intervino, no sé si oportunamente, el subinspector.

—Lo que mi compañera quiere decir es que si un tipo tiene intención de hacer una misa negra y necesita velas para ponérselas al diablo viene aquí y ustedes se las dan.

Ambas mujeres, como una sincronizada pareja de baile, dieron un paso atrás. La dependienta se puso una mano sobre la boca y la dueña estalló:

—¡Muy señor mío, le ruego que tenga la delicadeza de no mencionar ciertas cosas aquí!

—Está bien, pero sepan que están sucediendo hechos

muy graves relacionados con sus velas. De modo que si ese mismo joven u otra persona cualquiera vuelven a por más, tengan la amabilidad de avisarnos inmediatamente. De lo contrario, nos veremos obligados a detenerlas por complicidad.

Me quedé patidifusa ante tamaña arremetida. ¿Qué mosca le había picado a Garzón? Antes de que las dos biempensantes damas se desmayaran, les pregunté:

—¿Reconocerían a ese cliente si volvieran a verlo?

La aterrorizada dependienta asintió, incapaz de abrir la boca. Probablemente estaba representándose a sí misma en una mazmorra con una bola colgando del pie. El subinspector se había excedido, y así se lo hice saber en cuanto ganamos la calle.

—¿Se puede saber por qué...?

No me dejó terminar. Se encontraba galopando en uno de sus corceles furiosos.

—Naturalmente, debíamos habérnoslo imaginado. En cuanto uno se acerca aunque sea a un kilómetro de la Iglesia..., ¡ya está!, surge el oscurantismo y la prohibición.

—¿No cree que está exagerando, subinspector?

—En absoluto. Pero ¿no lo ha oído? Damas Negras, Esclavas de Jesús, Siervas del Espíritu Santo..., todo cosas ofensivas para las mujeres, parece mentira que no lo advierta usted. Y sobre todo, ese lado lúgubre, ceniciento..., la sangre divina, las llagas de Cristo.

Fingió un escalofrío que lo recorría de pies a cabeza y no pude evitar una carcajada.

—Pues a mí me parece pintoresco —dije—. Todas esas historias tienen un punto fascinante, incluso la liturgia eclesiástica en sí. Es un espectáculo lleno de color, de magnificencia.

—Usted dice eso porque lo ha vivido desde la barrera, pero yo me lo tuve que mamar. Primero, en mi familia. Que si la Navidad, que si la Cuaresma, los primeros viernes de mes, Pentecostés, Viernes Santo... ¡tenían el calendario minado! A la que te descuidabas te estallaba una prohibición: no comer carne, no mostrar alegría, no asistir al cine... ¡Horroroso, absolutamente antinatural! Y luego, para postre, vino mi mujer, y ahí qué le voy a decir, aunque algo le haya contado ya.

—Todo eso está muy bien, Fermín, pero no creo que se aplique al caso que nos ocupa.

—Lleva razón, lo que ocurre es que en cuanto sale el tema me pongo fuera de mis casillas. ¡Han sido demasiados años de humillación! Además, del catolicismo vienen todos los males de este país.

—Muy bien, Fermín, pues ya que está inspirado y puesto en faena vamos a ver a las monjas y les pregunta usted.

—¿Qué tengo que preguntar?

—Si han recibido alguna verga por correspondencia.

—¡No bromee conmigo que soy capaz!

Como no estaba segura de que Garzón no fuera, en efecto, capaz, decidí ir yo sola a visitar a las Damas Negras. Me recibió la superiora, que no parecía tener mucho que ocultar. No habían enviado a nadie a comprar velas, y ningún muchacho trabajaba en el colegio ni en los aledaños de la capilla. El cura que les celebraba las misas era conocido de toda la vida y rondaba los sesenta años. Todas las alumnas eran niñas, y lógicamente, también era femenina la comunidad. Sólo aparecía algún hombre por el colegio cuando hacían obras y había albañiles, o, alguna que otra vez, el servicio de mantenimiento de gas y electricidad. No tardé mucho en llegar a la conclusión de que si alguna polla se había perdido no íbamos a encontrarla por allí. La superiora no sólo no ocultaba nada, sino que colaboró cuanto pudo: preguntó a sus subalternas por muchachos que hubieran intervenido en el aprovisionamiento de materiales sin ella enterarse y me llevó a la capilla para que pudiera contemplar las dichosas velas. Incluso me regaló una para que me la llevara. De hecho, colocó su institución patas arriba para que yo aclarara mis dudas. Y todo ello sin hacerme ni una pregunta... hasta el final; porque cuando yo ya creía haberme librado por la gracia de Dios de la embarazosa interrogación, ésta llegó en el último momento. «¿Qué es lo que andan buscando, inspectora? ¿Tenemos algo que temer?» Era natural, tampoco el contacto con lo espiritual tiene por qué anular toda curiosidad humana. Sin embargo, ¿qué podía contestarle: «No se preocupe, madre, ustedes no tienen los atributos que este obseso suele cortar»? Preferí echarle imaginación diciendo que habíamos encontrado cajas de velas que contenían droga. Se mostró interesada y dispuesta a colaborar llamándome si veían algo raro. Era mejor así, el único detalle a evitar estribaba en no confesárselo a Garzón, ¡a saber en qué herejía sempiterna hubiera convertido mi simple dulcificación!

En fin, aquello era un lío del carajo, y la inclusión en la historia del joven comprador de velas vino a complicarla mucho más. Visitar una a una todas las parroquias y capillas de la ciudad estaba fuera de cualquier abordaje. Por lo tanto, tuvimos que llegar hasta el arzobispado para que nos ayudara a buscar una solución. Pensé en la posibilidad de que pasaran una circular interna o algo por el estilo, pero fue en ese punto donde topamos con la Iglesia, golpetazo que a mi particular Sancho no le vino de nuevas.

Para abrir boca, informado el comisario Coronas sobre nuestra pretensión, lo primero que aconsejó fue extremar la prudencia y andar con pies de plomo. No tenía el más mínimo interés en que nos granjeáramos antipatías entre la jerarquía divina. «Bien dicho —pensé—. La teoría es tan perfecta que todo el mundo parece conocerla: cautela con la Iglesia, cautela a raudales. Sin embargo, a ver con qué pies pesados se le puede preguntar a nadie si tiene un sospechoso de ser asesino castrador entre las filas de sus simpatizantes.» Tarde o temprano, habría que abrir fuego.

Nos recibió un obispo auxiliar bastante joven y animoso. Daba la sensación de que, entre todas sus posibles cualidades, había escogido la modernidad y adaptación a los tiempos para presentarse en sociedad. Él sí empezó por preguntarnos las características del caso antes de que abriésemos la boca. Como era de esperar, se quedó horrorizado, o al menos eso aparentó. Una vez que hubo comentado todo el escándalo que le producía la violencia del mundo actual, se dedicó a poner cuidadosamente obstáculos a cualquier intento de ayudarnos en la investigación. Pasar una circular preguntando a los párrocos si tenían jóvenes sospechosos en su entorno quedaba fuera de cuestión. Se trataba de una medida que fomentaría la alarma social entre los propios curas dando origen a desequilibrio y comentarios innecesarios. Además, se atrevía a opinar que semejante cosa no sería muy efectiva desde el punto de vista policial. También se negó a que metiéramos algún infiltrado en sus organizaciones juveniles o a que procediéramos a entrar en ellas para un interrogatorio masivo. Es decir, que desde el punto de vista eclesiástico institucional teníamos las manos atadas y no sería él quien fuera a liberarnos de un solo nudo. Lo bueno de todo aquello era que el príncipe de la Iglesia estaba negándonos el pan y la sal con la mejor de sus sonrisas y lleno de preocupación por nosotros. Admiré su enorme habilidad diplomática, el modo convincente en que aparentaba estar obrando todo el tiempo a nuestro favor. Incluso el anticlerical Garzón guardaba un silencio respetuoso. Intenté oponer, sin embargo, una minúscula y desactivada resistencia.

—Entonces, dígame qué podemos hacer si no hay manera de contar con la cooperación de la Iglesia a escala oficial.

—Yo me atrevería a decir que su planteamiento desde el principio ha sido injusto, inspectora. Sólo porque han relacionado un tipo de velas con su caso deciden hacer recaer las sospechas sobre nuestra grey.

—Le recuerdo que son velas de uso religioso, y que se compraron dos cajas en circunstancias no aclaradas.

—Inspectora, se lo ruego, pongamos en funcionamiento la lógica más elemental. No todas las cosas reciben el uso para el que fueron concebidas. Es como cuando usted se sube a una silla para llegar a una altura determinada y alcanzar un libro en un estante superior. Las sillas no son, sin embargo, escaleras, ¿o sí?

Le rogué una explicación que desentrañara mejor su viciado estilo parabólico.

—Lo que quiero decir es que pudieron comprarse velas votivas para un uso no católico. Fíjese que digo «no católico», y que en esa expresión incluyo la posibilidad de que se tratara de ritos propios de otras religiones como el hinduismo o el budismo, amén de toda la gran cantidad de sectas que existen y que van captando cada vez más adeptos entre la juventud. Por cierto, no sé si sabrán que ese asunto mantiene al Papa muy preocupado.

—No, no lo sabíamos.

—Pues así es. Además, inspectora, no todo el que usa velas es religioso. Eso sería como pretender que todo el que come liebre es cazador o que todo el que sube en un autobús sabe mecánica. La vida tiene más recovecos que las simples apariencias. ¿Qué me dice de los hombres solitarios que crean su propio mundo en una insana desesperación? Todo es un misterio, señores.

Al salir de allí estaba confusa. Entre parábolas, misterios añadidos, comparaciones, exhortaciones y menciones papales no sabía muy bien qué era lo que habíamos solicitado al comienzo de la reunión. Garzón también debía de estar algo mareado, porque no abrió la boca hasta casi un cuarto de hora después, mientras caminábamos por la calle con rumbo incierto.

—¡Este tío nos ha liado! —exclamó cayendo en la cuenta por fin—. El muy maricón no piensa cooperar en nada y encima nos suelta un sermón de la montaña.

—Y lo malo es que lleva razón.

—¿Cómo que lleva razón?

—Sí, subinspector, lo que ha dicho en pocas palabras es que carecemos de evidencia suficiente para iniciar una línea de investigación y remover Roma con Santiago. Es algo que figura en cualquier manual y que nosotros estamos olvidando.

—¡¿Y la cruz de cera en el pene?! ¡¿Y el muchacho no eclesiástico que compra dos cajas de velas?!

—No es suficiente para señalarnos una dirección.

Garzón coincidía conmigo en el fondo, pero le reventaba no haber presentado un poco de batalla al obispo, y más que éste nos hubiera convencido con sus buenas palabras. Procuré tranquilizarlo.

—Usted ya sabe cómo son las religiones, Fermín, utilizan palabras volátiles y conceptos ambiguos. Nunca se expresan con la suficiente claridad. Confucio decía: «Cuando la flor de loto se abra, será el momento de que el hombre mire en su interior.»

—¿Y qué quería decir con eso?

—Nada en particular, pero suena hermoso, profundo, ¿y no tenemos todos deseos de belleza, de profundidad?

—Sí, ya sé a qué se refiere. Es como todo aquel embrollo de la indulgencia plenaria, el propósito de enmienda, las virtudes teologales, las bienaventuranzas... ¡La de Dios!, nunca tuve muy claro en qué consistía cada cosa, pero cuando las oía me imponían una barbaridad.

—Algo así.

—Y entonces, ¿qué vamos a hacer?

—Pues no lo sé, Garzón; de momento comer algo, que a mí estas cosas espirituales siempre me dan un poco de hambre por contraposición.

—Si quiere vamos al Efemérides. Los martes Hamed hace cuscús. Allí podremos recapitular con toda tranquilidad.

—Sí, pero no delante de Pepe, recuerde que su mujer actual es periodista.

—Parece mentira que, habiendo sido su marido, se fíe tan poco de él.

—Mucha más desconfianza debo tenerle aún por ese motivo. Ya sabe lo que dice el refrán: «Nunca te fíes de un marido presente, pasado ni por venir.»

—Creo que ese refrán se lo ha inventado usted.

—¿Y eso lo hace menos cierto?

El cuscús de Hamed estaba directamente inspirado por el Profeta. Garzón y yo dimos buena cuenta de él regándolo con una jarra de tinto. Después de haber comido, las impresiones de la mañana cobraron mayor nitidez. Cualquier intento de peinar parroquias de todos los barrios de la ciudad como si fueran bares de putas quedaba descartado. Con más rotundidad tras saber que el arzobispo no enviaría una nota interna de busca y captura. No podíamos obligarlo a una cosa así cuando nos movíamos en una indefinición tal que dificultaba incluso el hipotético texto. ¿Qué incluiríamos como petición? «¿Rogamos ponerse en contacto con comisaría en caso de observar rasgos castradores o castrados en algún muchacho?» Incluso pretenderlo había sido una gilipollez. Sólo sería posible llevarlo a término si contáramos con alguna prueba más en el mismo sentido. Entonces sí sería cuestión de rastrear las parroquias individualmente, aunque nos dejáramos en el empeño tiempo y humor.

Mientras tanto Garzón se sentía cada vez más dolido contra las abstractas fuerzas de la gran reacción eclesial. Lanzaba denuestos heréticos y maldiciones bíblicas sin que casaran demasiado bien en momento y circunstancia con la ocasión; pero no sería yo quien ejerciera más represión sobre sus libertades. A la hora del café se acercaron Pepe y Hamed con una botella de licor.

—¿Por qué estás enfadado, Fermín? —preguntó el marroquí con su acento delicioso.

—Reniega de las religiones en general —atajé yo por lo que pudiera pasar.

—¡Ah, la religión! —exclamó Hamed, condensando en esa frase toda una filosofía de coexistencia pacífica.

—La religión es el opio del pueblo, decían antes —soltó Pepé—. E incluso la cocaína del burgués —remató entre las risas de todos—. ¿Y por qué hablabais de religión?

—En relación a un caso secreto del que nada podemos comentar.

—Pepe y Hamed tienen muchos conocimientos sobre religiones, ¿sabe, inspectora? Algunas noches mantenemos largas conversaciones en plan profundo.

—¡No me diga! Y confesadme, queridos expertos, ¿qué religión sería la que llevaría al hombre a cometer mayores excesos, crímenes o alguna que otra aberración?

A ambos les lució en las pupilas la lucecilla de la curiosidad.

—¿Qué tipo de aberraciones?

—He dicho que no podemos explicar nada concreto, pero vosotros sí podéis contestar.

Se miraron el uno al otro como si no supieran por dónde empezar. Por fin, Pepe demarró.

—El integrismo musulmán no tiene muy mala marca; cortar la mano de un ladrón no está nada mal, ¿verdad?

—También el catolicismo habla de que si tu ojo te ofende, sácatelo —objetó Hamed.

—Supongo que el quid reside en el grado de fanatismo que pone el practicante de cualquier religión.

—El budismo parece el más pacifista —declaré.

—No seas demasiado literal; también si uno anda en busca de perfecciones, tiene que enfrentarse a una tremenda lucha interior. ¿Has visto la disciplina del yoga, del tantra, de la meditación? Antes de dominarlo puedes quedarte hecho polvo. Se trata de la aplicación de una severísima regla mental.

—Sí, para mí que esto de las religiones lo que busca fundamentalmente es joder a la gente —sentenció Garzón, entre el jolgorio general.

—Otra cosa diferente es Dios, ¿no estáis de acuerdo? —dijo hermosamente Hamed—. Creo que todos llevamos a Dios en nuestro interior. Y eso se nota porque hay cosas en la vida que, de repente, nos parecen milagrosas, impropias de estar en este mundo, de inspiración sobrenatural. Yo siempre he considerado fuera de lo normal la belleza y la inocencia de los bebés.

Se produjo un silencio pensativo.

—A mí siempre me ha parecido milagroso el cosmos, el orden matemático de las estrellas —dijo Pepe enseguida.

—Yo soy sensible a la creación artística. A veces oyendo a Mozart he pensado que sí existe Dios —confesé.

—Pues yo... —dijo Garzón con cierto miedo—, sé que seguramente os vais a reír, pero he pensado toda la vida lo maravilloso que resulta ver las legumbres secas: garbanzos, judías, lentejas... tan duras y tan faltas de jugos y de sabor, tan poco apetitosas, en fin. Hasta que después de pasar por la mano amorosa del hombre, por la sabiduría de un buen cocinero, se convierten en un auténtico manjar que nada tiene que ver con lo anterior.

Nadie se rió. De hecho, la de Garzón era la más auténtica de las intuiciones sobre Dios. Ahí estaba contenida toda la materia real: lo pequeño, lo terreno, las escasas posibilidades de transformación del hombre por vía de la experiencia, la aceptación de su pequeñez, de la naturaleza. Un ser humano sin reto, sin ambiciones fuera de su alcance.

—Eso que ha dicho es extremadamente bello, subinspector.

Contra todo pronóstico se emocionó y, para evitar que quedara constancia de ello, nos atacó a todos con falsa furibundez.

—¿Y por qué coño hemos venido a parar a esta cursilada de conversación? Hablábamos de religiones sanguinarias, ¿no? Pues sigamos por ahí.

Pepe le secundó.

—Puede que las religiones sean una mierda, pero es que ahora encima están las sectas, que vienen a joder la marrana aún mucho más.

—El Papa está muy preocupado con eso —dijo Garzón.

Pepe le miró sin entender una palabra y prosiguió:

—De un tiempo a esta parte las sectas proliferan como setas entre los jóvenes, de verdad, incluso aquí lo hemos notado.

—¿Cómo? —pregunté.

—Vienen algunos chavales que están completamente colgados. Incluso tíos normales que conocíamos de antes. Les lavan el cerebro de tal forma que sufren una transformación.

—¿Y a qué sectas pertenecen?

—¡Bah, nunca están dispuestos a suministrar muchos datos! Pero da igual, todos te hablan de su nueva vida, del encuentro con la verdad, de lo equivocados que habían estado... Es la misma pasta cocida al horno con distintas formas.

—Todo eso pasa porque los jóvenes necesitan espiritualidad y esta sociedad no sabe dársela; estamos metidos hasta los ojos en todo lo material —dijo Hamed.

—Esta sociedad es un desastre. Cualquier día pegará una explosión y de nosotros no quedarán ni las uñas —rezongó Garzón.

—¡Carajo, Fermín, últimamente le ha entrado la vena antisocial! Terminará usted fundando una de esas religiones de nuevo cuño. A lo mejor es un profeta y ni siquiera se ha enterado.

Me miró con cara de mala uva.

—Usted siempre me toma a broma, mejor dejémoslo.

Caminamos por las calles después de dejar el Efemérides. Aquel estado peripatético y sin rumbo traslucía muy bien nuestra auténtica situación policial: vagábamos de un dato a otro sin encontrar un punto en el que valiera la pena recalar. Garzón me demostró con su comentario que pensaba lo mismo que yo.

—Me pregunto qué le enviarán con el siguiente pene. ¿Una flor que nos haga visitar todos los quioscos de las Ramblas?, ¿una insignia militar que nos lleve a hacer pesquisas en el ejército? Parece evidente que no podemos ir dando tumbos de aquí para allá; puntos de sutura que remiten a personal médico, una cruz de cera que nos encamina hacia la religión... Estoy harto de ir como puta por rastrojo y con la sensación de que están cachondeándose de mí.

—Supongo que lleva razón, pero ¿y si puntos de sutura y cera votiva estuvieran relacionados? ¿Y si fueran peldaños de una escalera que mi remitente quiere hacernos subir?

—Su remitente puede ser cualquier tarado, no creo que vaya a llevarnos por un camino lógico. Además, ¿cuál sería la hipótesis de relación?, ¿un médico sacristán? No, inspectora; el obispo habló de locos solitarios en su desesperación, y, aunque me joda reconocerlo, seguro que está en lo cierto.

—También habló de sectas, del mismo modo que Pepe lo ha hecho esta noche. ¿Quiere que demos una última mirada por ese sector antes de abandonar el mundo religioso?

—Por mí... Mientras no le envíen una nueva polla que nos mande a ultramar o a la estratosfera...

—¿Y por qué habrían de enviarme ninguna polla más? ¿No le parece un poco macabro pensarlo?

—Pues si no se la mandan se acabó el caso, inspectora. Con lo que tenemos no podemos dar ni un paso de avance más.

El fatalismo pesimista del subinspector contrastaba

con su talante habitual, optimista y peleón. Pensé que ello era debido al brote anticlerical que había tenido que sacar y que yo no le conocía en toda plenitud. Quizá lo remitía a su pasado de sumisión. Lo dejé en paz.

Telefoneé a Jorge Rius, capitán de los Mossos d'Esquadra, cuerpo al que los jueces suelen encargar los casos relacionados con sectas, y nos dio una cita en su cuartel. Revolvimos expedientes, ficheros, asuntos en los que habían intervenido, vigilancias cautelares que aún realizaban... Permanecimos cerca de cinco horas trabajando con intensidad. Nos pasó sin ambages todo su material dándonos fotocopias de documentos y relaciones de sospechosos. En realidad, casi todo lo que tenían eran casos cerrados que se consideraban fuera de circulación y denuncias aisladas que estaban estudiándose por si llegaban a conformarse como delitos. Los sospechosos habituales se encuadraban en un perfil común, todos eran hombres que habían tenido algún grado de implicación menor en casos concluidos de los que habían salido sin cargos. Repasamos la lista con detenimiento sin encontrar a nadie que nos llamara especialmente la atención. De hecho, Rius me secundó en todas aquellas labores con total diligencia, pero con no menos total ausencia de fe. Todo lo que le había contado sobre nuestro caso le hizo recelar desde el principio que sus archivos y conocimientos pudieran sernos de alguna utilidad. Aquella historia de penes cortados, puntos de sutura y gotas de cera parecía superarlo ampliamente. Agotó su último cartucho facilitándonos un nombre y una dirección, ambos de una persona ajena a la policía, pero a quien se dirigían como experto en sectas cuando necesitaban alguna información. El capitán pensaba que quizá fuera mejor para nosotros contar con conocimientos generales que nos llevaran a una ubicación inicial. Estuve de acuerdo con él.

Cargados con listas y legajos varios salimos de allí con más tarea por delante. Garzón repasaría la relación de sospechosos de nuevo y haría alguna que otra averiguación sobre ellos. Después realizaría sus visitas habituales para informarse sobre hallazgos de cadáveres y denuncias de desaparecidos. Yo, por mi parte, hablaría con el experto en sectas y vería qué podíamos sacar en claro con la sabiduría que pudiera aportar.

Muy bien, ninguna dificultad en encontrar la dirección. Llegué hasta la plaza de la Virreina, busqué el número y, para mi desconcierto total, me encontré enfrentada al gran iglesión que ocupa el centro. ¿Una tomadura de pelo, un error? En cualquier caso, demasiado para mi comprensión. Una cosa es topar con la Iglesia en alguna oportunidad, y otra andar dándose trompicones con ella como si anduviéramos montados en un coche de feria. Entré en el templo, pregunté y el sacristán me dijo que a quien buscaba era al párroco que vivía en las dependencias adosadas a la parte de atrás. No estaba preparada para que mi experto fuera un eclesiástico, aunque bien pensado, todo quedaba dentro de los movedizos terrenos de la espiritualidad.

Manuel Villalba era lo más parecido al tópico de párroco rural inglés. Atractivo, entrecano, delgado y cuarentón, armonizaba en su indumentaria el clásico alzacuello con un gastado cárdigan de lana gris. Me invitó a pasar a su pequeña casa llena de libros y, afianzándome en mi primera impresión, se ofreció para preparar una taza de té.

—La policía me advirtió que pasaría usted por aquí.

—A mí, no.

Levantó las cejas de hermoso arco y se echó a reír.

—¿De qué no la advirtieron?

Intenté paliar mi extrema torpeza y balbuceé:

—Quiero decir que...

—Quiere decir que nadie le había comentado que yo fuera cura, ¿verdad?

No me dejaba muchos intersticios por los que salir.

—No quería decir eso, pero se me escapó.

Sonó su risa de nuevo, una risa civilizada, con un punto musical gregoriano.

—Pues ya lo ve. Soy un cura de barrio, y mucho me temo que voy a tener que matizar lo que hayan podido decirle en comisaría sobre mí. En realidad no soy un experto teórico en sectas. Digamos que tengo conocimientos generales que he adquirido para emplearlos en el ejercicio de mi labor. Llegamos a tomar conciencia de los problemas que están generando las sectas entre la juventud y..., en fin, todos los problemas pueden mitigarse cuando se sabe algo sobre ellos.

—Creo que el Papa está muy preocupado con ese tema.

Me miró con ojos irónicos.

—¡Ah, veo que está informada sobre las preocupaciones del Papa!

—Como usted dice, si se conocen los problemas uno puede sobrellevarlos mejor.

—¿Es el Papa un problema para usted?

Solté una carcajada sincera.

—Me temo que no.

—¡Tanto mejor! No sabe lo pesado que es para mí tener que defender al propio jefe en cualquier eventualidad.

Me gustaba aquel cura, estaba fuera del patrón: buena pinta, modales agradables, intelectual, sentido del humor...;

si hubiera sido protestante quizá hubiera podido casarme con él.

Una hipótesis seductora: tranquilas veladas nocturnas frente al fuego, algo de conversación espiritual, un poco de paz como antídoto a los horrores de mi ocupación...

El padre Villalba se sentó frente a mí junto a la mesa camilla y empezó a hablar.

—Algo me han contado sobre el caso que está investigando, inspectora, y le aseguro que específicamente no puedo ayudar. Ignoro si existen en España sectas satánicas o de otro tipo que incluyan sacrificios rituales o cosas por el estilo. Mi erudición se limita a las sectas más conocidas en nuestro país, algunas en activo, otras prohibidas tras procedimiento judicial. Sí puedo decirle que, si se trata de sectas, va a encontrarse usted metida en el mundo de la juventud. Un porcentaje elevadísimo de conversos a cualquiera de estos grupos son jóvenes que no ha superado los treinta años. Otro dato importante es que se moverá usted entre las clases medias altas y con un buen nivel cultural.

—¿Cómo es eso posible?

—Ya ve, es así. Suele tratarse de individuos con algún problema emocional, quizá con carácter retraído o bases psicológicas complejas. Sea como fuere, son tipos humanos que buscan algo más, y los sectarios saben muy bien cómo contactarlos y cómo lavarles el cerebro después: reuniones, visitas, lecturas..., todo un proceso de captación intelectual. El objetivo es casi siempre el mismo en todos los casos: demostrarle al neófito que por un lado está la secta salvadora y por otro la sociedad normal, corrupta y enemiga. Es realmente una evolución rápida la que suelen experimentar, y cuando ésta acaba puede decirse que el sujeto se encuentra fuera por completo de las instituciones habituales: ni familia ni Estado ni leyes. A veces se marchan a vivir en comunidades, si es que éstas están constituidas, y si no, siguen viviendo en su medio con aparente normalidad, pero eso sí, rodeados de un secreto total. Raramente puede averiguarse algo de una secta por las confesiones de un integrante, incluso después de haberla abandonado y de haber sido desprogramado mentalmente por expertos psiquiatras.

—Suena terrible.

—Lo es, en especial porque sucede casi delante de nuestros ojos y nadie parece enterarse. España sigue siendo un país donde penal y fiscalmente se controlan poco las sectas.

—Sé que no puede usted asegurar nada, pero, dígame, ¿juzga posible que alguna secta realizara sobre sus neófitos una venganza tan cruel como la castración por algún motivo..., digamos faltar al secreto o intentar salirse de la organización?

—No lo sé, inspectora, sinceramente. En principio parece algo atroz e imposible, pero le aseguro que los líderes de casi todas las sectas llegan a alcanzar sobre los afiliados un control total, pavoroso, y no suelen ser individuos recomendables. A menudo se trata de megalómanos, de personalidades con rasgos psicopáticos, de gente con pocos escrúpulos a quienes les gusta ejercer un poder desmedido sobre los demás y, encima, enriquecerse. Los modos en los que las sectas recaudan fondos incluyen sistemas tan aberrantes como la prostitución de los propios correligionarios. En ese sentido sería capaz de afirmar que todo es posible, aunque...

—Aunque ¿qué?

—No existe precedente anterior en España. Las sectas que operan aquí no han sido sangrientas hasta el momento. Otra cosa son Estados Unidos, pero aquí...

—Nunca es tarde para empezar.

—Quizá, si bien me atrevo a apuntarle otra opción: ¿han pensado ustedes en que el ejecutor de esas acciones horribles sea un sectario desequilibrado que esté actuando por su cuenta?

—Lo hemos pensado, sí; hemos concebido la idea del loco aislado que por su cuenta se enfrenta al horror. Sin embargo, dígame cómo se explica que sus víctimas no aparezcan ni en forma de cadáveres ni de desaparecidos ni de hombres heridos en hospitales. No puede ser, padre, esos muchachos mutilados deben estar vivos, guardando silencio en su lugar de vida habitual, y ¿cómo consigue ese silencio alguien que los haya agredido contra su voluntad? Es sencillamente imposible.

—Supongo que lleva razón. Se trata sin duda de un misterio diabólico en el que poco puedo ayudarles. Lo que voy a hacer es pasarle un dossier con toda la documentación de sectas en España. Es una especie de lista que elaboré para la policía tiempo atrás y que voy perfeccionando si surgen nuevos datos. Acompáñeme a mi despacho, inspectora.

Me llevó hasta una estancia que se comunicaba con la iglesia; era amplia y acogedora. Buscó entre archivadores escrupulosamente ordenados. Yo, mientras tanto, miraba por todas partes sin disimular mi curiosidad. Me acerqué hasta los anaqueles llenos de libros: *Clasificación de los ángeles*, *Antropología espiritual*... Me volví impulsivamente hacia él.

—¿Es usted feliz? —pregunté.

Se quedó muy parado, sonrió.

—¿Es ésa la impresión que le da?

—Verá, viendo la quietud de esta casa, el ambiente de estudio, los temas abstractos a los que puede dedicarse con total concentración, sin estar urgido por los tráfagos de la vida..., sí, yo diría que ésa es una manera de felicidad.

Cabeceó una y otra vez, con la cara coloreada por un ligero rubor.

—Bueno, no sé si eso es en el fondo muy halagador. Lo interpreto como decir: «¡Vaya, este tipo tiene suerte, puede gastar el tiempo en sus tonterías sin que nadie se lo recrimine y encima no ha de luchar por sobrevivir!»

Hice un gesto de defensa desesperada.

—Le aseguro que no pretendía... —dije.

—Lo sé, olvídelo, estaba bromeando, pero es que contestarle en serio me cuesta una barbaridad... Ser feliz no es un concepto del espíritu.

—Es un concepto burgués.

—Pero muy lícito, no vaya a pensar. Sólo puedo decirle que quien ve cómo son las cosas a su alrededor nunca puede ser completamente feliz. Y, aunque no se lo parezca, hasta yo veo cosas desde aquí. Además, nosotros no podemos permitirnos la calidez de la felicidad burguesa: una familia, pequeñas posesiones... —Le resultaba embarazoso seguir hablando y decidió bromear—. Oiga, ¿qué clase de policía es usted? Nadie de los que vienen desde comisaría me ha preguntado nunca cosas así.

—Soy una policía a la que no le importaría ingresar en un convento. La disciplina ya la tengo, sólo me faltaría la paz.

—¡Olvídese, inspectora!, se pasaría el tiempo añorando un poco de acción; además, las monjas rezan demasiado y la mayoría de conventos pretenden hacer ahorros con la calefacción. Es poco confortable, créame.

Miré con simpatía a aquel atípico cura dotado de sentido del humor. Él me dio un grueso dossier.

—Aquí tiene esta información; espero que pueda servirle de algo. Si se le presenta alguna duda, llámeme.

Estaba convencida de que, si hubiera sido protestante, al padre Villalba yo también le habría gustado. Eso era suficiente para contentar mi vanidad. Parece evidente que existen ciertos retos masculinos para las mujeres: curas, homosexuales, impotentes o políticos en el poder, cualquier cosa que enardezca la dificultad y mezcle en la seducción una pizca de claudicación ideológica por parte del macho.

En fin, sumida en semejantes meditaciones, me encontré en comisaría con Garzón, que venía deprimido y con el zurrón de las pesquisas lleno de viento.

—Ni sospechosos de los que se pueda sospechar, ni cadáveres, ni desapariciones, ni castrados en los hospitales..., ¡cero total!

—¿Qué tal le sentaría si le pidiera que siguiéramos trabajando hasta la madrugada?

—Como un tiro.

—¿Y si lo invito a cenar en mi casa y hacemos una de nuestras sesiones de estudio después?

—¿Con whisky de malta?

—¡Por supuesto!

—Entonces vamos allá; tengo tanta hambre que me comería hasta una de esas pollas confitadas que le envían.

—¡No sea tan burro, Garzón!

Se reía como un Mefistófeles con varios kilos de más. Propuso tomar una cerveza de camino y paramos el coche frente a un bar de tapas lleno de gente a rebosar. A Garzón le gustaba aquel típico follón hispano de las barras atestadas, los apretones entre vasos, el cantar estentóreo de los camareros con sus: «¿Qué va a ser?; ¡oído!; ¡una de callos!» y demás estrofas poéticas. Yo nunca he sido mujer de masas hacinadas, de modo que, cuando Garzón se fue al lavabo y me dejó a cargo de su voluminosa gabardina, que casi me enterraba bajo su peso, tuve la tentación de salir pitando hacia un lugar más tranquilo. Pero aguanté. Coloqué mi bolso y el periódico doblado ocupando un lugar en la barra a modo de bandera de pionero y salí de aquel berenjenal hacia la máquina de tabaco. Cuando regresé pidiendo más excusas que un penitente, Garzón llegaba también hasta nuestro sitio. Pedimos una cerveza, abrí la cajetilla de los cigarrillos y al coger el bolso para sacar el mechero, me di cuenta de que había un papel blanco en el interior que antes no estaba allí. Era una cuartilla doblada por la mitad, que desplegué con la punta de los dedos. En ella había manuscrita una palabra con letra de molde: «Sí.» Llamé al camarero.

—¿Ha visto a alguien que haya tocado mi bolso?

Me miró sin entender.

—No, señora, ¿es que le falta algo? Quizá no hubiera debido dejarlo ahí, con tanta gente...

Pero yo ya no le escuchaba, había echado a correr como una loca sin siquiera mirar a Garzón. Salí a la calle, miré en todas direcciones inútilmente, volví a entrar y cerré la puerta tras de mí. Levanté la voz:

—Señores, somos policías, les ruego que me disculpen pero vamos a tener que proceder a su identificación. Es una cuestión de rutina, no se preocupen.

Se había producido un silencio asombroso. Busqué a Garzón con la mirada y lo hallé exactamente en el mismo sitio donde lo había dejado, con la boca abierta y la mano extendida hacia el vaso de cerveza, como si fuera una víctima pompeyana.

—Procedamos, subinspector.

Reaccionó al instante y, sin mediar palabra, le enseñamos nuestras credenciales al dueño. El subinspector sacó su libreta de notas y empezamos a revisar carnets de identidad. Apuntamos nombres, direcciones y pedimos disculpas a todas aquellas tranquilas gentes a quienes habíamos estropeado la diversión. En principio no me pareció que hubiera nadie significativo: algunos ejecutivos de mediana edad que salían de trabajar, varias mujeres que solían reunirse a aquella hora y algunos vejetes de los que siempre abundan en los bares de toda la ciudad. Pregunté a todo el mundo si habían visto a alguien acercarse a mi bolso y dejar una nota. En ese momento una de las mujeres levantó la mano y dijo:

—Sí, yo he visto a un joven que se acercaba hacia ahí y dejaba algo en un bolso, pero no sé si era ese papel.

—¿Cómo era ese joven?

—¡Dios santo, no lo sé, llevaba un casco de motorista, por eso me llamó la atención!

—¿Era alto, delgado?

—No me fijé. Sólo vi que entraba, dejaba algo y volvía a salir.

Salimos también nosotros con nuestra información preventiva, que nunca sirvió para nada, dejando tras nuestros pasos una estela de desconcierto y curiosidad. Garzón esperó un tiempo apenas prudente para preguntar:

—¿A qué ha venido esta redada tipo ley seca? Me ha dado un susto de muerte.

Le alargué el papel. Lo leyó.

—¿«Sí»? ¿Qué quiere decir «sí»?

—No tengo ni idea, Fermín.

—¿Vio alejarse alguna moto cuando miró en la calle?

—Que llevara un casco no significa que condujera una moto; pudo largarse a pie. ¡Vaya usted a saber dónde está! Investigue a la testigo por si acaso, y conserve todos los datos de los demás.

—No sé yo si...

—Toda prudencia es poca; quizá lo puso ella misma.

—Está bien, inspectora. Vamos a dar parte y a decirle al comisario que nos ponga dos secretas para que nos sigan a todos lados, así si vuelve a acercarse...

—Ni hablar. De momento vamos a pensar. Sigamos con el plan de la cena en mi casa.

Y así lo hicimos. Llegamos hasta Poblenou, saludamos a mis dos ángeles tutelares, permanentemente en su labor, y añadí un par de buenos entrecots descongelados al puré de raíces y berzas que Julieta había preparado. Sin embargo, no pude concentrarme lo más mínimo en los preparativos ni el punto de cocción; mi mente estaba absorbida por lo que acababa de suceder. Garzón también se comportaba como un robot cuyo automatismo necesitara alimentación orgánica. Meditaba y devoraba al mismo tiempo, en silencio total. Por fin estalló:

—¿Puede decirme de una vez en qué coño está pensando? El chico que le dejó el papel es el mismo que compró las velas, ¿verdad?

—Sí, y es el mismo que llamó por teléfono diciéndome «No». Nos ha seguido y sabe qué estamos haciendo. Cuando me dijo «No» acabábamos de abrir la investigación por la vía de los mendigos, y él se limitó a avisarme de que íbamos equivocados. Ahora ha dicho «Sí» después de que yo visitara al padre Villalba. Es decir, que indagando sobre sectas estamos en el camino correcto. Es más, Fermín, el doctor Montalbán llevaba razón, los extraños rastros que aparecen en los penes son pistas que ese chico está dejándonos.

—O sea, que el chico que envía los penes y el que nos sigue son el mismo.

—Eso ya es más arriesgado de afirmar, pero probablemente sí.

—¿Y es el que corta los penes?

—Ahí el riesgo de afirmación es mucho mayor, de modo que prefiero contestar que no lo sé.

—¡Joder, inspectora, pues si quiere dejarnos pistas no sé por qué no lo hace con más claridad! A no ser que, como yo le dije desde el principio, sea un chiflado de tipo religioso que está jugando a ser más listo.

—Y realmente lo es, por eso no creo que sea conveniente que nos sigan dos compañeros. Se dará cuenta enseguida y dejará incluso de proporcionarnos estas pistas estrafalarias.

—En ese caso es mejor no decirle nada del papel al comisario Coronas. Ya sabe cómo se las gasta, sería capaz de ponernos detrás a la guardia urbana a caballo.

—Coincidimos al ciento por ciento.

—¿Se da cuenta, inspectora? Tenemos entre manos a un psicópata asesino en serie que nos deja pruebas cifradas, ¡igualito que en las películas americanas! Si me lo llegan a decir cuando estaba destinado en Salamanca, jamás me lo hubiera creído.

—Ni se lo crea aún. Llegamos a lo de siempre, ¿a qué víctimas estamos refiriéndonos?

—¿Miembros de una secta?

—Quizá, pero ¿por qué los castran y quedan callados?

—Una venganza interna. Miembros que quieren marcharse y que son represaliados de esa manera para disuadirlos.

—¿Y no hay ni un solo rebelde que después de tomar la decisión de irse y verse castigado así dé parte a la policía?

—¡Los amenazan con que la próxima vez será la muerte!

—¡No sé, Garzón, me va a estallar la cabeza, centrémonos en los hechos de una vez!

—¿Y cuáles son los hechos?

—De momento, sólo éstos.

Fui a buscar el dossier y eché los numerosos folios sobre la mesa.

—¡Joder!, ¿qué es todo esto?

—¡Sectas, amigo mío, de modo que será mejor que nos pongamos a estudiar! Dividamos el material por la mitad. Los treinta primeros folios para mí y los restantes para usted. Luego los intercambiamos. ¿De acuerdo?

—¿Y la inspiración?

—Ahora traigo el malta, pero será mejor añadir café o acabaremos dormidos.

Añadimos café, unas pastitas de coco, cigarrillos y curiosidad. Toda esa mezcla, unida a lo insólito del material en estudio, consiguió mantenernos despiertos sin problemas. También los comentarios de Garzón ayudaron a la vigilia.

—Mire, inspectora, Alfa-Omega, ésta es una secta en la que seguro que yo no ingresaré. Dicen que la comida es escasa y el trabajo abundante; nada menos tentador.

Ninguna de aquellas sectas parecía tener nada de tentador. Según las notas casi todos los afiliados eran captados de modo insidioso y en el interior de la organización su papel era el de explotados. Se les explotaba de todas las maneras posibles: sexualmente, utilizándolos como mano de obra gratuita, desposeyéndolos de sus bienes económicos. Lo único que justificaba que aquellas personas soportaran semejantes calvarios era el hecho de que tuvieran anulada por completo su voluntad gracias a los lavados de cerebro. Pero aun así, se hacía difícil comprender cómo alguien podía suscribir semejantes principios por más higienizada que hubiera quedado su mente. A menudo se hablaba de dominar el mundo como objetivo principal, de infiltrarse en gobiernos e instituciones internacionales. En cuanto a las doctrinas, cuando llevabas varias leídas, primorosamente explicadas y condensadas por el padre Villalba, comprobabas que se trataba de cócteles que ponían en combinación no muy coherente las teorías orientalistas hindúes con la Kábala, el zen japonés y el mesianismo más elemental. Una copa difícil de tragar. Lo más sorprendente venía al advertir que todas las sectas parecían nadar en la abundancia económica y el modo en que se habían extendido por muchos países.

—Mire, inspectora, secta de la Meditación Trascendental. Éstos son tan cachondos que hasta han creado ministerios. Ministerio para el Desarrollo de las Conciencias. Ministerio de Educación e Iluminación. ¿Se imagina el gobierno que formarían?

—No me parece tan descabellado, la política es imaginativa en este país.

—A mí lo que me jode hablando de este país es que la única secta autóctona que tenemos sea la del Palmar de Troya. De lo más cutre, la verdad. A un tipo que en los ambientes homosexuales de Sevilla le llamaban «la Voltios» va y se le aparece la Virgen en persona. ¡Toma revelación clásica! Y se autoproclama Papa, el muy cabrón. Pero eso no es nada, por lo que pone aquí andan haciendo santos como si fueran churros: san Francisco Franco, san don Pelayo... ¿Qué le parece?

Asentí mecánicamente sin ganas de charlar; lo que estaba leyendo no presagiaba nada positivo para nosotros. En realidad, estábamos entrando en un terreno que era perfecto para cometer delitos. Uniendo la información de la policía autonómica y la que teníamos allí llegábamos a la conclusión de que cualquier secta, cualquiera de ellas, podía estar envuelta en un asunto sucio. Se hablaba de prostitución, de blanqueo de dinero, de evasión de capital proveniente de otros países, de extorsión mediando fotografías comprometidas hechas junto a hermosos señuelos, de captación de hijos de gente estratégica en la empresa o la política. Una mina, en fin. Algunos de los líderes habían sufrido procesos, a otros no había sido posible probarles nada legalmente. Ciertas sectas se consideraban desmanteladas en España, pero seguía habiendo serias dudas de que hubieran podido renacer o mantenerse enquistadas esperando mejor oportunidad. Los jueces no siempre veían indicios claros de criminalidad y, por tanto, se hacía difícil una actuación policial continua y efectiva. Es decir, que el campo era tan propicio como pantanoso.

En cuanto al grado de presión que se ejercía sobre los afiliados para que no abandonaran la secta, era, casi siempre, brutal. El silencio, la promesa de no divulgación de actividades internas, el compromiso del secreto absoluto figuraban entre los imperativos para cualquier neófito.

—Hay dos sectas, sin embargo, que parecen haber sido especialmente violentas para quienes intentaron salir —precisó el subinspector—. La Iglesia de la Cienciología, de origen americano, y Arco Iris, una de tipo hindú que hasta llegó a cargarse ex adeptos en la India para que no hablaran.

—¿Y en España?

—El informe de la policía dice que en contra de la Cienciología se han presentado algunas demandas que no prosperaron, puesto que se retiraron después sin dar origen a una investigación. Asegura que algunos de los ex integrantes han llegado a estar aterrorizados por las posibles represalias. Pero los hindúes no han ido tan lejos, son más pacíficos por aquí.

—Será influencia de la dieta mediterránea.

—Ni que lo jure. Su sede central está en una finca de Alcover, un pueblo de la provincia de Tarragona.

—Ya, parece que ésa es una de las aspiraciones básicas de todos en general: construirse un gran centro en el campo donde puedan peregrinar o incluso vivir todos juntos por temporadas. Muchos de los recursos económicos que las sectas generan van a parar a la compra de propiedades rústicas y a la construcción o reconstrucción de grandes casas-madre.

—Hay que ver, cuanto más leo sobre todo esto más imposible me parece que exista tanto chalado en el mundo.

—Los hay, Fermín, los hay, chalados de todos los colores y todas las medidas. Lo malo son los jóvenes que captan; ésos deben de ser chicos normales que pasan por épocas de inestabilidad emocional.

—Pero acabarán chalados igual.

—Puede ser, de cualquier modo, todo este guirigay de profetas y creencias no nos ayuda. ¿Qué podemos hacer?, ¿por dónde empezar? No es cuestión de abrir una investigación indiscriminada sin pruebas.

—Supongo que no.

—¿Y entonces?

—Habrá que esperar. Si es verdad que tiene usted un delator que va pasándole indicios, algo hará.

—No sé, Garzón, las piezas siguen sin encajarme. Que todos esos jóvenes hayan sido castrados quirúrgicamente para evitar que dejaran la secta es algo..., no sé, algo excesivo. Fíjese en estos informes, siempre parece haber alguien que logró escapar, que a pesar de amenazas y presiones se zafó. ¿Por qué nuestros hipotéticos ex adeptos van al matadero sin rechistar?, ¿por qué, incluso una vez producida la terrible mutilación, siguen callados?

—No me parece tan difícil de encajar. Saben que el

paso siguiente podría ser la muerte. Además, la castración es algo deshonroso que tiende a ocultarse. Si se quedan, los responsables deben de prometerles cobijo y comprensión para su nuevo estado de...

—¿Eunucos?

—¡Exacto!, así de cruel. Piense que por el procedimiento quirúrgico se aseguran que no haya desenlaces fatales. Todo resulta limpio e indoloro, excepto el proceso de llevarlos hasta la sala de operaciones; supongo que ahí utilizan la fuerza antes de mediar la anestesia.

Miré a Garzón con curiosidad, ¿cómo se las apañaba para aparecer tan lúcido y fresco? Yo me encontraba extenuada, casi incapaz de pensar. Eran las cinco de la mañana.

—¿No cree que deberíamos dormir un rato, Fermín?

—Sí, eso estaría bien. Ya me voy.

—Quédese aquí, puedo prestarle mi habitación de invitados.

—¿Y esos de fuera?

—¿Los vigilantes?

—Es mejor que me vaya, serían capaces de criticarnos si me viesen dormir aquí.

—Sólo me faltaba tener que pensar en la reputación. Si critican, tanto peor. Ellos por su parte están camelándose a mi doméstica.

—¡No me diga!

—De verdad, ya los he pescado charlando varias veces.

—¡Joder! —Se acercó hasta la ventana y miró a través de las cortinas—. Sí, ahí están. Bueno, inspectora, por mucho que estén camelándose a su doméstica yo me voy a marchar. Más vale no dar lenguas al pregonero.

—Como quiera.

Atisbé yo también por la ventana y vi que Garzón se acercaba al coche de mis guardianes. Les preguntó algo y se marchó. Ahora tenía un nuevo garante que, en esta ocasión, velaba por mi buen nombre dentro del Cuerpo. Perfecto, nunca había estado tan atrincherada frente al mundo exterior.

5

Nos encontrábamos varados como una bicicleta en la arena, como un carro en un lodazal. Las sospechas que incluyen un radio amplísimo son el enemigo mayor de cualquier investigación. Al menos habíamos acotado la posible personalidad de mi corresponsal secreto, el muchacho del casco, dando por bueno el supuesto de que se trataba de un adepto o ex adepto a una secta. Una simple hipótesis, si bien se pensaba. Todo habría resultado mucho más abarcable si el número de sectas implantadas en Barcelona hubiera sido menor. Nunca se me hubiese ocurrido que cerca de nuestra próspera civilización crecieran tantas plantas exóticas. Pero era así.

El ritmo de nuestras pesquisas se ralentizó. Hacíamos supuestos partiendo del material teórico de las sectas y visitábamos el Efemérides con regularidad. En el fondo de nuestra actividad inactiva palpitaba la espera con toda desvergüenza. Esperábamos una nueva comunicación del motorista fantasma, ésa era la verdad. En tal dudosa probabilidad radicaba nuestra única esperanza. Era lógico que tarde o temprano se produjera un nuevo intento de contacto. Lo que se había iniciado y continuado no podía acabar por las buenas sin haber llegado a una solución. Si el muchacho estaba siguiéndonos, vería que no habíamos incluido vigilancia extra de ningún tipo, ni erigido barreras a nuestro alrededor. Es más, yo había adquirido la costumbre de ir sola a algún bar. Solía sentarme y, en un momento dado, me levantaba e iba a los servicios dejando el periódico doblado sobre la mesa. Por desgracia éste siempre estuvo vacío al volver. Garzón, que se había sumado a mi guardia tutelar, deploraba estas visitas en solitario. Le había dado por pensar que entrañaban cierto peligro, y cada vez que las realizaba me costaba una discusión. Cuando le dije que una mujer siempre despierta los deseos de protección masculina, me contestó tan fresco que eso era lo natural. Yo se lo rebatía malamente, sin ganas de meterme en pendencias feministas a las que había renunciado tiempo atrás. En el fondo me parecía agradable que Garzón me protegiese, sobre todo porque se olvidaba con frecuencia de su papel y pasaba a representar el de alegre compañero con mucha más convicción.

El comisario Coronas llevaba con paciencia el enlentecimiento de la investigación. De cuando en cuando despachábamos con él, momento que aprovechaba para sugerirnos alguno de sus estrafalarios métodos de serie B. Un buen día se le ocurrió que lo adecuado era que yo volviera a aparecer en televisión; sería una especie de señuelo para mover al castrador a una confesión. Me escandalicé, y no porque el sistema me pareciera un refrito de *film noir*, sino porque implicaba sutilmente que yo era inspiradora y en cierto modo culpable de aquellos delitos. Coronas no se quedó nada cortado cuando se lo argumenté, y me dijo tan campante que no debía olvidar que los paquetes venían a mi nombre. Me rebelé contra una vaga sensación de culpabilidad. Por fortuna al comisario le costaba pasar del nivel teórico a la realidad, y raramente objetivaba en órdenes sus desordenados comentarios. De cualquier manera, tampoco hizo falta que forzáramos ninguna reacción con mi aparición estelar en la pantalla, porque el día 16 de diciembre, estando yo en mi despacho de comisaría, entró un guardia corriendo con uno de aquellos paquetes en la mano.

—Inspectora. Ha llegado esto para usted.

El pene número cuatro, pensé, y si por una parte sentí una punzada de alegría al ver que nuevas pistas se avecinaban, cuando pude reaccionar de modo más humano empezaron a temblarme las piernas. Otro hombre mutilado, quizá otro cadáver, nada que debiera ser celebrado.

En aquella oportunidad, sabedores de que los penes llevaban anexa su pequeña explicación, el comisario e incluso el juez pidieron estar presentes durante la autopsia del miembro. El doctor Montalbán se hallaba un poco superado por la dimensión espectacular que había adquirido su trabajo, pero no tuvo nada que objetar. Tan seguros estábamos de lo que contenía el envío, que ni siquiera lo habíamos desenvuelto antes de entrar en el Anatómico Forense. Por eso, cuando Montalbán lo colocó bajo una potente lámpara y se aprestó a abrirlo, vi algo que me llevó a pedirle que se detuviera. Hubo un momento de desconcierto general. Tomé un bolígrafo y con la punta señalé hacia el matasellos.

—¿Han visto esto?

—¡Viene de Tarragona! —exclamó Garzón.

—¿Todos los demás fueron enviados desde aquí? —preguntó el juez.

—En su totalidad.

—¿Hay alguna diferencia externa más?

—Las otras características son exactamente igual; sin embargo, creo que será mejor que hagan un análisis grafológico para ver si la caligrafía coincide con las anteriores.

—Bien pensado, Petra, ordénelo. Ahora prosigamos, doctor.

Coronas apenas podía disimular su impaciencia; también la mirada del juez estaba hipnóticamente fija en la mesa de operaciones. Sólo Garzón permanecía pendiente de mis ojos, atento a comunicarme su complicidad. Le devolví el entendimiento.

Una vez que Montalbán hubo quitado el papel, apareció ante nosotros la consabida caja de plástico y en su interior, de modo inexorable, el cuarto pene envuelto en plástico y formol. Un estremecimiento recorrió a los presentes.

—Aquí lo tenemos —masculló Montalbán en tono malhumorado.

—¡Dios eterno! —dijo por lo bajo el juez.

Asistimos a las maniobras que yo, desgraciadamente, ya conocía casi a la perfección. El forense iba ratificando todos sus diagnósticos anteriores: emasculación quirúrgica, macho joven, tejidos que no habían experimentado la retracción de la muerte por lo que se deducía que el miembro había sido sumergido en formol poco después de ser separado del cuerpo...

—¿No hay ningún objeto extraño? —pregunté, incapaz de retenerme por más tiempo.

—A simple vista... no. Veamos por dentro.

Con unas pinzas separó el lánguido prepucio, y un glande arrugado y blancuzco emergió tristemente. En ese momento algo cayó sobre el lienzo inmaculado. De manera instintiva, todas las cabezas sufrieron un acercamiento hacia el centro.

—¿Y eso qué es? —soltó Coronas al borde del corte respiratorio.

—¡Cómo quiere que lo sepa, comisario! —contestó el médico con cierta impaciencia.

Siempre con la ayuda de las pinzas movió el minúsculo objeto en todas direcciones y, acto seguido, lo acercó a la luz. Desde mi puesto de observación me pareció percibir algo duro y cuadrado, de color blanquecino. Entonces Montalbán informó:

—Señores, esto no entra en lo mío, pero podría jurar que es un trozo de piedra, de mármol o algo así, una esquirla de roca, quizá.

—Sugiero que lo envíen a su propio laboratorio, en el de aquí determinar un análisis tardará seguramente un poco más —indicó el juez.

—Así lo haremos —manifesté mientras se empezaba a deshacer la reunión.

—Manténganme informado y, por favor, extremen la discreción —pidió el juez—; no les digo la que podría armarse si los mercaderes de la noticia dieran con este caso.

—No se preocupe, señor juez. Por cierto, ya que está usted aquí. Mañana el subinspector y yo necesitaremos una orden de registro. Nos proponemos inspeccionar la sede de una de las sectas de las que le hablé, situada en Tarragona.

—No hay inconveniente, pasen por los juzgados antes de las diez.

Aquél no era el único paso previo que teníamos que dar antes de nuestro pequeño viaje de una hora. Necesitábamos preguntar la dirección de la secta Arco Iris en Alcover a los Mossos d'Esquadra y contar con el informe analítico de la piedra o lo que demonio fuera. Mientras todos esos requisitos eran cumplidos, permaneceríamos recogiendo más información sobre la secta y su líder. No consideré excesiva tanta actividad concentrada, ya que me sentía eufórica y llena de ímpetu. Por primera vez contábamos con una pista que coincidía con algo exterior, aunque fuera simplemente un lugar en el mapa.

Para colmo de beneficios, la mañana siguiente la pista se amplió un poco más. El análisis de laboratorio confirmó que la esquirla hallada en el pene era un trozo de piedra, pero de un tipo muy especial. Se trataba de una caliza blanca llena de pequeños fósiles que se daba únicamente en una explotación de Ulldecona y que se usaba en edificación. Ulldecona está a unos cien kilómetros de Tarragona, por lo que era perfectamente sólito que hubiera sido tomada en el primer sitio y trasladada al segundo. Aquella precisión ampliaba nuestro viaje un poco más lejos, ya que si no encontrábamos pruebas concluyentes en Alcover, contar con una lista de clientes de la cantera nos resultaría muy útil, quizá definitivamente esclarecedor; de modo que nos proponíamos viajar hasta allí.

Garzón, como de costumbre, no compartía mis buenas perspectivas de futuro, y seguía creyendo que el fantasma del casco jugaba con nosotros.

—¡Pero ni siquiera el matasellos es del pueblo de Alcover! —protestaba cuando íbamos ya en el coche de camino.

—¿Y qué puede importar? Es de la misma provincia. El enviante se desplazó a la capital porque en un pueblo pequeño cualquiera hubiera podido verlo depositar el paquete en el buzón. ¡Elemental, mi querido Fermín!

—No me gusta verla tan contenta; cuando uno se confía demasiado en las pistas que tiene, las cosas tienden a funcionar mal.

—¡Vamos, amigo, no sea agorero! Creo que ahora vamos bien. Por lo menos tener algo concreto que investigar es ya un avance. ¡Y no olvide que la que hemos seleccionado está en Tarragona! ¡Eso ya es mucho!

—No sé yo si... este maldito caso..., y van cuatro hombres ya, cuatro fantasmas.

—Olvídese. ¿Por qué no me recita uno de esos poemas groseros sobre pollas que se sabe?

Creí que no lo haría, pero quizá sólo para fastidiarme me miró de reojo y exclamó.

—No tengo ningún inconveniente, pero como vamos de viaje mejor le cantaré una canción.

—Adelante —tuve que contestar, mientras todos mis sentidos me indicaban que me había equivocado embromándolo. Entonces el subinspector, que conducía, se aclaró la garganta y desafinando como un gato en celo, cantó a media voz:

Hay pollas descomunales
y pollas en miniatura,
pero no importa el tamaño
siempre que se pongan duras.

—¡Pero subinspector! —grité fingiendo escandalizarme. Él se reía como un niño en el cine y remachó encantado su faena:

—Aquí figura que entra un coro numeroso y repite con brío: «Du-ras.»

—¿Quiere callarse de una vez?

—Fue usted quien me lo pidió.

—Está bien, pues ahora le pido que no siga.

—Como quiera, aunque se pierde la mejor estrofa.

—Sabré sobreponerme a la pérdida.

Su emergente barriga se agitaba frente al volante por efecto de las carcajadas.

—Dígame, Fermín, ¿cuántas canciones o poesías de ese tipo conoce?

—¡Uf, se sorprendería si lo supiera! Las he aprendido por todas partes, a lo largo de toda una vida. En el colegio, en la mili, entre los compañeros...

—¡Ah, los señores, todos tan orgullosos con su cosa!

—¡Más vale que no falte!

Aquel comentario impensado e inocente sonó de pronto como un trallazo y nos devolvió a una triste realidad. Quedamos callados. Intenté remontar.

—¿Quiere que trabajemos un poco, Fermín? Voy a ir leyendo en voz alta los informes sobre Arco Iris.

—Me parece lo mejor.

La Comunidad del Arco Iris era una secta implantada en España por un tal Emilio Fidel, sin antecedentes penales, que había logrado mantener seis casas en el país. Nunca habían tenido problemas policiales, lo que nos complicaba la cuestión. El tal Fidel había sido en su tiempo un antifranquista al que le dio después por la sublimación espiritual de tipo hindú. Todos solían vestir con túnicas anaranjadas de monje budista cuando estaban en el interior de las comunidades. Los principios doctrinales que postulaban constituían un auténtico follón, una mezcolanza que apenas podía imaginarme de tantrismo, budismo, naturismo, esoterismo, magia, yoga, psicoanálisis, bioenergía, sufismo, musicoterapia, taoísmo y expresión corporal. Ni un barman loco hubiera concebido un combinado con tales ingredientes. Sin embargo, su marca de fábrica radicaba en ser la única escuela tántrica de España. Garzón me pidió aclaraciones sobre eso, y yo sólo pude informarle de lo que contaba el padre Villalba en su dossier: «El tantrismo es una escuela de éxtasis muy dura que ha inspirado numerosos yogas y el budismo tibetano.» Al parecer aquellos éxtasis se los provocaban los adeptos con danzas desenfrenadas y técnicas bioenergéticas y, detalle muy importante, con un elemento básico en el tantrismo: el sexo. Los fieles al Arco Iris se declaraban amorales y practicaban la más libre promiscuidad sexual.

—Quizá algunos muchachos se excedieron y fueron castigados, o traicionaron el espíritu de la comunidad.

—No me interrumpa, Garzón. En principio nuestra sospecha se basa en que represaliaron a los que intentaron abandonar.

—¿Y cómo se financian estos pájaros?

—Con aportaciones de los adeptos. El informe policial dice que no está nada claro de dónde salió el dinero con el que compraron su finca de Alcover. Sin embargo, al no existir indicios de delito económico, ningún juez decidió intervenir. También obtienen muchos beneficios utilizando a los miembros como mano de obra gratuita.

—Ya ve, inspectora, no sé por qué no fundamos una secta usted y yo; viviríamos mejor.

—Ni lo sueñe, el color naranja me sienta fatal.

Los Arco Iris captaban y adoctrinaban a los jóvenes por medio de conferencias y sesiones de terapia naturista. Villalba hacía mucho hincapié en que psicólogos que habían visitado Arco Iris por curiosidad salieron de allí horrorizados, afirmando que se aplicaban técnicas psicológicas peligrosas sin la menor capacitación ni control. Añadía en un párrafo la inquietante anécdota de que en Navarra se conocían los casos de varios muchachos que habían pasado de cursos intensivos de Arco Iris al hospital psiquiátrico de la capital.

—¿Y cuál es el objetivo máximo de estos tíos?

—La liberación del individuo, dice aquí.

—Por lo menos no aspiran a dominar el planeta.

—No sé si es un consuelo. ¿Cree que coincide con las características de lo que andamos buscando?

—Ni idea; cualquier secta es lo suficientemente siniestra como para que fuera posible una castración como represalia, castigo o disuasión.

Dar con el lugar donde estaba la finca tarraconense de Arco Iris no fue difícil. La policía autonómica incluso le había trazado un pequeño plano al subinspector. Confieso que cuando llegamos allí tenía el corazón encogido y muchas reservas sobre lo que íbamos a encontrar. Sin embargo, ninguno de mis temores se confirmó. Al contrario, nos hallábamos en un paraje bucólico, casi ideal. Sobre una loma plantada de cipreses y avellanos se elevaba una gran masía en parte reconstruida. A medida que nos acercábamos íbamos viendo huertas y frutales, bien cuidadas zonas de jardín, y en las inmediaciones de la casa aparecieron las alegres figuras de los jóvenes monjes. Había tanto hombres como mujeres, todos con túnicas anaranjadas y algún que otro grueso jersey para preservarse de la fría mañana. No se sorprendían al ver el coche, ni ponían mala cara. A decir verdad, nos sonreían, como si la llegada de extraños fuera bienvenida.

Paramos en una amplia explanada frente a la puerta principal. Unos cuantos perros mansos se acercaron a olisquearnos.

—Esto no parece en principio ningún antro de perdición —susurró el subinspector.

—Abra bien los ojos por si acaso.

Detuvimos a uno de los chicos, de unos veintitantos, que pasaba por allí empujando una carretilla llena de patatas recién recolectadas.

—Perdone, queremos ver al responsable del centro.

Asintió sin decir ni una palabra y desapareció en el interior de la casa con una sonrisa entre la beatitud y la estupidez. Aleccioné brevemente a mi compañero.

—Mire por todos lados en busca de la piedra de los fósiles. Y ya sabe, no pretendemos entrar con mal pie; no pronuncie nunca la palabra secta, siempre comunidad o congregación.

Para mi sorpresa, y supongo que también para la de Garzón, en menos de cinco minutos volvió a salir nuestro chico mudo seguido de ¡una mujer! Era algo inesperado ya que, según las notas del padre Villalba, todas aquellas organizaciones tendían a la misoginia colocando a las mujeres siempre en un nivel de inferioridad. Por unos instantes pensé que quizá se tratara de una gobernanta o ayudante general; pero no, se presentó como directora del centro y nos invitó a pasar. Yo le dije que éramos policías y teníamos una orden judicial para inspeccionar las instalaciones. No se inmutó lo más mínimo.

—¡Ah, por supuesto, eso no es ninguna novedad! De vez en cuando algún juez nos envía a policías de Tarragona con orden de inspeccionar. No sé qué piensan que hacemos aquí; pero si eso les hace sentirse más seguros, yo nunca tengo inconveniente. ¡Pasen a mi despacho, por favor!

Tenía unos cuarenta años y vestía también una de aquellas túnicas budistas. Entramos en una sobria habitación de gruesas paredes. La mujer nos invitó a sentarnos. Se llamaba Esperanza Ortiz y, para que lo comprobáramos, sacó de un cajón su carnet de identidad. En el apartado de profesión figuraba: «Psicóloga.»

—¿En qué puedo servirles?

—Seguimos un caso y queremos saber que no hay ninguna implicación en su comunidad.

—¿Un caso de qué?

—Tenencia de drogas —mentí.

Ella sonrió.

—¡Ah, eso, por Dios!, pero si justamente nosotros somos impulsores de la vida sana.

—¡Tanto mejor para ustedes! Por cierto, ¿podemos fumar?

—¡Por supuesto! No somos dogmáticos, dejamos hacer.

—Dígame, señora Ortiz, ¿cuántos jóvenes viven aquí y qué edades tienen?

—Somos unos treinta viviendo de forma permanente, aunque a veces vienen a pasar el fin de semana jóvenes de las ciudades, que también pertenecen a la organización pero prefieren vivir con sus familias.

—¿Es eso posible?

—¡Por supuesto que sí! Aquí no se obliga a nadie, inspectora. Todos entran y salen según su criterio, y todos son mayores de edad.

—También pueden abandonar la comunidad definitivamente sin problemas, supongo.

—¡Pues claro!

—¿Podría darnos una lista de algunos adeptos que hayan dejado de pertenecer a Arco Iris?

—Hermanos, nosotros preferimos llamarles hermanos. Verá, eso es complicado. Justamente por la libertad de movimiento que reina entre los miembros no sería ético conservar sus datos una vez que han manifestado su deseo de irse. Tampoco diría mucho a nuestro favor que diéramos esa información sobre personas que quizá han decidido mantenerlo en secreto por algún motivo. Estaríamos ante una intromisión en la vida privada.

—Lo comprendo. ¿Puedo preguntarle qué actividades realizan aquí?

—¡Oh, muy variadas! Trabajamos la tierra para nuestro mantenimiento, meditamos, hacemos sesiones comunitarias de tipo terapéutico, oímos música, realizamos trabajos manuales, preparamos algunas funciones de teatro y danzamos.

—¿Danzan?

—La danza es muy importante para nuestros objetivos espirituales.

—¿Y el sexo? —pregunté con voz falsamente meliflua.

—¡También, el sexo también! ¿Hay algo ilegal en el sexo, inspectora? —dijo con la mejor de sus sonrisas.

—No, en principio, no.

—Me tranquiliza, porque aquí el sexo es algo hermoso y natural.

Estábamos dando vueltas en torno a lugares comunes que no nos conducirían a ningún buen puerto. Aquella mujer sabía muy bien cómo comportarse y qué decir. Juzgué que sería más fructífero pasar a la inspección ocular. Pero tampoco en esa parte parecía haber nada sospechoso. Preguntamos por alguna capilla o sala de ofrendas en busca de velas moradas, pero no existían. Aquella gente no celebraba más rito que las misteriosas danzas. También quisimos saber si tenían enfermería, con la vana esperanza de hallar una culpable mesa de operaciones y materiales quirúrgicos, pero sólo contaban con un pequeño botiquín habitual; si estaban enfermos acudían al médico del pueblo. Nada. Frente a nosotros iban abriéndose habitaciones y comedores, duchas, cocina y despensa, ninguna dependencia que no hubiera podido encontrarse en un colegio. Exploramos minuciosamente toda la parte de la masía que había sido reconstruida más recientemente. Pero no, no había piedra blanca caliza, todo era piedra gris y ladrillos corrientes. Había que capitular, poco más íbamos a sacar de aquella fuente.

—Una hermosa excursión, y un hermoso fracaso también —dijo Garzón, de vuelta en el coche.

—Lo secreto es secreto hasta que deja de serlo.

—¿Qué es eso, una frase esotérica?

—No, quiero decir que poco podíamos esperar directamente de un lugar así, pero ahora lo hemos visitado y sabemos que está ahí; además, nuestra visita quizá precipite algún movimiento.

—Sí, esta noche quemarán toda la marihuana que guardan bajo las camas por si volvemos con perros. Ya verá, va a llegar el humo hasta el pueblo, ¡incluso el alcalde se emporrará!

El único modo que se me ocurrió de acabar con el mal humor de mi compañero fue proponerle que paráramos a comer antes de llegar a Ulldecona. Aceptó dando muestras de que sólo con la propuesta el mal humor comenzaba a remitir.

La zona costera que va desde Tarragona a Vinaroz tiene gran fama gastronómica, por lo que abundan los restaurantes de lujo que se llenan de ejecutivos en viaje de trabajo. Recabamos en Sant Carles de la Rápita y escogimos uno de los lugares de fama. Pensé que Coronas pondría el grito en el cielo al ver nuestra nota de gastos, pero desde que tratábamos temas espirituales había comprendido que el cielo estaba atestado de diversos gritos e imprecaciones, de modo que poco iba a notarse uno más.

El restaurante se hallaba en efecto repleto de hombres con corbata que se reunían frente a un plato para hablar de negocios. Garzón y yo contrastábamos con el ambiente general, pero eso no era nada nuevo, siempre fui consciente de que formábamos una extraña pareja. El parecía no enterarse, y mucho menos cuando nuestra mesa empezó a surtirse de apetitosas bandejitas con las delicias del mar. Mi compañero entró en uno de sus éxtasis para el que nunca necesitaba escuela tántrica alguna.

—¿Ha probado estos calamarcitos, Petra? Son más de lo que un hombre honrado puede soportar. Entraría en cualquier secta si me prometieran que iba a comer así todos los días.

—¿Lo dice en serio?

Arrancó un mejillón de su valva con los labios carnosos.

—Quizá estoy exagerando, pero le confesaré que cuando he visto el ambiente de paz y de orden que había en esa Comunidad del Arco Iris... No negaré que entrar en un mundo donde todo está arreglado y no tienes más problemas que cultivar pimientos... debe de ser agradable.

—Sí, ése es el espejismo de la paz cotidiana. Creo que todos lo experimentamos. Yo misma, cuando estuve hablando con el padre Villalba y comprobé el ambiente de serenidad y trabajo en el que vive..., bueno, tuve la fantasía de que habría sido maravilloso que se tratara de un pastor protestante y estar casada con él.

—¡Carajo! —exclamó Garzón, genuinamente sorprendido—. ¿Y qué demonio haría usted casada con un cura?

—Pues nada en particular, organizaría meriendas para los pobres y les prepararía tazas de chocolate. Por la noche me reuniría con mi esposo frente a la chimenea y le prepararía tazas de té.

—No sé si me la imagino preparando tazas de cosas todo el día.

—Pues lo mismo que yo a usted cultivando pimientos.

—Al menos en Arco Iris me pasaría las noches enteras practicando el sexo libre y puro.

—¿Y qué cree que haría yo? Los pastores tienen fama de ser muy voraces en la cama.

—Serán los de la Alcarria, porque los protestantes no sé yo si...

El camarero interrumpió nuestras risas poniendo en la mesa una olorosa paella marinera. Garzón silbó, transido de gozo, y se aprestó a servirla él mismo.

—Puede que estemos de broma, inspectora, pero le puedo asegurar que de todo este asunto lo que me llama más la atención es ver hasta qué punto hay gente con hambre de espíritu, de religión.

—No esté tan seguro, yo creo que se trata de la soledad.

—¿La soledad?

—La gente está muy sola, Fermín, con el corazón encogido pensando que no hay nadie a quien le importe su suerte.

—También estamos solos usted y yo y no nos da por la mística.

—Estamos solos porque queremos.

—Usted puede que sí...; yo, no.

Se le había entristecido la cara, había parado de comer. Sin darme cuenta había cometido una torpeza que no podía remediar si no era cambiando de tema.

—En cualquier caso, Fermín, tendemos a creer que las comunidades religiosas viven fuera de los sentimientos humanos, y no es así. Estoy convencida de que los mismos monjes trapenses están sujetos a pequeñas miserias: rencillas entre ellos, sensaciones de inutilidad, envidias... Aparte de no comerse nunca una paella así.

Se encogió de hombros, volvió a llenar copiosamente el tenedor.

—Puede que lleve razón.

—Además, existen grados de implicación en el tráfago del mundo y la carne. Mire a todos estos que están a nuestro alrededor. Si se para a escucharlos un rato verá que sólo hablan de dinero. Al menos nosotros vamos tras cosas más originales.

—¿Como por ejemplo?

—Tras esclarecer la verdad.

—Y tras un fantasma con casco.

—Y tras un montón de pollas cortadas.

—¡Eso sí es original!

Sus carcajadas de bajo operístico resonaron en todo el restaurante. Las nubes de la tristeza estaban disipadas una vez más, y así continuaron hasta el final de la comida y el café. Cuando salimos a la calle la típica euforia del buen yantar se había instalado entre nosotros, y continuamos viaje haciendo gala de magnífico humor.

A las cuatro de la tarde llegamos a la cantera de piedra blanca, situada en el mismo borde de la carretera, y preguntamos por el encargado, que enseguida nos recibió. Poco teníamos que preguntarle, tan sólo debía facilitarnos una lista de sus clientes desde un año atrás. La verdad es que estaba encantado con que la policía de Barcelona pidiera su cooperación y no tuvimos que luchar contra su reticencia, sino contra su curiosidad. Al final, Garzón lo solucionó por las buenas diciéndole que el asunto que tratábamos era absolutamente secreto, y el pobre hombre se conformó. Entró en el programa de ordenador correspondiente a ventas y empezó a editarlo desde la fecha que le habíamos dado. Mientras tanto, nos informó de que, si andábamos tras la pista de algún pequeño cliente, sería casi imposible dar con él. La cantera sólo servía grandes pedidos; la gente que necesitaba poca cantidad de piedra acudía a un par de tiendas de material de construcción a la que ellos surtían.

—¿Y ellos no guardan relación de los clientes?

—Guardan el albarán, pero en esas contabilidades no figura el nombre ni la dirección.

—Comprendo.

—Al menos pueden estar seguros de que el cliente no está más lejos de cien kilómetros a la redonda.

—¿Por qué?

—Porque llevar la piedra más allá no sale rentable, el coste del transporte valdría más que el propio material, y ya sabe, nuestra piedra es bonita, pero tampoco como para que alguien se empeñe en tenerla a cualquier precio. ¿Quieren verla? Vengan, se la enseñaré. Es curiosa.

Nos llevó por entre montones de grandes lajas que emitían un polvillo fino alrededor. Se agachó y cogió un trozo roto. En efecto, multitud de pequeñas esquirlas de caracoles fósiles con contornos claramente identificables formaban parte de la piedra. Era, sin duda, del mismo tipo que la que obraba en nuestro poder. Le pedí, sin embargo, que me diera un fragmento, el cual, junto a las listas de compradores, constituyó nuestro botín, y nos marchamos dejándolo feliz e intrigado.

De vuelta en la carretera, Garzón no estaba en absoluto conforme.

—¿Lo ve, inspectora? Cualquiera pudo comprar una pequeña cantidad de esa piedra en una tienda de construcción. Ha sido inútil venir hasta aquí.

—Si se tratara de pequeñas cantidades mi comunicante no nos lo habría indicado como prueba significativa.

—¿Y qué coño vamos a hacer con esas listas de clientes, ir a preguntarles uno por uno? Me ha parecido que hay un buen montón.

—Investigaremos sólo los de la provincia de Tarragona, no olvide el matasellos del paquete. Y mire si figura como comprador la Comunidad del Arco Iris.

Rezongando papeleó mientras yo permanecía atenta a la carretera.

—No, no figura. Tampoco por el nombre de la psicóloga. Son unas listas de cojones, inspectora; se ve que ese peñasco tiene mucho éxito. Ya me dirá qué vamos a hacer. Hasta hay guiris que deben de hacerse un chalet. Mire: Jean Pierre Dolman, James Wood... ¡Hasta un ruso! Serguei Ivanov... ¡Ya me dirá por dónde coño vamos a empezar! Y además, ¿qué vamos a preguntarles? ¿Han castrado ustedes a unos cuantos chicos y les han hecho un panteón con piedra de fósiles? ¡Esta línea de investigación es absurda, inspectora! No podemos seguir fiándonos de su comunicante, como usted dice.

—No me ponga nerviosa, Garzón, limítese a obedecer.

Maldijo algo en voz baja, supuse que a mí; pero entre los ronroneos de sus juramentos, acabó por dormirse y me dejó en paz. En relativa paz, porque en cuanto me quedé sola con mis pensamientos me di cuenta de que quizá llevaba razón: todo aquello estaba tomando el cariz de una inmensa locura de la que nadie sabía por el momento cómo íbamos a salir.

Una vez en mi despacho pregunté por los desaparecidos o los cadáveres, y ya que la respuesta fue tan negativa como siempre, me puse a trabajar con las listas de la cantera. Eran un montón de nombres y direcciones que nada significaban en principio. Las repasé, sin embargo, con paciencia franciscana en espera de que se encendiera alguna luz imprevista. Entonces me avisaron de que tenía una llamada. Era Pepe. Me extrañó profundamente, porque ni siquiera cuando estábamos casados me llamaba nunca a comisaría. Reconocí enseguida su voz, que me pareció menos juvenil de lo que la recordaba.

—Petra, ha pasado algo extraño que a lo mejor resulta que es muy normal.

—No te entiendo.

—Sí, verás, vino un mensajero al Efemérides y trajo una carta para ti.

—¿Cómo?

—Pues eso, un mensajero con un sobre a tu nombre. Lo recibió Hamed y le dijo que en realidad tú no vivías aquí, pero el chico contestó que eran las órdenes que tenía y lo dejó. Nos extrañó un poco, pero tampoco demasiado; pensamos que tú habías dado estas señas por alguna razón.

—¿Cómo era ese mensajero?

—Yo no lo vi.

—¿A qué empresa pertenecía?

—Espera, voy a decirle a Hamed que se ponga, él te explicará.

—No, no es necesario; será mejor que vaya yo.

Volé hasta el despacho de Garzón y cogimos el coche como si nos dirigiéramos a apagar un fuego. Durante el trayecto el subinspector se resistía a aceptar mis sospechas.

—Puede ser cualquier gilipollez.

—Ni hablar. ¿Quiere apostar algo a que se trata de nuestro querido muchacho del casco? Verá cómo ni siquiera se lo quitó para hablar con Hamed. Verá cómo en esa carta nos ofrece una nueva pista del caso. No la ha dejado en mi casa porque ha visto que está vigilada.

—¿Y por qué no la envía por correo?

—No lo sé, Fermín, deje de marearme.

Por desgracia no habíamos determinado los términos de la apuesta, porque el testimonio de Hamed corroboró que la habría ganado yo. El mensajero era un chico joven, alto y delgado que no se desembarazó del casco de motorista en ningún momento. Observaba la carta en mi mano sin atreverme a abrirla mientras los ojos de Pepe, Hamed y el subinspector se hallaban fijos en mí.

—Quisiera abrirla en privado —dije, y mi ex marido y su socio volvieron a sus labores en el bar con cierto aire ofendido. Rasgué el sobre con manos titubeantes. En el interior había una cuartilla doblada por la mitad. La desplegué y leí un escueto comunicado consistente en la palabra «no» repetida por tres veces: «¡NO, NO, NO!» La letra imitaba a la imprenta y el trazo era firme; el bolígrafo casi había horadado el papel. Llamé de nuevo a Hamed.

—¿No te hizo firmar ningún recibo?

—Pues, no.

—¿Y no te extrañó?

—Ni lo pensé. Nada me extraña demasiado después de estar regentando este bar.

—¿A qué hora llegó?

Estuvo pensando un momento.

—Sobre las cuatro. Lavaba los platos de la comida cuando entró. Pepe había bajado a la bodega.

—¿Te dijo algo especial, estaba nervioso, notaste algo raro?

—Para nada. Me pareció un mensajero normal, y habló muy poco.

Regresé a mi aparte con Garzón.

—¿Se da cuenta? Nosotros llegamos a la sede de Arco Iris a la una y media aproximadamente y permanecimos poco más de una hora allí. Estoy convencida de que el chico nos siguió hasta Alcover y nos vio entrar allí, pero luego no esperó a que saliéramos, por lo que no pudo enterarse de que seguíamos viaje para visitar la cantera. El volvió a Barcelona y se aprestó a traer esta nota. Por eso no la manda por correo, por la inmediatez; quiere que sepamos que la negativa, ese «no», atañe a la gestión que acabamos de hacer. De modo que está diciéndonos que el caso no tiene que ver con la secta Arco Iris, pero no puede estar refiriéndose a la cantera. Mera cuestión de tiempo.

Garzón describió un nervioso círculo con la cabeza, extendió las manos y las movió hacia abajo haciendo signos de apaciguamiento.

—Por favor, inspectora, por favor, fréneme ese razonamiento porque veo que nos despeñamos. ¿Puede explicarme por qué vamos a seguir a ese fantasma suyo en todos los pasos que nos dicte?

—¿Ve usted otro camino por el que tirar?

—Pero, Petra, usted es una mujer racionalista, incluso materialista, ¿cree que esto tiene algún sentido? ¿Qué razón hay para que un tipo que busca por todos los medios ponernos en la senda adecuada se limite a mandarnos monosílabos y trocitos de cosa dentro de un pene? ¿Cree que este tema no tiene la suficiente gravedad como para que este tío se deje de juegos?

—¡Y yo qué coño voy a saber! ¡Eso debería preguntárselo a él! Habrá algún motivo que justifique su modo de obrar, o no habrá ninguno, ¿se ha olvidado ya de su teoría del loco solitario?

—Loco, vale; pero loco, inteligente y juguetón ya es demasiado. Eso lo vi en una película por televisión. El asesino iba dejando pistas a la poli para ponerlos en jaque. Escogía versículos de la Biblia relacionados con los crímenes, una ridiculez; no había quien se lo creyera.

—Me está poniendo nerviosa, subinspector. Que usted haya visto una ficción inverosímil no significa que a veces la realidad no tenga componentes fuera de lo normal. ¿Cree que éste es un caso habitual? ¿Es muy corriente que recibamos penes cortados que no pertenecen a nadie? ¿O es que eso también me lo invento yo?

—No digo que se lo invente usted, pero yo llevo a las

espaldas treinta y cinco años de servicio, ¡treinta y cinco, inspectora!, y nunca he visto delincuentes que arriesguen el pellejo por jugar.

—Con eso quiere decir que yo soy una principiante sin experiencia que se traga lo que le echen, ¿verdad?

—No he dicho tal cosa.

—Pero lo piensa, ¿o no?

—Con los debidos respetos, inspectora, si usted no fuera mi superiora directa y en estos momentos no estuviéramos tratando un tema del servicio, ¿sabe qué haría yo?

—¿Qué?

—Me largaría por esa puerta y no volvería hasta que se tomara las cosas que digo un poco mejor.

—Perfecto, le complaceré, ya puede marcharse, y haga el favor de llevar esa estúpida nota que no significa nada a que hagan un estudio grafológico y la comparen con toda la escritura anterior de ese individuo que no existe y que no pretende decirnos un carajo, ¿entendido?

—¿Es una orden?

—¡Vaya, gracias a la pericia de treinta y cinco años de servicio lo adivinó!

Garzón se levantó, sulfurado como una brasa, y de unos cuantos pasos firmes se plantó en la puerta del bar. Ni siquiera se despidió de Pepe y Hamed, que lo miraron desde la barra con cara de sorpresa. Yo me quedé en la mesa del rincón, cabreada y molesta como si todas las muelas hubieran empezado a dolerme a la vez. Se acercó Pepe, remiso.

—¿Qué ha pasado?

—Un leve desencuentro.

—Ya. Pues Garzón ha salido con todos los demonios en el cuerpo.

—Es un intransigente y un cabezón.

—¿Y tú?

—Yo soy una estúpida, Pepe, tú me conoces. A la mínima que nos enfadamos ya estoy recordándole que quien manda soy yo, y luego me arrepiento.

Se alejó sin decir palabra y volvió al instante con una botella de oporto y dos copas. Se sentó a mi lado y empezó a servir. Aunque no era muy tarde, había anochecido ya. A aquella hora el bar aún estaba vacío y la iluminación rozaba la penumbra. Bebimos en silencio.

—¿Todavía te cuesta tanto reponerte de un enfado?

Lo miré con alarma. Una amplia sonrisa me indicó que no había antiguas rencillas en su frase. Me relajé.

—Enfados, desencuentros, piques, reconciliaciones, batallas soterradas... Esta historia de las relaciones humanas no tiene remedio.

—Siempre tan optimista.

—Y tú, ¿eres optimista tú?

—He llegado a la conclusión de que la felicidad consiste en no preguntarte durante la vida cotidiana si eres feliz.

Su rostro, como su cuerpo, había perdido el aire aniñado y adquirido la consistencia de la madurez. También su voz sonaba distinta, y al parecer sus palabras. Lo recordé cuando era mío, cuando cada mañana descubría con sorpresa y miedo su juventud al despertar. Me pregunté cómo habían podido llegar a impacientarme los alegres detalles propios de su edad: el descuido, las ganas de bromear, una inconsciencia llena de proyectos... Quizá todo hubiera sido cuestión de esperar un poco, de estar cerca de la paulatina metamorfosis que impone el tiempo. Se me representó su imagen cuando se vestía después de la ducha, el torso fibroso, el modo infantil en que remetía su camiseta ajustada por dentro del pantalón... Creo que, en aquel mismo instante, me hubiera tumbado bajo la mesa con él. En sustitución lo besé en la boca, seca y caliente, acogedora y firme. Pepe correspondió al impulso hambriento y nos succionamos el alma, hinchada y táctil en nuestro interior. Entre el vapor borracho del beso oí una puerta que se cerraba y me volví. Hamed desaparecía en la cocina, urgido por la necesidad de no ser testigo de algo imprevisto. Me aparté del cuerpo de Pepe, intenté reinstalarme en la realidad, borrar el deseo que me desbordaba, que mareaba, que dolía.

—Pepe, tengo que irme.

—No tienes que irte.

—Pero me voy.

Me levanté con un esfuerzo sobrehumano, notando cómo toda mi carne estiraba hacia abajo, ralentizaba los movimientos, se resistía a topar con el frío que producía la ausencia del otro cuerpo. Salí del Efemérides sin respiración, sólo intentando encontrar los gestos mínimos de la normalidad: las llaves del coche en el bolso, acordarme de cómo un motor se pone en funcionamiento. Cada acto que me alejaba de allí era costoso, doloroso, absurdamente contra natura. El dolor físico que provoca la interrupción del deseo violento es palpable, real, atroz, y va mezclado con un gran sufrimiento psíquico también. Pero lo más terrible es que no hay antídoto ni paliativo; sólo es posible ir desgranando mentalmente una serie de razonamientos prudentes y crueles. Lo intenté: enzarzarse en una nueva relación física con Pepe era una barbaridad, justo lo que me faltaba, una complicación innecesaria, podía dar lugar a un montón de malentendidos, estaba en contra de uno de mis principios básicos: nunca mirar hacia atrás... Como colofón a la terapia de choque me di una ducha al llegar a casa e intenté dormir un rato sobre el sofá. Dormir, dormir, dormir, hacer el amor con él habría sido un error fatal, una estupidez, dormir... Pero en mi centro exacto seguía habiendo un pozo profundo y vivo que hubiera podido absorber el océano.

Cuando me despertó el sonido del teléfono mi autosugestión hipnótica había sido tan profunda que no sabía quién era, de dónde venía y, muchísimo menos, a qué voz correspondían las sumamente aceleradas palabras que oí.

—Pero ¿quién habla? —pregunté sin comprender.

—¿Cómo que quién habla? Soy yo, inspectora, Garzón. ¿Se encuentra bien?

Aparté el auricular, me retrepé en el asiento.

—Sí, Garzón, espere un minuto. —Pasé ese minuto en silencio, recomponiendo mi presencia en el mundo—. De acuerdo, Garzón, es usted. ¿Qué hay de nuevo?

—Pero Petra, ¿de verdad se encuentra bien?

—¡Que sí, Garzón, joder, no puede una ni trasponerse un momento! ¿Qué es lo que ocurre?

—Inspectora, algo muy importante. Han encontrado a un joven muerto en un descampado.

—¿Y...?

—Tiene el pene amputado, inspectora; en fin, quiero decir que no lo tiene... Será mejor que venga inmediatamente a comisaría, la espero aquí.

El estilo atropellado de mi compañero había semidesvelado una terrible realidad que al llegar a comisaría acabé de entender gracias a sus explicaciones y las del comisario Coronas. El día anterior habían hallado el cuerpo muerto de un joven, de unos veintidós años, que no portaba encima documentos de identificación. No presentaba síntomas visibles de violencia. Juez y forense se habían personado en el lugar, un descampado junto a la autopista A-19, y habían procedido al levantamiento del cadáver, que fue conducido al Anatómico Forense. Allí, en una inspección inicial, se comprobó que el cuerpo carecía de pene. Coronas había sido informado enseguida del asunto, y después Garzón, hasta que aquella noticia llegó a mis soñolientos oídos, que acabaron de despejarse por completo.

Un cadáver, el primer rasgo macabro e inequívoco de que estábamos frente a un caso de asesinato, probablemente múltiple. Muy bien, ¿no queríamos un cadáver?, pues allí lo teníamos; sólo que verlo no resultaba agradable. Era un chico alto, muy corpulento, de cabello rubio y expresión inocente, si es que un muerto puede tener expresión. El doctor Montalbán, a quien habían transferido el cuerpo, nos lo mostró con rostro grave. Después, de un tirón enérgico, apartó la sábana que lo tapaba y descubrimos su cerúlea desnudez. Nuestros ojos no pudieron despegarse de los genitales incompletos que, como toda amputación vista directamente, resultaba terrorífica.

—Por lo que llevo observado, la herida quirúrgica es fresca. Está hecha con una técnica parecida a la de las amputaciones anteriores. Sin embargo, no parece que el chico muriera a consecuencia de ella; no hay síntomas de hemorragia ni signos de una infección que hubiera podido transmitirse por la sangre.

—¿Cuánto tiempo lleva muerto?

—Casi veinticuatro horas. Debió de morir al poco de practicarle la castración; miren estos puntos tan recientes.

—¿De qué manera murió?

—Eso no puedo asegurarlo hasta que no haga la autopsia, cosa que no será posible hasta dentro de un buen rato. Tengo antes otro cuerpo que atender.

Quedamos en volver más tarde, y mientras tanto fuimos al lugar donde el cadáver había sido hallado. El comisario Coronas había desplazado gente hasta allí y estaban rastreando los alrededores. Él mismo supervisaba la búsqueda de pruebas.

—¿Hay algo nuevo? —le preguntó Garzón.

—No han encontrado objetos por el momento, pero parece que ya han determinado la manera en que llegó hasta aquí el cuerpo. Lo lanzaron rodando por esta pequeña pendiente desde ese camino paralelo a la autopista, y ahí se quedó hasta que un trabajador de mantenimiento de esa misma autopista lo vio desde lejos. Casi no hay huellas de arrastre del cuerpo, por lo que debieron de situar el coche en el borde mismo de la cuneta.

Me coloqué en el sitio exacto que Coronas señalaba.

—¿Desde aquí lo tiraron?

—Más o menos desde ahí tuvo que ser.

El punto exacto estaba acotado por vallas móviles y señalado por un cono de tráfico. Bajé hasta él.

—¿Y aquí es donde se encontró?

—Eso es.

—¿Han examinado la trayectoria que trazó el cuerpo al rodar?

—Ahí la tiene. —Coronas señaló un lecho descendente de hierbas que estaban ligeramente chafadas.

—¿No hay pisadas hasta abajo? —pregunté.

—No, no las hay.

—Comisario, para que el cadáver llegara hasta aquí con un desnivel tan poco pronunciado, es lógico pensar que lo empujaron con fuerza, ¿no es así?

—Eso parece.

—Entonces tuvo que ser más de una persona quien lo hizo. Dos, quizá, incluso me atrevería a decir que tres.

—Espere, vamos a llamar al teniente Segarra, que está al frente del rastreo y es quien efectuará el informe.

Coronas le preguntó y el teniente estuvo de acuerdo

conmigo. Sí, dos personas era lo mínimo en que podía pensarse. De hecho, la huella de descenso empezaba a un paso del borde del camino, por lo que era posible arriesgarse a decir que el cuerpo, sujetado desde brazos y piernas, había sido mínimamente impulsado en el aire antes de dejarlo caer.

—¿Por qué piensa que podría existir una tercera persona? —me interrogó Garzón.

Yo miré hacia el teniente y dije con humildad:

—Pensaba en que no hay huellas que indiquen que antes de tirar el cuerpo lo dejaron descansar en el suelo, ¿me equivoco?

—No se equivoca. Yo juraría que han tirado ese cuerpo sin que haya rozado el suelo ni por un instante. La cuneta es de tierra, y se vería.

—Entonces, ¿no tendrían que haber sido dos tipos muy hábiles y muy fuertes para conseguir algo así? Manejar un cuerpo es incómodo, y el muerto que está en el depósito es muy voluminoso.

—Lo que dice la inspectora Delicado no se puede descartar; tres tipos hubieran podido hacerlo de manera más fácil y sin dejar huellas.

Coronas asintió.

—Muy bien, señores, sigan en este tajo; yo tengo que volver a comisaría. Y ya saben, si aparece un periodista alertado por alguien, están ustedes buscando setas, ¿okey?

—Me fastidia que diga okey —rezongó Garzón mientras lo miraba alejarse—. Se cree muy moderno por eso.

Lo observé con incredulidad. Mi mente estaba alejada de sus palabras, de las del comisario. Soplaba un viento húmedo y el fragor de la autopista era ensordecedor. Las linternas de los hombres peinando el campo daban al conjunto un aire irreal. Un estremecimiento me recorrió la espalda.

—¿Cree que tienen para mucho tiempo aún con el rastreo?

Garzón miró su reloj de pulsera.

—Seguro que mañana con luz de día continuarán, pero usted y yo podemos irnos cuando queramos, ya está Segarra al mando.

—Sí, por favor, este sitio me está poniendo enferma.

—Volvamos al Anatómico.

—Antes paremos en un bar; necesito una copa.

Nuestro punto de relajo fue un pequeño local en el que ni siquiera había mesas para sentarse. Un par de clientes acodados en la barra nos miraban sin el mínimo interés. Probé a calentar mi espíritu con un whisky, y Garzón me secundó. Tenía el ánimo por los suelos después de haber estado en aquel sitio tan horrible. Las estribaciones de las autopistas siempre me han provocado una impresión desoladora. Además, ver un chico tan joven sin vida..., y aquella castración... Ahí sí que Garzón no me secundaba; hablaba del hallazgo macabro como si nos hubiera tocado la lotería de Navidad.

—Bueno, esto ya es otra cosa, inspectora, con un buen cadáver sí podemos avanzar.

—¡Joder, Garzón, tiene usted una sensibilidad...!

—No me alegro de que haya muerto, sino de que aparezca, ¿o es que piensa usted que es el único? A los demás penes corresponden otros tantos cadáveres. Ya los encontraremos, todo es cuestión de tiempo. De momento, hay que identificar a éste y ver cuál es la causa directa de la muerte. Después, todo se andará.

—Está usted más animado que un cuervo en un entierro.

—Al menos tenemos un punto contundente del que partir. Ya no iremos por donde quiera ese fantasmón que le escribe.

—No olvide que ese fantasmón es probablemente el asesino.

—Bueno, pues ahora lo perseguiremos con nuestras pistas y no con las suyas.

—A no ser que ese chico que yace en el depósito sea el fantasmón en persona.

—Si el fantasmón es el mismo que le deja recados con el casco puesto, entonces no es éste. Los dos testigos que lo han visto describieron a un hombre delgado.

—Mucho me temo que Hamed tendrá que pasarse por el depósito e intentar reconocerlo.

—Puede servir, pero se hará muchas preguntas.

—Pues que se las haga; con no responderle ya está.

—¿Teme que Pepe se vaya de la lengua con su periodista?

—Sinceramente, sí.

—Es usted demasiado rigurosa; ya le dije el otro día que al fin y al cabo él también ha estado casado con usted.

—Mire, Fermín, los amores pasados sólo cuentan cuando los presentes no funcionan bien, y no me parece el caso de Pepe. Se lo dice alguien que ya ha ventilado a dos maridos.

—Cuando habla así produce la impresión de una mujer fatal.

—Me hubiera gustado ser una mujer fatal. A veces pienso que es mi auténtica vocación, romper corazones a mansalva mientras fumo en una kilométrica boquilla de marfil.

Garzón cabeceó, entre el escándalo y la risa. Le gustaba en el fondo una buena *boutade*, la disfrutaba, sobre todo si tenía componentes amorosos.

—Cuando salgamos del Anatómico podemos ir a cenar al Efemérides y le decimos a Hamed que lo esperamos mañana.

—No, mejor vaya usted solo.

—¿Por qué?

—Por razones que no hacen al caso, hoy prefiero no ir.

Un misterio más para mi compañero; no me hubiera creído de decirle que también para mí era difícil desentrañar la raíz.

No quise asistir a la autopsia de nuestro joven cadáver; hubiera sido demasiado para mí. Garzón, más acostumbrado que yo a aquellos trances, sí entró en la sala con el doctor Montalbán. Les esperé en el pasillo, hilvanando pensamientos divagatorios no muy halagüeños. Castrar a un hombre era una venganza cruel. Por primera vez se me ocurrió la posibilidad de un asunto homosexual, pero eso sería algo que también determinaría la autopsia. Las ropas con las que el chico fue encontrado revelaban su clase social media, quizá alta, y un gusto cercano al que pueda exhibir un estudiante o tal vez un joven ejecutivo en horas libres. ¿Por qué castrar a alguien, por qué? Era mucho más irracional que simplemente matarlo. El silencio hizo que me adormeciera; tenía que abandonar las conjeturas, dejarme llevar. Cuando abrí los ojos, Montalbán estaba mirándome con aire paternal.

—Va usted cansada, ¿no es cierto, inspectora?

—Es mi estado natural —contesté, intentando despejarme deprisa.

Junto al forense estaba Garzón, quizá un poco más pálido de lo habitual. El primero nos hizo pasar a su despacho y, sin siquiera preguntar si nos apetecía, sacó de la máquina tres vasitos de café. Mientras lo preparaba, interrogué con la mirada al subinspector, que siguió inexpresivo como un mimo en reposo. No pude resistir por más tiempo la curiosidad.

—¿Cómo ha muerto ese hombre, doctor?

Creí percibir cierta teatralidad en el médico cuando respondió.

—¿Me creería si le dijera que de muerte natural?

Acabé de despejarme por completo.

—¿Qué quiere decir?

—Quiero decir que no hay más hallazgo clínico visual que una parada cardíaca. No existen signos de violencia ni evidencias flagrantes de intoxicación...

—¿Entonces?

Retomó sus modales de senador romano perorando en el foro.

—Pero..., pero..., siempre hay un pero, bien lo sabe usted, pero no estamos hablando de un cadáver normal, sino del que corresponde a un hombre terriblemente mutilado. Eso, tal y como le comentaba a Garzón, cambia la base de las consideraciones y me hace pensar que este muchacho se les quedó en la operación. ¿Motivo de mi sospecha? Su cicatriz. Parece evidente que ha sido mal cosido, que le dieron cuatro puntos precipitados con hilo de catgut, cosa que sólo harían si aquel a quien estaban cosiendo era ya cadáver, ¿para qué esmerarse más?

—¿Hay modo de corroborar su teoría?

—Por supuesto. Ya he extraído muestras de sangre para analizar, aparte del estudio dental para su identificación. A partir de mañana cuenten con ello.

—¿Era el chico homosexual?

—No, no existen signos de que lo fuera.

—¿Ha hecho algún descubrimiento que pueda ser significativo?

—Todo parece indicar que se trataba de un chico muy sano y normal. Ni siquiera tiene alguna pequeña cicatriz de operaciones anteriores.

Quedó atento a mis cavilaciones y silencio.

—¿Lo que he dicho la decepciona, inspectora?

—No lo sé, doctor, no lo sé; estoy confusa. Si castraron médicamente a ese chico por el motivo que fuera, ¿por qué no lo enterraron o intentaron ocultarlo mejor?

—Eso no es fácil de hacer sin que te vean —intervino por primera vez Garzón—; aunque supongo que la explicación es que les urgía deshacerse del cuerpo. Alguien o algo los hostigaba o temieron ser descubiertos.

—Puede ser.

Nos despedimos del médico hasta el día siguiente.

—Hemos de empezar a trabajar en la identificación.

Garzón, que caminaba junto a mí, se paró en seco.

—Lo siento, inspectora, pero hay que cenar, y hay que dormir, descansar; le recuerdo que acabo de pasar un rato difícil allí dentro.

—Sí, perdone, lleva razón, ese chico seguirá mañana en el mismo sitio.

—¿Seguro que no quiere venir al Efemérides?

Le sonreí mientras me alejaba; era divertido ver cómo se debatía entre la intriga y la discreción.

6

Identificar a nuestro cadáver fue más fácil de lo que habíamos creído. A las veinticuatro horas de su hallazgo se presentó una denuncia de desaparición que podía coincidir. Un joven estudiante universitario faltaba de su casa desde hacía un día y medio. La descripción y los datos del atuendo parecían ser los mismos. Citamos a sus padres en comisaría. Nunca antes había pasado por un trago así. Eran una pareja que pasaba de los cincuenta, bien vestidos, de modales discretos y expresión grave. El padre, médico especialista en corazón, llevó la voz cantante en todo momento, sin soltar jamás el brazo de su esposa. También fue él quien entró en el depósito y quien, tragándose el horror, reconoció al muerto como su hijo Esteban. La mujer había esperado fuera, temblorosa, y en cuanto lo vio aparecer supo cuál era la trágica realidad. Se abrazaron en silencio y ahogaron los sollozos el uno en el cuerpo del otro. Dos vidas quizá plácidas y tranquilas acababan allí. Garzón y yo nos manteníamos a cierta distancia sin saber qué hacer. Contemplábamos inútiles la amargura, la indefensión, la enormidad de una pena que impedía cualquier reacción normal. Comprendí inmediatamente que no era momento para hablar, de modo que el interrogatorio quedó pospuesto para el día siguiente. Un día que fue largo y triste, unas horas en las que cualquier deseo de saber se vio eclipsado por nuestro respeto ante el dolor. Por una vez intentaríamos que la bofia perdiera su carácter de insensible.

El estado de ánimo del doctor Riqué no había mejorado ni un ápice cuando, pasadas veinticuatro horas, se presentó a declarar. Pero al menos había recuperado la capacidad de saber lo que estábamos diciéndole, una vez salido del primer estupor. No esperábamos nada extraordinariamente revelador de su comparecencia. Pudo, sin embargo, hacernos saber que su hijo Esteban tenía veintitrés años, que era estudiante de cuarto curso de medicina, que era el quinto de siete hermanos y que, por lo que ellos sabían, su comportamiento y su manera de ser podían considerarse como perfectamente normales. Para saber cosas más íntimas sobre el muchacho hubo que recurrir a una de sus hermanas, la que mejor se llevaba con él. Gracias a su testimonio nos enteramos de que no tenía muchos amigos, ya que su carácter tendía a la introspección. Constatamos, además, algo de lo que ya habíamos tenido una primera impresión: los Riqué eran gente de orden y habían dado a sus hijos lo que se conoce como una sólida educación religiosa. De hecho, todos ellos habían formado o formaban parte aún de grupos católicos de juventud que se dedicaban a dar charlas y organizar actividades deportivas y excursiones. Sin embargo, la chica nos dijo que su hermano hacía mucho que había dejado de asistir.

—¿Y en qué empleaba su tiempo libre? —pregunté.

Se encogió de hombros como si aquello ya fuera demasiado preguntar. Pasado un momento, dijo como al tuntún:

—Salía con sus amigos, iban al cine, a veces de viaje...; no sé, lo que hace todo el mundo. Andaba poco por casa.

—¿Salía con alguna chica?

—Que yo sepa, no.

—¿Tienes alguna idea de por qué alguien le ha hecho algo así?

Por toda respuesta se echó a llorar. Fácil de entender, al igual que lo era pensar que un chico de esa edad no resulta controlable en su vida diaria. Al menos su familia sirvió para confeccionar una lista mínima de sus amistades. De cualquier modo, aquella primera aproximación ya dio pábulo al subinspector para crear toda una teoría.

—Estoy convencido de que fue un cura quien se lo cargó.

—¡Por favor, Fermín, parece usted un republicano de taberna!

—¿Se ha fijado en lo que dijo su hermana? Ese chico frecuentaba un grupo de juventudes católicas que un buen día abandonó. ¿Sería descabellado pensar que el motivo de tal abandono fue el acoso sexual de algún sacerdote?

—¡Joder!

—¡Hay cientos de casos! Luego, el chico amenazó con delatarlo y...

—¿Y el resto de penes?

—Es un loco que vive emboscado tras la sotana.

—Nunca pensé que acabara erigiéndome en defensora de la Iglesia; claro que viendo su tendenciosidad... Pero no es eso lo que me choca, sino la absoluta falta de firmeza de su hipótesis.

—Bueno, pues si no es eso será algo parecido, ¿qué se juega?

Dejé por imposible a Garzón y sus traumas religiosos para concentrarme en lo único que me había parecido significativo de lo descubierto hasta allí: Esteban Riqué era estudiante de medicina. Ahí sí teníamos un punto que conectaba con todo lo anterior. Un estudiante de medicina podía amputar un pene y coser la herida después; o al menos en ese contexto era imaginable que se hubiera desarrollado una acción semejante. Deduje que nos aguardaban días de intenso trabajo, puesto que no sólo habríamos de interrogar al resto de miembros de la familia y a los amigos, sino que deberíamos incluir una ronda lo más amplia posible entre los compañeros de facultad e incluso los profesores que el muerto tuviera asignados.

Mi deducción se cumplió. En primer lugar, y antes de que el cadáver fuera enterrado, pedí a Hamed que pasara a intentar reconocerlo. ¿Podía ser el mensajero que había visto? El pobre Hamed no estaba preparado para experiencias de aquel tipo. Interrumpiéndose y dubitativo a causa de la impresión, tan sólo logró afirmar que quizá la altura y complexión fuesen parecidas; pero nunca se hubiera atrevido a hacer aseveraciones más firmes tratándose de alguien que en ningún momento se había quitado el casco para hablar con él. No era gran cosa; tampoco esperaba más. Del mismo modo que tampoco había depositado expectativas en los otros hermanos de Esteban. El lugar donde suelen saber menos sobre uno mismo es en la propia familia. Aquella máxima que me había sacado de la manga se volvía mucho más verosímil en aquel caso. En primer lugar se trataba de una familia numerosa, por lo que el control de los hijos se hacía difícil. Además, y aquella razón sí era obvia, al tratarse de padres con profundos principios religiosos y morales, el chico se habría encargado de mantener en secreto cualquier cosa que estuviera haciendo fuera de la norma.

Que los resultados de la investigación familiar resultaran tan pobres no significaba que los interrogatorios se llevaran a cabo con poco esfuerzo por nuestra parte. De hecho, acabamos reventados. La repetición de las preguntas, la emoción de los hermanos, que se manifestaba en cada uno de modo diferente, y la dificultad de interrogarlos evitando puntos demasiado sensibles, creaba una inusitada tensión. Todo aquello culminó cuando, inevitablemente, tuvimos que hablar con la madre. Una ceremoniosa resignación había caído sobre ella y sólo parecía capaz de decir como en estado de ausencia: «Dios se lo ha llevado; sólo Él sabe la razón.» Pensamos que no podía ayudarnos gran cosa arrebatarle a Dios aquel privilegio. Por si fuera poco, la cercanía de la Navidad propiciaba que, tras un día de trabajo angustioso, la calle nos aguardara con el estúpido ambiente artificial de lucecitas y canciones. Ni siquiera podíamos tomar una copa sin que se nos recordara la paz y el amor entre los hombres; es decir, sin que se nos mintiera por un motivo meramente comercial.

—¿Dónde va a pasar la Navidad? —me preguntó Garzón una tarde, apoyado en la barra del bar.

—En el infierno, ¿y usted?

—En el trozo de infierno que me deje libre.

Nos echamos a reír.

—No vaya a decirme que la Navidad le trae malos recuerdos, porque me lo imagino —le solté con descaro.

—¿También se los trae a usted?

—Cualquier cosa del pasado me los trae. Siempre estaba casada con alguien con quien ya no lo estoy...; a partir de ahí, ¿para qué pensar más?

Garzón soltó cuatro carcajadas que hicieron moverse las guirnaldas de adorno.

—Yo iba a la misa del Gallo con mi mujer. Hay que joderse... ¡A la misa del Gallo! Manda cojones.

Lo atajé antes de que empezara con uno de sus ataques de furia antirreligiosa.

—Si quiere que le sea sincera, no pienso hacer nada especial. Trabajaré un ratito, leeré una buena novela y me iré a dormir.

—Yo tengo que acordarme de enviarle a mi hijo el consabido paquete de turrón. Estoy seguro de que podría encontrarlo en cualquier tienda de la Quinta Avenida, pero bueno, todo sea por la familia, ¡qué se le va a hacer!

—La familia es un coñazo, Garzón.

—Ni que lo jure.

—De modo que en estas fiestas navideñas hay que celebrar que nos hayamos librado de semejante lacra, ¿no le parece?

—Una lacra total.

Para que la iniciativa no se enfriara empezamos a brindar ya. Sin embargo, hubiera asegurado que había algo impostado en la actitud despreocupada de Garzón, quizá recuerdos que enterraba en su mente. ¿Valentina?, ¿lo que hubiera podido ser? Yo, sin embargo, hablaba con plena convicción, o quizá mi mente había enterrado sus desilusiones en capas de terreno aún más profundas. No pensaba ponerme a averiguarlo, podían yacer allí como restos arqueológicos que nadie buscara.

Esteban no tenía en efecto muchos amigos, pero sí los suficientes como para que seleccionar a sus íntimos exigiera cierta precaución. Para esa labor resultó útil la colaboración de sus hermanos. Gracias a ellos averiguamos que cuatro eran los jóvenes con los que solía reunirse: tres hombres y una mujer. De ellos, uno de los chicos también estudiaba medicina, justamente el único que no pudimos localizar. Su madre nos contó que, muy afectado por la muerte del amigo, se había ido a pasar unos días a Cambrils, donde la familia tenía una casa de campo. Pero ni siquiera era necesario que lo llamaran diciéndole que acudiera, pues volvería inmediatamente para pasar la Nochebuena en el hogar. Mejor así, porque todo daba a entender que era el más cercano a Esteban.

Lo primero que me llamó la atención al interrogar a los tres que tenía a mi disposición fue darme cuenta de su absoluta uniformidad. Todos vestían igual, eso no era sorprendente tratándose de gente en plena juventud, pero es que además, tenían costumbres y aficiones parecidas y hablaban utilizando incluso el mismo tono de voz, idénticas expresiones y argot coloquial. Formaban sin duda parte de una elevada clase social que les había impedido concienzudamente enfrentarse con otra realidad que no fuera la propia. Tenían convicciones religiosas no demasiado fervientes, pero arraigadas, practicaban deportes, salían de copas y eran estudiantes moderadamente brillantes. Se preparaban para una vida sin sobresaltos que, a poco que continuaran transitando por los raíles establecidos, les conduciría hasta una tranquila estación final.

Ninguno de ellos consideró que Esteban tuviera un carácter difícil ni que anduviese metido en algún tipo de problema. Era complicado arrancar a cualquiera una descripción caractericial, porque todos se limitaban a afirmar que era un chico «normal»; obviamente, entre las ventajas de clase que podían manejar no se contaba la facilidad de expresión. Sólo la chica llegó a articular algo que se parecía a un retrato psicológico. Según su versión, Esteban era mucho más introspectivo de lo que pudiera parecer: callado, un tanto infantil y con cierta tendencia a reaccionar sumiéndose en la depresión. Dos años atrás, me contó, había tenido una novia con la que rompió y se había retirado varios meses sin ni siquiera asistir a sus clases. Luego se le pasó, entre otras cosas porque en su casa había siempre tal barullo y animación que no resultaba sencillo encerrarse en un rincón a sufrir y autocompadecerse.

—¿Crees que estaba metido en cosas raras?

—¿Drogas o algo así? No, ni hablar, de todos nosotros era el que aún se tomaba muy en serio la religión; nunca se hubiera mezclado en nada inmoral.

—¿Qué me dices de su amigo Ramón?

—El pobre está destrozado. Usted misma lo verá cuando llegue de Cambrils, aunque no sé por qué se ha ido a esa casa para tranquilizarse. Yo creo que va a ser peor; a veces pasaban unos días allí con Esteban para estudiar. Lo único que va a conseguir es que le vengan más recuerdos.

—¿Era su mejor amigo?

—Todos somos amigos, pero las familias de Esteban y Ramón se conocen de toda la vida; además, son compañeros de curso.

—¿Podría decirse que su amistad sobrepasaba el nivel habitual?

Me miró sin entender. No tenía más remedio que olvidar los eufemismos.

—¿Has pensado en la posibilidad de que fueran homosexuales?

El odio que irradiaron sus ojos me taladró; después fue sustituido por el desprecio. No hacía falta que pronunciara una sola palabra, en su expresión estaba todo: yo era la representante de una chusma infecta habituada a tratar con otra chusma aún peor, y exhibía la osadía de pretender manchar un terreno elevado con mis deyecciones.

—Oiga, no se pase, ¿de acuerdo?

Una vez puesta en mi sitio comprendí que, aunque frente a los ojos de aquella chica se hubiera desarrollado cualquier enormidad, ella no lo habría advertido, atrincherada como estaba tras la tapia que protegía su segura instalación en la vida. Me horrorizó pensar que, si del círculo íntimo de Esteban sacábamos tan poca información, qué sería con sus compañeros de facultad, aún más ajenos a su mundo. Nos quedaba sin embargo la última baza, el ausente Ramón, quizá quien más sabía sobre el muerto. Lo habíamos citado a las nueve de la mañana siguiente para declarar, y su padre nos aseguró con gravedad que comparecería. Se le había dado un día de tiempo para recomponerse anímicamente, era incluso más de lo prudente.

Ni siquiera tomamos una cerveza al concluir la jornada. No estábamos de buen humor. Cabía cualquier posibilidad en aquel endemoniado asunto, incluso que Esteban fuera el responsable de las castraciones y mi emboscado corresponsal; la pregunta sería entonces: «¿Quién lo castró a él?» Mentira, ésa no era la única pregunta; en realidad, las preguntas seguían acumulándose sobre nuestra mesa sin que fuéramos capaces de apuntar la menor solución. Cada vez estaba más lejos la panacea del cadáver revelador; aquel cuerpo maltrecho seguía atesorando sus misterios, añadiéndolos a los demás.

Dormí inquieta, despertándome a ratos con la garganta seca y una desagradable impresión de no saber dónde estaba. Veía por la ventana las luces de la calle y recordaba con rabia a mis vigilantes apostados en el coche. De todas cuantas cosas me había ordenado la superioridad, la de mi escolta seguía pareciéndome la más estúpida. Era sin embargo consciente de que mis decisiones también debían parecerles estúpidas a los demás. De hecho, aquél era un oficio lleno de imbecilidad en el que se avanzaba a tientas basándose en pruebas no siempre fiables. Había demasiadas cosas libradas a la intuición, al pálpito, a la casualidad. Por ese motivo quedaban tantos casos sin resolver, muchos más de los que las estadísticas pueden permitirse hacer público. En la duermevela entreví kafkianos archivos alineándose a lo largo de pasillos interminables. Sin resolver, sin resolver, sin resolver... Montones de muertos que no clamaban justicia y cuyas almas no vagaban en pena. Horrores silenciados, que comenzaron y acabaron en sí mismos, una infamia más para el género humano a la que ni siquiera podemos buscar explicación. Un archivo anticuado lleno de penes sin nombre, sin cuerpo, sin vida. El timbrazo del teléfono unido a esa imagen angustiosa me hizo gritar. Encendí la luz y miré maquinalmente el reloj: las cinco de la mañana; algo grave había ocurrido. Esperé oír la voz del subinspector, pero a mi respuesta sólo siguió un momento de silencio. Se me aceleró el corazón.

—Diga, diga, ¿quién es?

El silencio fue rasgado por algo, quizá una respiración sibilante.

—¿Quién llama? Dígame.

A esas alturas ya estaba alarmada, con el cuerpo recorrido por ramalazos eléctricos de tensión. Tuve por un momento la seguridad de que colgarían, pero de repente oí una extraña voz:

—Inspectora Delicado, ¿es usted, seguro que es usted?

—Sí, soy yo, Petra Delicado. Dígame, ¿quién habla?

Un lamento, o un aullido, o quizá un alarido sofocado y lleno de desesperación invadió mi auricular.

—¿Qué ocurre, quién es usted?

—No puedo hablar, inspectora, no puedo hablar.

La voz había sonado entre sollozos; era de hombre, probablemente de un hombre joven.

—¿Por qué no puede hablar? ¿Qué es lo que ocurre?

Los intentos de abortar el llanto semejaban relinchos.

—Le he enviado otro pene, inspectora; inténtelo esta vez, por favor, se lo ruego, intente descubrir...

Se interrumpió.

—Pero ¿quién habla? ¿Qué debo descubrir? ¡Contes-te, por favor!

—No puedo, inspectora, no puedo; usted no lo comprende, pero no puedo hablar. No puedo, no puedo... Inténtelo usted sola, el paquete no tardará en llegar.

—Le ruego que tengamos un encuentro; no es preciso que hable ahora; óigame, yo...

Era inútil, había colgado. Estrujé las sábanas entre mis manos. Telefoneé inmediatamente a la central para saber de dónde venía la llamada. Dos minutos más tarde me pasaron la información.

—La han hecho desde un teléfono público, inspectora, y es de fuera de Barcelona, de una población que se llama Cambrils.

Avisé inmediatamente a Garzón y apenas una hora más tarde nos encontrábamos en comisaría. Le hice escuchar la grabación intervenida en mi teléfono, y tras oírla, sentenció:

—Tengo la impresión de que ese chico, Ramón, no se presentará hoy a declarar. ¿Comparte la idea, inspectora?

—Por completo. Llame a su casa.

En efecto, el chico no había regresado la noche anterior tal y como estaba previsto. Las llamadas a la casa de Cambrils no obtuvieron respuesta. Una hora más tarde sus padres se encontraban con nosotros en comisaría. Poco pudieron decir, parecía como si alguien estuviera intentando embromarlos. Se negaban con firmeza a alarmarse y perder el control, pero en todos sus gestos y palabras era visible un pánico reprimido. Ellos mismos habían hecho una ronda entre todos los amigos de Ramón preguntando por su paradero, pero nadie les dio razón. Nosotros lo intentamos de nuevo con idéntica falta de resultados. Todo cuanto podían informar sobre su hijo entraba dentro de lo normal: era un chico sensato, formal, sensible y poco hablador. Al conocer la muerte de Esteban se había hundido y había pedido quedarse unas horas solo, algo perfectamente comprensible. Ambos, tanto el padre como la madre, rechazaban cualquier posibilidad de que su hijo se hallara implicado en algún asunto turbio o que fuera adicto a las drogas. Estaban persuadidos de que debía de existir una explicación sencilla para su ausencia; sin embargo, yo siempre tuve la impresión de que se gestaba en sus mentes la idea de encontrarlo muerto.

Fracasamos en el intento de convencer al padre de que no nos acompañara hasta su casa de Cambrils; no demostramos gran convicción, estaba en su derecho de viajar con nosotros. Sin embargo, una vez allí después de un tenso y silencioso trayecto, hubo que sacarse de la manga una reglamentación que le impidiera entrar con nosotros en la vivienda. El plan era que quedara fuera en compañía de un par de guardias, pero enseguida se presentó la primera dificultad. Aunque el sistema de alarma había sido desactivado, cuando accionamos la llave que nos había dado advertimos que la puerta estaba atrancada por dentro con pestillo de seguridad. No era un buen presagio, y eso no pasó inadvertido para el padre de Ramón. Entre Garzón y los dos guardias franquearon la entrada a base de hachazos. Cuando la brutal labor estuvo concluida, impedí con mi cuerpo que aquel hombre cada vez más desesperado se colara en el interior.

—Espere aquí, señor Torres, se lo ruego; es un formalismo necesario. En un minuto le dejaremos entrar.

Con una mirada que captaron rápidamente, ordené a los guardias que estuvieran pendientes de él. Garzón y yo nos internamos en el recibidor.

Era una casa grande, de planta baja y un piso, con amplios ventanales cuyas persianas alguien se había encargado de abrir. El resto de la urbanización estaba casi vacío en aquellas fechas. Me acerqué al mirador, desde el cual vi la parada de autobús adonde presumiblemente Ramón había llegado. Todo estaba tranquilo al parecer. Inspeccionamos el salón, nada especial. Sobre la mesa había un plato con restos de comida. Garzón consideró prudente lanzar la primera llamada de alerta.

—¿Hay alguien, hay alguien en casa? —gritó.

Su voz retumbando en el aire y el silencio que siguió hicieron que me estremeciera.

Entramos en la cocina. Casi nada había sido desordenado, excepto una lata, quizá de sardinas, que se veía abierta sobre el mostrador de mármol, también un par de botellas de cerveza a medio consumir. Me fijé en que todas las ventanas estaban provistas de rejas.

—¿Vamos al piso de arriba, inspectora? Aquí todo parece normal.

Le vi apretar su pistola reglamentaria con la mano metida en la americana. Comenzamos a subir por las escaleras. Su voz volvió a sonar.

—¿Quién hay en casa? ¡Somos de la policía, contesten! —Luego se volvió hacia mí y, bajando el tono, dijo—: Tenga cuidado, inspectora.

Eché mano a la pistola yo también, aunque estaba

convencida de que nada de lo que arriba nos esperaba haría necesario su uso.

Abrimos una puerta, la del dormitorio principal, cuidadosamente ordenado. La dos puertas de al lado eran dormitorios más pequeños, ambos intactos. En el pasillo central y, antes de pasar al ala izquierda donde probablemente habría más alcobas, había una puerta que se nos resistió. Estaba atrancada por dentro. El subinspector y yo nos miramos. Él llamó con los nudillos, primero con golpecillos flojos, más tarde de manera contundente.

—¡Abran, por favor, es la policía, abran!

Silencio total. Garzón me lanzó una mirada inquisitiva y yo asentí; entonces, tomando un mínimo impulso, descargó una soberana patada con el talón sobre el picaporte y lo hizo saltar. Entramos.

Nunca olvidaré aquel olor. No era desagradable ni desconocido. No era penetrante ni persistente. Era el olor suave, especial, casi cotidiano de la sangre. Sangre. Sangre en salpicaduras sobre los espejos. Sangre a chorretones en los alicatados de la pared. Sangre en regueros por el suelo. Sangre, Dios santo, sangre que se concentraba en un líquido espeso y oscuro dentro de la bañera, donde yacía, blanco y quebrado, un muchacho sin vida. Oí cómo entre dientes también Garzón invocaba a Dios. Luego ambos nos quedamos extrañamente quietos, como presas de un estado beatífico de contemplación. El joven estaba hermoso allí, sereno, eterno. El rostro plácido, los cabellos morenos suavemente caídos hacia un lado. La muerte de Danton. De pronto unos gritos sonaron en el piso inferior. Era uno de los guardias.

—¡Inspectora, por favor, baje, no podemos sujetar a este hombre sin hacerle daño!

Me asomé a la balaustrada y vi que el padre de Ramón forcejeaba adentrándose en la casa.

—¡Déjeme subir!

Bajé dos escalones y elevé la voz:

—Señor Torres, hemos encontrado a un chico muerto, podría ser su hijo. Si no quiere verlo es mejor que no venga, le impresionará.

El hombre bajó la cabeza, se tambaleó, perdió toda combatividad, dejó caer ambos brazos a los lados. No podía permitirme ser menos brutal, era tan inhumano seguir manteniéndolo en la duda como hacerle saber la verdad.

—Quiero verlo —mascullló.

—Entonces, venga.

Subió deprisa, como si apresurándose pudiera evitar lo irremediable. Cuando pasó junto a él, Garzón lo tomó del brazo, pero se desasió y entró solo en el lavabo. Corrimos tras sus pasos. Estaba parado en medio de la habitación, extasiado como nosotros lo habíamos estado. Luego dobló las rodillas a un tiempo y empezó a llorar convulsamente. Entre Garzón y yo impedimos que se echara al suelo.

—¿Es Ramón, señor Torres?

Asintió varias veces con la cabeza. Lo ayudamos a salir y lo llevamos hasta el coche. Los guardias dieron una ojeada al sangriento cuadro y nos siguieron, graves e impresionados.

Garzón pidió por teléfono la asistencia del juez de guardia de Tarragona para que llevara a cabo el levantamiento del cadáver. Le pedí que se encargara de hacer una inspección ocular junto con los guardias para cerciorarse de que no había ninguna puerta ni ventana forzada. Debían también registrar la casa y el jardín. Yo volví al lavabo y me quedé a solas con el muerto. Procurando no tocar nada, me acuclillé a su lado. Su palidez era extrema. Tenía unas hermosas pestañas, muy tupidas. La boca presentaba un rictus algo contraído. ¿Por qué se había suicidado? ¿Hubiera yo podido evitarlo cuando me llamó? Sin duda, no. ¿Y por qué me llamó?, ¿qué habría en aquel paquete que quizá estaba a punto de recibir? Cortarse las venas, un método poco usual para un chico joven. Miré hacia sus brazos, intentando divisar las muñecas. Uno de ellos se encontraba ligeramente salido del agua, de modo que a través de la transparencia sanguinolenta intenté fijarme en la muñeca. Pero era inútil, el dorso de ésta se hallaba hacia abajo. Quizá si le daba la vuelta... en definitiva dentro de líquido en poco podía afectar a la labor del forense que tocara el cuerpo ligeramente. Me arremangué. Una súbita aprensión me hizo retirar la mano, pero era absurdo; me armé de valor y metí la mano en el agua rojiza. Estaba helada. Tomé la mano del chico y la saqué al exterior, dándole la vuelta. Sorprendentemente, allí no tenía ninguna señal. Hice lo mismo con el brazo izquierdo. Tampoco. No se había suicidado cortándose las venas del modo habitual. Quedé en silencio. Miré mi propia mano que se había perlado de gotas rosadas. Volví a meterla en la bañera una vez más. Con el pecho contracto por la tensión y las mandíbulas bien apretadas, busqué entre las piernas de Ramón. El tacto de algo que no veía me hizo retirar los dedos como si hubiera recibido una descarga. Varios escalofríos muy seguidos me recorrieron la espalda. Pero era estúpido parar allí, quería saber. Reinicié la búsqueda táctil, con el corazón galopándome hasta casi ahogarme. Era terrible lo que notaba, algo así como los gruesos filamentos de una hidra marina, una pequeña caverna, un lánguido tocón. Palpé en otra dirección y bajo aquel informe amasijo que sólo hacía pensar en cefalópodos y algas, pude palpar el escroto prieto y velloso. Sí, Ramón Torres se había suicidado cortándose el pene. Me levanté de un salto y busqué una toalla con la que empecé a secarme compulsivamente, olvidando la prudencia debida hacia los objetos.

Bajé por la escalera a toda prisa y en los últimos peldaños tropecé con Garzón.

—¿Qué le ocurre? Está usted desencajada.

—Déjeme, subinspector, necesito estar un rato sola.

Encendí un cigarrillo junto a un hermoso macizo de geranios, intenté tranquilizarme. Un sol sin fuerza teñía el jardín. Miré hacia los coches. Advertí la cabeza del señor Torres hundida entre los hombros. Respiré hondo y fui hasta allí. Di indicaciones a los guardias de que volvieran a Barcelona y lo llevaran a su casa. Garzón se acercó de nuevo.

—¿Seguro que se encuentra en condiciones, Petra?

—No se preocupe, estoy bien.

—¿Ha sucedido algo ahí arriba?

—Ya lo verá.

Así fue. El forense que acompañó al juez dictaminó que Ramón Torres Santacana había muerto desangrado a resultas de lo que a todas luces parecía ser la automutilación de su pene. Cuando se procedió a vaciar la bañera fue hallado el miembro, limpiamente sesgado de un tajo, y también el bisturí de cirujano que había empleado para hacerlo. El doctor Montalbán se encargaría en Barcelona de llevar a cabo la autopsia. Aquel dictamen, junto a la ratificación de que ninguna entrada había sido violentada y la puerta del lavabo estaba cerrada por dentro, dejó claro para todos que aquella muerte terrible sólo había podido obedecer a un suicidio.

—Triste, muy triste... —dijo Garzón en el viaje de vuelta—. Se me hace difícil entender cómo alguien es capaz de poner fin a su propia vida, pero me resulta imposible hacerme a la idea de que un hombre lo haga del modo que hemos visto.

—Se ha castigado.

—Eso parece. Muy terribles debían de ser sus culpas.

—O eso creía él.

—Sin duda fue ese chico quien cortó los penes restantes y se los envió a usted.

—Sí, eso también creo yo, pero ¿dónde están los cadáveres, o al menos quiénes son los damnificados?

—Pues...

—¿Y a su amigo Esteban, también lo castró él? ¿Por qué motivo, dígame? ¿Qué motivo real puede haber en el mundo para que un chico castre a su mejor amigo?

—No me pregunte los motivos, pero es casi seguro que lo operó él también. Se le quedó muerto en la operación y eso le causó un trauma terrible.

—Sin conocer los motivos seguimos sin saber gran cosa. Encima, yo tengo la sensación de que algo de esto podría haberse evitado.

—¿Por qué?

—¿Qué sentido tenía esperar un día entero a que ese chico llegara de Cambrils? Deberíamos haber ido a buscarlo inmediatamente, recordar el matasellos de Tarragona.

—No sea ridícula, Petra, habíamos estado toda la tarde interrogando al resto de los amigos de Esteban. ¿Es la primera vez que se deja un interrogatorio para el día siguiente? Además, ni siquiera era un sospechoso. No irá a decirme que se siente culpable.

—Me siento torpe, que no es lo mismo. Pero no nos ocurrirá de nuevo, esto hay que continuarlo en caliente. Cuando lleguemos a Barcelona vamos a ver si ha llegado el misterioso paquete prometido.

—¿Aún tiene esperanzas sobre eso?

—Es en lo único que puedo tenerlas, la última pista gratuita que se nos va a proporcionar.

—Ninguna de las pistas anteriores nos llevó a ningún sitio.

—No hemos sabido articularlas.

—Es usted cabezota.

—Mire, Garzón, ese muchacho confió en mí, no enteramente, pero confió en mí. De algún modo estuvieron amenazándolo para que no hablara hasta que lo forzaron al suicidio, y aun así él encontró la manera de hacerme llegar datos. Pues bien, toda confianza debe ser mínimamente correspondida.

—Como quiera; de todos modos, no creo que el dichoso paquete haya llegado aún. Habrá que esperar hasta después de Navidad.

—Eso ni lo sueñe.

—¿Qué coño se propone hacer?

—Ir a la Central de Correos y buscar en las sacas; por el poco tiempo transcurrido desde la llamada el paquete aún debe de estar ahí.

—Inspectora, no creo haber oído bien. ¿Recuerda que esta noche es Nochebuena?

—No lo he olvidado.

—Y qué pretende, ¿que nos pasemos la noche escarbando entre cartas?

—En ningún momento he dicho que deba venir usted. Puede irse a su casa a comer polvorones con toda tranquilidad.

—Inspectora, sea razonable, no habrá nadie en Correos en una fecha así. Además, ¿se atreve a calcular qué cantidad de paquetes puede haber en la Central?

—No, no me atrevo a calcularlo, por eso quiero ir personalmente; quizá sean menos de los que piensa.

Se desesperó.

—Desde luego, inspectora, sé que le molesta el que

haga generalizaciones buenas o malas sobre las mujeres, pero de verdad debo decirle que no he encontrado en toda mi vida ni una sola mujer que no sea testaruda. ¡Ni una!, ésa es la pura verdad.

Sonreí.

—Déjese de monsergas sexistas. ¿Va a venir conmigo o no? Tengo que hacer mis planes.

Me miró como si hubiera enloquecido.

—¡Pues claro, pues claro que iré! ¿Qué demonio quiere que haga? ¿Quedarme en casa comiendo polvorones como usted sugiere, tocar un solo de zambomba y cantar villancicos?

Me eché a reír.

—Quizá sonara armonioso.

Comencé a canturrear como si tuviera la mente ya en otra parte, pero aún le oí rezongar en voz muy baja:

—Testarudas y absurdas, así es como son.

Los planes no eran difíciles en realidad. Todo consistió en pasar por comisaría e informar a Coronas, al tiempo que comprobábamos que el dichoso paquete, en efecto, no había llegado aún. Luego fuimos a mi casa, abrimos el vacío buzón del correo y me cambié de ropa en preparación de la larga e incómoda noche que me esperaba. Al salir, descubrí que mis vigilantes, Marqués y Palafolls, acababan de llegar. Me acerqué a su coche.

—¿De guardia en una noche así?

Salieron y se cuadraron ante mí.

—Mañana sí tenemos fiesta, inspectora.

—Pues voy a darles una alegría: ya pueden marcharse; pienso estar toda la noche fuera.

Marqués cabeceó.

—Eso nos da igual, nosotros seguiremos de servicio aquí.

Iba a dejarlos en paz, pero de repente se me ocurrió una buena idea.

—Su tarea es protegerme, ¿verdad?

Asintieron sin comprender muy bien.

—Y si yo les pidiera que me ayudaran, ¿lo harían?

—¡Faltaría más!

—Entonces vengan conmigo a Correos para buscar un paquete.

Seguían sin comprender nada, pero no dudaron en acudir tras nosotros. En ese tipo de cosas consisten las delicias de mandar. Cuando le expliqué a Garzón que había conseguido refuerzos siguió empleando el *pianíssimo* en sus murmuraciones. Supuse que junto a los calificativos genéricos de testarudas y absurdas las mujeres acabábamos de ganar algún innombrable epíteto más.

En Correos no había nadie de retén. No se trabajaba en Nochebuena. Sólo dos guardias jurados estaban a cargo del edificio. Aunque nos identificamos no nos permitieron entrar. Llamaron a su jefe, que a su vez llamó al responsable de la Central para pedirle instrucciones. Este tuvo que venir ante lo inusitado de la situación y, por supuesto, estaba de pésimo humor. Le expliqué, me escuchó y, pidiéndome que no desordenáramos nada, dio su consentimiento de funcionario responsable y se largó. Cosas más raras había debido de ver.

Por culpa de todos aquellos prolegómenos se habían hecho las diez de la noche. Buen momento para empezar, pensé, y dando exactas aclaraciones de lo que íbamos buscando, procedimos a entrar en el almacén. El espectáculo era de verdad descorazonador. Metidos en enormes *containers* de rejilla aparecieron ante nuestros ojos montañas de paquetes, bultos, embalajes, cajas... en fin; si a Hércules le hubieran añadido ese trabajo a su lista, habría sido capaz de claudicar. Garzón me miró cargado de razón, esperando que hiciera algún comentario desencantado. Dulcifiqué mi expresión y dije con aire casual:

—La gente se envía cosas, ¿eh?

Acto seguido nos distribuimos por zonas y empezamos a buscar. La gente se enviaba cosas, en efecto, y muchas más por Navidad. Todo el mundo parecía ponerse de acuerdo en mostrarse encantador a fecha fija. Daba igual, todo era cuestión de paciencia, éramos cuatro, no estaba mal. Me volví hacia la puerta y vi que los guardias jurados nos miraban como si estuvieran sufriendo una alucinación. Como iban armados quizá también se vieran inclinados a acatar mi autoridad. Lo intenté.

—Oigan, ¿ustedes tienen algo que hacer?

—¿Nosotros...? Pues bueno, estar aquí.

—¿Y por qué no nos echan una mano? Digo yo que les gustará hacer un servicio a la policía.

—Lo que usted guste mandar —contestó uno de ellos en trance de sumisión.

Había funcionado; siempre he tenido la sospecha de que para conseguir que te obedezcan sólo es necesario estar bien seguro de que tienes derecho a mandar. Se pusieron manos a la obra en los sectores que les asigné.

De pronto se me acercó Palafolls con aire de confidencia.

—Inspectora, ¿puedo pedirle un favor?

—Siempre que no sea complicado...

—Es que verá, yo había quedado con una chica en la puerta de la casa de usted, y ahora no sé cómo avisarla de que no voy a ir. Me sabe mal.

—Creí que iba a estar de servicio en la puerta de mi casa.

—Ya, de sobra sé que no es reglamentario, pero es que esta chica suele estar por allí, sólo era hablar un ratito y total... como es Nochebuena...

—La chica es Julieta, ¿verdad?

—Pues sí, la verdad, usted perdonará, sólo será ir y volver. Como de todas maneras tampoco estamos en nuestro puesto...

Pide un favor y cinco minutos más tarde te obligarán a corresponder... estuve tentada de decirle que no. Mi asistenta; lo había visto venir. En fin, dicen que los anglosajones tienen una civilización tan exitosa porque saben extraer los aspectos prácticos de cualquier situación. Me encaré con él.

—No vaya a decirle que se marche; haremos algo mejor. Pídale que venga a ayudarnos. ¿Le parece bien?

—A mí me parece de perlas. Enseguida estamos de vuelta.

Salió con un trote feliz. Marqués me miró, agradecido, y Garzón, estupefacto, me sopló en un aparte:

—¿Por qué no salimos en busca de Papá Noel? ¡Siempre serán dos manos más!

—Limítese a seguir con su montón.

Dos horas más tarde entre siete personas habíamos realizado lo que podía calcularse como un treinta por ciento de la tarea total, sin ningún resultado aún. Formábamos un equipo perfecto: disciplinado, animoso, variopinto y tenaz. Julieta me miraba de vez en cuando con gesto temeroso, pero en cuanto comprendió que no entraba en mis planes abroncarla se relajó y se puso a trabajar en la búsqueda del paquete con idéntico ahínco que en el hogar.

Sonaron las doce en un reloj tan anticuado como el de comisaría. Entonces Garzón estalló:

—Inspectora, bien está que nos pasemos la noche tragando polvo, pero le aseguro que yo no puedo resistir ni un minuto sin tragar algo más.

Levanté la vista de mi labor. Llevaba razón, me arriesgaba a un motín. Tampoco se trataba de organizar un campo de exterminio. Eché mano del bolso para sacar dinero.

—Creo que será buena idea encargar unas pizzas.

Marqués me atajó.

—¿En Nochebuena? ¡Ni hablar! Lo tenemos crudo. No va a encontrar nada abierto, inspectora. Quizá si salimos y vamos a algún hotel...

No me parecía legal dejar a nuestros guardias jurados abandonados a su suerte sin la menor solidaridad. De pronto, uno de ellos intervino:

—Bueno, nosotros habíamos traído un piscolabis que si ustedes quieren compartir...

Julieta terció:

—Y yo tengo una bolsa de empanadillas de gluten que le había traído a Miguel... Quiero decir, al agente Palafolls.

—No se hable más. Y de bebida, ¿cómo estamos?

—Fatal —soltó Garzón.

—Creo que hay una máquina automática en el primer piso. ¿Ustedes pueden beber alcohol? Lo digo por traer unas cervecillas.

Me sentí madre superiora en un día de excursión.

—¡Por supuesto que vamos a beber alcohol! ¿No estamos en Nochebuena?

Hubo una general exclamación de felicidad. Al ver mi disposición festiva el primer guardia jurado se atrevió a hacer público un anuncio.

—Bueno inspectora, si en ésas estamos..., le confesaré que nosotros tenemos dos botellitas de cava. ¡No es que pensáramos bebérnoslas enteras, no vaya usted a pensar! Pero ya que le toca estar a uno de guardia en una noche así, por lo menos que se pueda brindar... ¡Digo yo!

En el primer piso mencionado, todo un jardín del Edén, las injustamente denostadas máquinas nos proporcionaron no sólo cerveza sino también patatas fritas, cortezas de cerdo, cacahuetes tostados y..., maravillas de la técnica, café. Puse mi *foulard* de lanilla en el suelo a modo de mantel y los improvisados comensales fueron colocando sobre él aquellas irreconciliables viandas hasta que el cuadro se convirtió en un auténtico *déjeuner sur l'herbe*.

Sería insincera si dijera que no me divertí. En realidad aquella reunión casual era la antítesis perfecta de las consabidas cenas familiares de Navidad. Nadie se conocía demasiado, de modo que no había recuerdos comunes que compartir por enésima vez, ninguna cocinera debía ser homenajeada por su buen hacer, no te tocaba al lado el miembro de la tribu que siempre has detestado y, sobre todo, en modo alguno era preciso fingir felicidad. Muchos nos hubieran envidiado.

Charlamos, reímos e incluso comimos bien. Los dos guardias jurados habían sido pertrechados por sus esposas como si se dispusieran a abordar una expedición al Everest. Cierto que no teníamos ni vasos en los que brindar, pero beber una noche a gollete proporcionaba a la historia cierta camaradería añadida. Como postre tomamos galletas y después café, con cuyos efectos pensábamos mantenernos despejados el tiempo que fuera necesario. Desde su foto oficial el rey presidía nuestra alegre sobremesa.

Una vez más tuve que ejercer como líder de la asamblea y recordar a todo el mundo para qué habíamos ido allí. Reanudamos la búsqueda euforizados por el tentempié y durante un buen rato tuvimos la impresión de que el trabajo avanzaba a todo trapo. Pero la impresión pasó, y a las tres de la mañana hubo que ir a traer más café. Pensé que no tardaría mucho en aparecer el primer dimisionario entre aquellos reclutados que, en realidad, no tenían la más mínima obligación de andar en tal follón, pero me equivoqué. No sé si fue debido al espíritu de la Navidad o al empecinamiento que generan todas las misiones difíciles, pero el caso es que todos resistieron hasta que, casi a las cinco de la mañana y cuando yo ya empezaba a perder la fe, Palafolls cantó como si avistara tierra desde la carabela:

—¡Lo tengo, lo encontré! ¡Aquí está, inspectora, con su nombre y su dirección, y sin remite!

Me precipité hacia él y lo mismo hicieron los demás. Palafolls mostró el paquete que sin duda era el que andábamos buscando. Lo tomé entre mis manos para cerciorarme. Sí, las características eran idénticas. Julieta estaba exultante.

—Miguel vale un montón —me dijo por lo bajo como si Palafolls nos hubiera librado del malvado Polifemo.

Dirigí mis palabras hacia todos:

—Señores, ya hemos encontrado lo que vinimos a buscar. Sin la ayuda que me han brindado de ninguna manera hubiéramos podido. Les doy las gracias de todo corazón. ¡Ah, y feliz Navidad!

Uno de los guardias jurados dijo con total inocencia:

—Pero ¿no va a abrirlo?

Garzón le explicó:

—Es un asunto policial y debe permanecer en secreto.

Vi la desilusión y el fastidio pintados en las caras de aquellos hombres. Decidí rectificar.

—Ya que estos señores nos han hecho tan gran servicio creo que podemos introducir una excepción. Siempre que nos prometan absoluta reserva.

Asintieron con gravedad.

—Verán, no quiero entrar en detalles, pero el caso es que este envoltorio contiene una droga letal. Es más que posible que hayan contribuido ustedes a salvar muchas vidas.

Sonrieron con responsable satisfacción; e incluso uno de ellos exclamó lleno de orgullo:

—¡Joder!

Ya en la calle, Garzón me soltó casi al oído:

—¡Vaya historia, inspectora, podía haberse inventado otra mejor!

—El caso era no dejarlos frustrados, ¡es Navidad!

Nos despedimos de Marqués, Palafolls y Julieta y pusimos rumbo a comisaría. Conducíamos por calles desiertas.

Cuando llegamos no había nadie más que los de estricto retén. Garzón pensaba que íbamos a llevar el paquete para abrirlo frente al juez o el forense de turno, pero le saqué de su error. Por una vez habíamos intercambiado los papeles y él se mostraba reglamentista mientras yo me desentendía de la legalidad. ¿Acaso no estaban bien claros mi nombre y mi dirección? ¿Por qué debía ceder mi correspondencia para que se abriera en otro lugar? Y si alguna vez había dicho lo contrario, daba exactamente igual.

Nos metimos en mi despacho y coloqué con cuidado el paquete bajo una luz. Aquel momento tenía una trascendencia especial. No era nada extraño que Ramón, antes de morir, hubiera colocado en aquel último envoltorio una confesión en toda regla. Y si no era él el culpable, hallaríamos sin duda alguna las acusaciones o explicaciones que dieran la solución del caso. Ya no se puede intimidar o amenazar a un hombre que ha decidido morir.

—Prepárese, Garzón, me temo que después de abrir este paquete nos espera un buen meneo. Puede que haya que practicar detenciones, desenterrar cadáveres o cualquier cosa por el estilo.

—Si usted lo dice...

Ni siquiera la inmediatez de un descubrimiento importante le hacía perder el escepticismo sobre aquellos paquetes y sus pistas.

Había concebido la esperanza de que en el interior de la caja no hubiera esta vez sino un extenso pliego de papel contando la realidad. Pero por desgracia no era así. El envío resultó idéntico a los anteriores, pues también contenía un pene. Me desesperé, aquello era aterrador, un nuevo cuerpo del delito al que no había sido añadida ninguna explicación. Garzón estalló:

—¡Lo sabía, inspectora, lo sabía! Todo esto de los envíos y las pistas ha sido una canallada de marca mayor. Si fue ese chico quien se los mandaba y quien la llamaba, es que se trataba de un loco. Ahora está muerto y se acabó.

—¿Y dónde están los hombres a los que corresponden los penes cortados? Dígamelo.

—Serán mendigos a los que nadie ha echado de menos, tal y como llegamos a sospechar. Estarán enterrados en algún sitio seguro. ¡Qué sé yo!

—Y este pene, ¿de quién es?

—¡Pues de su amigo Esteban! ¡Él lo mató! Quizá incluso los asesinatos y las castraciones, todo el jueguecito de implicar a la policía lo llevaran a cabo entre los dos. Luego pasó algo y... o Ramón estaba más loco que Esteban... incluso, ¿ha pensado en la posibilidad de que se trate de un juego de rol? Ya sabe que en los ficheros hay más de un caso aparentemente incomprensible que se ha decantado por ahí.

—No, ni hablar, ni hablar. Me niego a pensar que todas las pistas que nos han venido dando hayan sido un juego sin más. Me niego también a pensar en cadáveres castrados desaparecidos como en el aire.

—¿Qué hemos obtenido de esas pistas sino pasos en falso? ¡Hilos de catgut, sectas fantasmas, canteras de piedra...! De verdad, Petra, me inclino a explicar las cosas desde los hechos que tenemos; eso es además lo habitual.

—Entonces, según usted, ¿hay que cerrar el caso aun sin entender?

—Querer entenderlo todo supone que todo tiene explicación, y ni la vida ni la criminología es así.

—¡No se puede forzar la lógica!

—¡Justamente eso es lo que estoy diciéndole yo! Y contésteme con sinceridad: ¿es tan insólito que un par de jóvenes de familia bien se monten un macabro juego de rol, o que uno de ellos esté como una cabra sin que nadie se haya dado cuenta? ¿Sería la primera vez que cuerpos sin vida permanezcan durante años enterrados en un bosque o incluso en un jardín? ¿Cuántas certificaciones de muerte no han podido firmarse porque los individuos están desaparecidos? ¿Y cuántos muertos se producen sin que nadie reclame sus cuerpos? No, inspectora, no, lo insólito sería que, como policías, le diéramos alas a la imaginación.

Negué con la cabeza varias veces, pero me callé. Luego fui a buscar mis grandes tijeras de oficina y me acerqué al exánime pingajo motivo de la controversia.

—¿Qué va a hacer? —preguntó alarmado Garzón.

—Pues abrir la bolsita. Quiero saber por qué la voz de Ramón me incitaba a investigar a raíz de esta cosa.

—Pero, inspectora, eso sí tiene que hacerlo el forense.

—No pasa nada. Ya ha visto que, manteniéndose en formol, aunque se manipule no se borran las huellas.

—Pero, inspectora, ¿se ha vuelto loca usted también?

—¡Ya está tocándome las pelotas con su actitud! Le recuerdo que quien está haciendo algo indebido soy yo. De modo que, si su conciencia es estricta, puede marcharse o incluso correr a denunciarme a Coronas. Será un buen comienzo de día de Navidad.

Se quedó quieto en su lugar, con cara de enfado. Empleando el máximo cuidado abrí la bolsita de plástico de un tijeretazo y deposité el formol en un cenicero limpio para poder emplearlo más tarde. Utilicé las pinzas de depilación que siempre llevo en el bolso para sacar el pene y extenderlo sobre un folio en blanco. He de reconocer que realizar aquella operación me impresionó. De buena gana me hubiera echado atrás, pero ya había tomado una decisión y debía mantenerla. Era, además, un momento crucial en el que saber cosas rápidamente determinaría el curso de la investigación posterior. De modo que me lancé con valor sobre la reliquia y la manipulé sin miedo con ayuda de las pinzas y un punzón. Notaba la respiración contenida del subinspector junto a mí. Observando bien la línea del corte, y recordando los penes anteriores y lo que el doctor Montalbán había dictaminado, era evidente que éste también había sido amputado por procedimientos quirúrgicos, y con la misma pulcritud. Lo escudriñé minuciosamente dándole la vuelta y no pude hallar ninguna marca o incisión en la piel. Después corrí el prepucio y, liberado de su encierro, un pequeño objeto saltó desde el interior.

—¿Qué coño es eso? —soltó maquinalmente Garzón.

—Nuestra ansiada pista —murmuré.

Era una pequeña viruta de metal enrollada en sí misma. Desplegándola con las pinzas advertí que tenía gran flexibilidad. En su interior había una inscripción grabada toscamente.

—¿Qué pone?

—No lo sé, subinspector.

—Déjeme ver. No se entiende un carajo.

—Está escrito en alfabeto cirílico.

—¿Y a qué idioma corresponde?

—Puede ser ruso, griego, búlgaro..., vaya usted a saber. Estudié algo de griego clásico en mi juventud, pero sería completamente incapaz de descifrar esto.

—¡Vaya, ya volvemos a los juegos! ¿Qué va a hacer ahora con el pene?

—Llevarlo al Anatómico Forense.

—¿Abierto tal como está?

—Sí, es fiesta y Montalbán seguro que tiene día de descanso. Le diré al forense de guardia que meta el pene en un tarro de formol y en paz. Nadie va a preguntar quién lo desenvolvió.

—Entiendo, ¿y el cartelito metálico?

—Lo devolveremos a su escondrijo, puede haber dejado alguna escoriación en el glande y ahí sí podrían cazarnos.

—Tiene usted mente de criminal, Petra.

—Hago lo que puedo. Por cierto, páseme bolígrafo y papel que voy a copiar la inscripción.

—¡Para lo que va a servir...!

—¿Quiere dejarme en paz?

—Pero inspectora, usted esperaba esta vez tener una gran revelación y ¿qué ha obtenido?, otra pista del tesoro más, y encima con frase en jeroglífico secreto, ya sólo falta el plano de los piratas.

—Mire, Garzón, el que ha proporcionado estas pistas tiene la mentalidad de un hombre joven y lo ha hecho a su manera, pero no le quepa la menor duda de que algo quiere decirnos.

—Con dos hombres muertos es un poco tarde para ponerse a jugar.

—¡Y qué coño quiere que hagamos si es lo único que tenemos!

—¡Tenemos los hechos, las evidencias mayores!

—Me siento sin fuerzas para seguir discutiendo con usted. Le expondremos el estado de cosas a Coronas y que él decida si seguimos investigando o nos dedicamos a armar el puzzle a partir de lo que hay. ¿Está de acuerdo?

—Usted es mi jefa.

—Y Coronas es el jefe de los dos, de modo que dejémoslo en sus manos.

No tuvo más remedio que aceptar... ¡y callarse!, que era lo que de verdad me interesaba conseguir. Puede que Garzón considerara la testarudez como una cualidad femenina, pero él mismo se encargaba de quitarse razón con su propia manera de obrar.

Cuando concluyeron los nefastos días navideños y por fin la gente se avino a trabajar, pudimos obtener todos los resultados médicos que nos interesaban. En primer lugar supimos que el último pene enviado era el de Esteban Riqué, con lo que al fin teníamos un cadáver completo. Por su parte, la autopsia de Ramón demostró que no había sufrido violencia de ningún tipo y que la causa inmediata de su muerte había sido el desangramiento paulatino sufrido después de que, parecía evidente, se hubiera automutilado. La hipótesis del suicidio se convertía en una certidumbre, y justamente ese hecho se revelaba como una dificultad para mis planes de continuidad en la investigación. Como muy bien apuntaba el subinspector, ¿quién puede impedirle hablar a un hombre que ha decidido morir?, y ¿qué razón puede haber para que un hombre dispuesto a ayudar a la policía lo haga en jeroglífico y no claramente si ya tiene un pie en la tumba? Según Garzón, sólo podía haber un motivo: la locura. Yo no pensaba lo mismo. Todo quedaba en manos del comisario Coronas.

7

A Coronas le tocaba oficiar de Salomón. Tampoco se lo pusimos demasiado difícil; entre dos posturas tan distantes como la de Garzón y la mía encontrar un punto intermedio que fuera razonable parecía coser y cantar. Aun así lo pensó bien antes de decidirse.

—Señores, he de decir que abandonar la investigación en este punto conformándonos con las explicaciones que encontremos para las dos muertes y las castraciones anteriores me parece excesivo. Pero también me lo parece tener dos profesionales metidos en esto a *full time* durante un plazo indefinido. Para ser justos, creo que quizá siguiendo las pistas con las que contamos, podamos ir un poco más allá en las pesquisas y aclarar puntos que quedan demasiado oscuros. También es más que posible que, muertos estos dos jóvenes, tengamos en el otro mundo a los responsables de un despropósito que ya no se repetirá.

En resumen, la solución creo que pasa por que sigan ustedes en la investigación, pero vamos a acotar el tiempo y, si no hay avances, se ocuparán del caso de modo parcial durante un período simultaneándolo con otros trabajos. Si después de ese período seguimos en las sombras..., entonces recomendaremos al juez que dé el caso por cerrado.

—¿De qué márgenes de tiempo hablamos? —preguntó enseguida Garzón.

—Quizá, en principio, de un mes.

—¿Por qué no de dos? —intervine.

—Digamos que un mes y medio estaría bien —finalizó Coronas, regateando como si estuviéramos en un bazar oriental. Garzón resopló y entonces el comisario, mirándolo, añadió sorprendentemente—: Por supuesto, subinspector, quede claro que si usted está tan convencido de que su trabajo va a ser en vano, entonces no daría un rendimiento adecuado; por lo que, si lo desea, le brindo la oportunidad de relevarlo del caso durante este mes y medio y poner a otro en su lugar.

—¡No, ni pensarlo! —reaccionó con presteza Garzón.

—¿Puede explicarme por qué no quiere que lo aparte del caso?

—Porque tengo curiosidad.

Coronas soltó un sonoro «¡Ajá!» al tiempo que daba una palmada que nos sobresaltó.

—Usted lo ha dicho, mi querido Garzón, siente curiosidad. Eso es exactamente lo mismo que siento yo. Y si hay curiosidad es que hay caso aún, porque de lo contrario, ¿para qué preguntarse y desear saber? ¿Lo ven? Mi pregunta y mi estrategia no eran casuales; yo quería llevarle a decir lo que ha dicho.

No sé si Salomón se dio tanto autobombo cuando se le ocurrió la burrada de trinchar al niño por la mitad, pero al fin y al cabo Salomón era un sabio judío, y Coronas un polizonte español; no podían pedirse milagros. Además, a mí su solución me beneficiaba. Un mes y medio no estaba mal. Encima, Garzón había confesado que sentía curiosidad, lo cual yo sabría utilizar arteramente cada vez que se le ocurriera ponerse pesado.

Lo primero que tenía que hacer al enfrentarme con mi compañero después del «juicio corónico» era no darle la impresión de que consideraba el desenlace como un triunfo personal. Hubiera sido una impresión falsa además; siempre me ha fastidiado la gente que se adscribe con tal pasión al trabajo que acaba confundiendo sus intereses laborales con los privados. De modo que pasé a la acción e hice que Garzón se sumara a ella encomendándole que llamara a declarar de nuevo a los padres de Ramón. Debían reconocer la voz de su hijo de modo definitivo en la grabación que se había efectuado durante la última llamada a mi casa. Yo me veía incapaz de enfrentarme a sus caras mientras escuchaban, de soportar las preguntas que podían suscitarse tras la audición. Me fui en busca de soluciones para mi jeroglífico.

Miré la inscripción cirílica que había copiado en un papel. Finalmente, el subinspector llevaba razón: todo aquello resultaba exasperante. Un hombre va a suicidarse. Al borde de la desesperación, horrorizado por la muerte del amigo, por su propia actuación quizá espantosa, piensa, sin embargo, que debe hacer algo para que un asunto a todas luces terrible sea conocido por la policía y planea un último envío que remata llamándome por teléfono. Perfecto, todo atado y bien atado a pesar de su abatimiento, un último detalle de equilibrio. Abrimos el paquete y ¿qué?, junto al miembro perteneciente al propio amigo, una inscripcioncilla esotérica. ¡Por Dios!, había que ser completamente gilipollas para hacer algo así. A no ser que siguiera bajo amenaza y que tal amenaza se centrara en alguien que no fuera él: su familia, un amigo, un amor... En cualquier caso, la suya era una manera de proceder estúpida, irritante. Había que reconocerlo por muy muerto que estuviera.

Me largué con la maldita frase insondable a la Escuela Oficial de Idiomas, donde la misma directora me recibió. Por supuesto que estaba fascinada de ver a un policía por allí; y su grado de fascinación aumentó cuando le puse los signos cirílicos delante. Los observó con atención:

—Bueno, yo diría que se trata de ruso, aunque no es mi especialidad; yo enseño inglés. De lo que pueda significar no tengo ni idea. Será mejor que la acompañe al departamento de lenguas eslavas, allí nos dirán.

Subimos escaleras incontables tropezando con jóvenes alumnos. Ya en el departamento, que como todo el resto del edificio me recordaba a comisaría, la directora me presentó a una fornida mujer rubia con fuerte acento extranjero. No creo en las generalizaciones nacionales. Así pues, tras conocerla, no deduje que todos los rusos eran antipáticos, sino que lo atribuí a una particularidad. Eficaz y secamente tomó el papel y dijo:

—Sí, esto es idioma ruso y se traduce así: «Blochín, puro como el aire.»

—¿Blochín? ¿Qué quiere decir «blochín»?

—Es un apellido, supongo, no tiene traducción.

—¿Puro como el aire?

—Eso es lo que dice: «Blochín, puro como el aire.» ¿Quiere que se lo apunte? —preguntó de mal talante.

—No es necesario, lo haré yo misma.

Cuando la directora me acompañó hasta la salida, todos los poros de su cuerpo pedían saber.

—¿Ha podido solucionar su problema? Espero que ningún alumno de nuestra escuela se encuentre metido en dificultades.

—No, es una investigación rutinaria.

Creo que es lo más imbécil que he dicho jamás, aparte de lo más inverosímil, pero la gente debe acostumbrarse a que son ellos quienes tienen la obligación de informar a la policía, y no al revés. La era mediática ha acabado por hacernos creer que eso de saberlo todo es de verdad un derecho. Por fortuna, en aquel momento no se me ocurrió soltarle tal soflama a la pobre directora; tuve la lucidez necesaria para darme cuenta de que estaba de muy mal humor, así que me fui a casa.

Julieta me había preparado un enorme trozo de carne con verduras, sin duda para compensar sus excesos pasados, aunque quizá fuese para acabar antes en la cocina y poder charlar más tiempo con su novio Palafolls. Así es la vida, pensé, yo creía que la estancia de los guardianes frente a mi puerta era innecesaria, y sin embargo para otros había resultado crucial. De pronto recordé que no había visto a mi pareja tutelar cuando entraba. Me asomé a la ventana y comprobé que no estaban. Muy significativo, Coronas ordenaba continuar con la investigación, pero muerto Ramón Torres, consideraba que el peligro para mí había desaparecido. Me sentí reconfortada, esa noche dormiría mejor.

Cené en la cocina, bebiendo un buen Rioja y escuchando música de jazz. Basta de correr, me dije a mí misma sintiendo por primera vez desde hacía días una cierta paz. Basta de ir tras los acontecimientos. Reflexión. Partí un trozo de bistec y los jugos sanguinolentos tiñeron el plato. Inmediatamente me vino a la memoria el espectáculo del suicida en su cuarto de baño y, sobre todo, el olor.

No era el día ideal para comer carne, la aparté. Acabé las verduras y fui a sentarme en el salón. Tomé toda la documentación del caso y empecé a recapitular. Si íbamos a continuar investigando sobre la estela de pistas que acompañaban a los penes era imprescindible comprobar hasta qué punto habíamos profundizado en cada una de ellas. La pista número uno, el punto con hilo de catgut, resultó por fin fundamentada. Con ella nos habían indicado que el asunto de las castraciones tenía un entorno médico. Ramón y Esteban eran estudiantes de medicina. La conclusión que se me antojaba importante demostraba que el nivel de transparencia de las pistas no era ni mucho menos alto. Si el resto tenía el mismo índice de relación, no era extraño que nos costara hallarles un sentido. ¿Habíamos llevado las investigaciones de esa primera pista hasta las últimas consecuencias? En absoluto. Tomé un bloc de notas y apunté: «Interrogar a todos los compañeros de curso de Ramón y Esteban. Eventualmente infiltrar algún agente en la facultad para que mantenga los ojos abiertos a cualquier dato.» La segunda pista, la crucecilla de cera, no fue reveladora en absoluto. Nuestras pesquisas encaminadas sobre iglesias o sectas habían acabado en vía muerta. Tampoco el resto de pistas presentaba cadencia o relación con ella. La dejaríamos aparcada de momento. Luego estaba la esquirla de piedra especial, que tampoco parecía significativa ni conectaba con nada, a no ser que... Una idea me vino a la mente como un efluvio de Magdalena de Proust. Busqué entre los papeles fotocopiados hasta hallar el expediente de esa prueba: un informe de la visita a la cantera redactado por Garzón, una descripción de la piedra, el informe técnico del perito y la lista de clientes que nos habían facilitado. Empecé a leerla nombre por nombre hasta hallar lo que buscaba: Serguei Ivanov. Ciertamente era un nexo débil, pero quizá... Una inscripción en ruso y un ruso que compra la piedra especial... Existía, además, una proximidad geográfica relativa entre Cambrils y Ulldecona. Serguei Ivanov. Tiraríamos de ese hilo. Serguei Ivanov. Contemplé por último las fotografías planas de cada una de las pruebas, objetos absurdos en sí mismos. El subinspector estaba en lo cierto, todo aquello tenía un punto de entretenimiento diseñado por niños pijos que hacía humillante su utilización policial. Garzón nunca se equivocaba por completo, siempre tenía sus razones. ¿Un juego de rol? Todo aquello era un tanto delirante. Nunca, nunca más me avendría a una entrevista televisiva que me pusiera en contacto con la oscuridad exterior.

Al día siguiente convoqué a Garzón a una reunión de trabajo que preví intensa. Comenzó con su informe sobre la última gestión frente a los señores Torres. Entre emociones que incluyeron sollozos, titubeos e imprecaciones contra la adversidad, ambos reconocieron, con mínimo margen de error, la voz de su hijo en la cinta grabada. Algo que era de esperar. Yo a mi vez notifiqué al subinspector las conclusiones y planes pergeñados tras mis meditaciones de la noche anterior. Un par de resoplidos de insatisfacción fueron inevitables al enterarse de que le aguardaba una casi masiva investigación entre los alumnos de la facultad. Por el contrario, cuando le dije que esa misma tarde haríamos un nuevo viaje a la cantera, no hubo bufido de protesta sino franca rebelión.

—Lo siento, inspectora, esta noche ni hablar.

—¿Puede decirme por qué?

—¡Porque es 31 de diciembre, carajo, y esta noche me voy a una fiesta! Si viajamos a Ulldecona no llegaré con tiempo suficiente. Además, dudo mucho de que trabajen en un día así. Las empresas suelen dar tiempo libre a partir de mediodía; la cantera no tiene por qué ser diferente.

—Es cierto, disculpe, ni siquiera se me había ocurrido.

—¿No tiene usted plan para la entrada del año?

—Lo había olvidado por completo.

—¿Y qué va a hacer?

—Pues..., quizá llame a algunos amigos y me sume a su cena y si no... La verdad es que me da igual, comeré cualquier cosa y después me pondré a leer.

—No me parece nada bien. Comprendo que le importen un pito las celebraciones, pero despedir un año y empezar otro nuevo debe hacerse entre amigos. ¿Por qué no se viene conmigo? La fiesta que le digo es en el Efemérides, se pagan cinco mil pesetas y eso incluye cenar, la bolsita de uvas, cava y música hasta el amanecer. Yo la invito si me lo permite.

—En fin..., tanto follón; además, estará la mujer de Pepe.

—No estará, participa en un programa de televisión hasta altas horas de la madrugada. ¡Vamos, anímese, se está volviendo más seria que un enterrador!

Me dejé convencer. No me gusta que la gente me aconseje cosas presuntamente por mi bien, o quizá resultó decisiva la sutil imagen del enterrador, pero el caso es que aquella misma noche a las diez, Garzón y yo hicimos en el Efemérides una entrada triunfal.

Yo llevaba un sencillo vestido de satén gris, de los que demuestran que la edad no me ha tratado del todo mal sin aspirar a excepciones milagrosas. Garzón estaba estupendo, ataviado con traje oscuro y camisa de blanco sepulcral. Una corbata de tono amoratado le aportaba la solemnidad de un cardenal en misa mayor. Enseguida nos dimos cuenta, sin embargo, de que nuestra elegancia contrastaba con el aire general; o puede que no, porque la gente que llenaba el Efemérides se caracterizaba por la absoluta libertad con que había escogido su atuendo. Había jóvenes de tribu ultramoderna que aunaban moda e inspiración personal. Jóvenes con pinta de estudiantes que ni siquiera se habían cambiado los tejanos de diario. Jóvenes con un toque hippiesco que incluían en su pinta pantalones acampanados y faldas hasta los pies, y había también algunos jóvenes marroquíes con detalles étnicos propios de su país. Es decir, que si desentonábamos en algo era únicamente en la edad. Pero nadie parecía dispuesto a recordárnoslo. Reinaba tal algarabía, un tan alegre alboroto, que tendríamos que haber sido bastante cenizos para ponernos a meditar sobre el paso del tiempo o el declive de la madurez.

Garzón conocía a muchos de aquellos ruidosos contertulios que lo saludaban con palmadas en la espalda y frases del tipo «¡Qué guapo estás, Fermín!». Se ganan muchos amigos siendo un habitual. Yo estaba bastante más desplazada y, pasados los primeros momentos de euforia, empecé a arrepentirme de haber ido, algo por otra parte normal en mí. Por eso, en evitación de una huida ofensiva, me puse a trasegar vasitos de cóctel de champán pensando que así me animaría. Y lo conseguí. Al cabo de una hora me movía como pez en el agua desde las mesas al bufé, incluso había hecho algún conocimiento. Saludé a Pepe, que estaba guapísimo, o al menos eso me pareció después de la inducida animación, y, ya puesta en confianza, ayudé a Hamed a secar unas copas. Cuando lo estaba pasando francamente bien tuve una visión repentina que me desconcertó. ¿Quiénes eran aquellos dos chicos que se besaban ajenos al gentío? Pues sí, ni más ni menos que Julieta y Palafolls. ¿Qué coño estarían haciendo allí aparte de lo obvio? En cuanto se percataron de mi presencia, vinieron hacia mí y me saludaron con toda amabilidad. Naturalmente, la recomendación de asistir a aquel local había partido del subinspector, verdadero relaciones públicas desaprovechado. Me reí, comenté, bromeé, y fue charlando con ellos como me di cuenta del aspecto de Palafolls. Vestido de modo informal y entre otros coetáneos parecía uno más. Quiero decir que nadie lo hubiera tomado por policía, lo cual... Garzón interrumpió mis pensamientos:

—Pero ¿qué carajo hacen aún aquí? ¡Vayan a buscar sus bolsitas de uvas, sólo faltan cinco minutos para las doce!

Corrimos hacia una mesa donde se amontonaban las uvas de la suerte y nos aprestamos a cumplir con la tradición. Todos los muebles del restaurante habían sido apartados y la gente ocupaba el centro de la sala formando pequeños corros entre amigos. La megafonía fue conectada con el reloj de la Puerta del Sol. Un hormigueo de expectación antecedió a las doce campanadas. Al fin sonaron una a una generando un inmenso trajín de manos que iban a parar a bocas, de atragantamientos, de risas nerviosas. Cuando se oyó la última, todos estallamos en un intenso clamor y acto seguido empezaron los besos y abrazos. «¡Feliz Año Nuevo!», me gritó Garzón, y como un oso pardo me apretó entre sus brazotes haciendo que mis pies dejaran de tocar el suelo. Luego besé a Julieta y Palafolls, que por fin habían acabado con su arrullo, y después todo el mundo se lanzó a abrazarse sin haberse presentado previamente, como si acabáramos de ganar la Segunda Guerra Mundial. En aquel pandemónium emotivo me encontré con Pepe frente a frente. Él me dijo: «Te deseo felicidad, mi querida ex esposa», y soltada la *boutade*, me besó. Yo sentí que apreciaba de nuevo lo que siempre me había gustado de él, su juventud, y puse más efusión en el beso de lo que hubiera sido conveniente. Pero daba lo mismo, un año acababa de nacer y por lo visto eso daba licencia para cualquier demasía. De hecho, y para demostrármelo, observé cómo Garzón danzaba una especie de polka tocado con un sombrerito de papel a lo Gengis Jan. Yo bailé con Pepe, con Hamed, con un chico de falso bigote y nariz de Groucho Marx... En fin, que la imbecilidad de masas que siempre había criticado prendió con fuerza en mí sin que hiciera mucho por evitarlo.

Exhausta, me senté a descansar y logré que Garzón se estuviera quieto a mi lado durante dos minutos por el procedimiento de llamarlo.

—¿Sabe qué he pensado, subinspector?

—Dígame, Petra mía.

—Creo que, en vez de mandarlo a usted a la facultad de Medicina para investigar, vamos a infiltrar como alumno a Palafolls. ¡Es igualito que uno de esos estudiantes!, y pienso que el procedimiento resultará de más efectividad. ¿Qué opina usted?

Me miró con algo muy cercano al odio.

—Desde luego, inspectora, es usted implacable. ¿Le parece oportuno hablar de trabajo en una ocasión así? Le aseguro que, por mí, esta noche pueden cortarle la polla al sursuncorda; ¡no pienso ni inmutarme!

Y, dicha tal grosería, se largó soplando un matasuegras como un camaleón que cazara mosquitos. «En fin —pensé—, mañana lo verá con otra óptica.» Tampoco yo podía pararme a reflexionar demasiado sobre si aquello era lo ideal; ni siquiera un instante me dejaron descansar tranquila. Enseguida tuve a Pepe delante para invitarme a bailar, esta vez un ritmo lento y cadencioso.

—¿Lo pasas bien? —me susurró al oído.

—Eso mismo me pregunto yo, pero no he tenido tiempo de contestarme con este follón.

—Sigues igual que siempre.

—¿Igual?

—Conflictiva, respondona, irónica, rebelde...

—Un coñazo de tía, en fin.

—Digamos... incómoda.

—Nunca he sido una almohada mullida.

—No, más bien una cama de faquir.

Me eché a reír de buena gana. El me apretó. Sentí su cuerpo joven, nervioso, conocido y ya casi olvidado. Era una ocasión tan agradable para dejarse llevar... sin necesidad de entablar nuevas relaciones, sin tensión, sin malos entendidos, sin comercio previo, sin... Acabó la canción y nos costó separarnos.

—¿Te traigo una copichuela? —me preguntó.

¿Una copichuela? Recordé que ésa era justo su pregunta cotidiana del atardecer. Una copichuela. La Magdalena de Proust. El sabor rancio de nuestro matrimonio. Las veladas vacías, las discusiones, las filosofías irreconciliables, la impresión de agobio, de íntima soledad. ¡Benditas sensaciones olfativas, gustativas, auditivas, capaces de devolvernos de un plumazo animal a la realidad!

—¿Una copichuela? Ni hablar, tengo que irme, no me había fijado en la hora que es.

—¿Cómo que te vas?

—Me voy, querido Pepe, dale muchos recuerdos a tu mujer.

Se quedó despagado, absurdo en su sorpresa. Sonrió tristemente y levantó la mano con teatralidad.

—¡Adiós, inspectora Delicado, espero que este próximo año encuentre usted la felicidad!

—Seguro que la habré dejado en cualquier parte, prometo buscarla, adiós.

Llegué a Garzón abriéndome paso entre la gente. Estaba rodeado de un grupito de chicas que se desternillaban de risa bailando con él. Había cambiado el gorrito de chino por un fez y se contoneaba con los pasos de lo que parecía una mazurca.

—Me largo, Fermín. Le espero el día dos como un clavo a las ocho.

—Inspectora, ¿no le he cantado nunca una canción que dice: «¿Son las pollas instrumento de gran efectividad...?»

Salí huyendo en busca del coche. El aire helado de la madrugada me devolvió una cierta serenidad. La gente que se divierte es temible. ¿Una copichuela? ¡Dios, menudo alivio! Y al mismo tiempo, ¡qué frustración! El Destino me debía una, ¡y grande!, de al menos metro noventa, ojos azules, porte impecable, alocada tendencia a la pasión... Mejor no pensar, quizá aún no fuese demasiado tarde para prepararme una taza de té y leer unas líneas. Moderación.

Hubiera podido jurar que un día entero no había sido suficiente para disipar la resaca de Garzón. Cuando se presentó en mi despacho estaba grumoso aún. Hice caso omiso de su estado general y pasé a comentarle la nueva estrategia por la que ya me había decidido definitivamente.

—Habrá que poner a Palafolls en antecedentes del caso. Habrá que prepararle una personalidad y hablar con el decano de Medicina para que nos autorice y le proporcione respaldo entre los profesores. Encárguese de todo esto, Fermín.

—De acuerdo, inspectora, descuide.

—Yo, mientras tanto, voy a ir a la cantera para seguir la pista del ruso. Creo que es una coincidencia suficiente como para insistir. ¿Qué le parece?

Mostró con un gesto su escepticismo.

—En fin, no sé qué decirle, ya sabe mi punto de vista en general. En cuanto a la coincidencia..., en fin, también es rusa la ensaladilla y los bistecs y el vodka, sin ir más lejos.

—Muy bien, subinspector, si eso es todo lo que se le ocurre, creo que ya podemos empezar. Póngase en movimiento ahora mismo. Quiero a Palafolls convertido lo antes posible en un alumno modelo.

Salió disparado como una flecha. Si los argumentos no lo convencían, una buena orden era concluyente para mi compañero. Yo, por el contrario, estaba persuadida de hallarme por fin en la línea correcta y me arrebataba la pasión de saber, mucho más que el deseo de castigar al culpable. Movida por ese impulso conduje a toda velocidad hasta Ulldecona.

El encargado de la cantera se acordaba perfectamente de mí; ventajas de ser policía y mujer. Me condujo hasta su despacho y cuando le pregunté sobre su cliente ruso se rascó la mejilla y me miró con perspicacia.

—Ya sé quién quiere decir. Claro que lo conozco, aunque sólo lo he visto dos veces, pero lo recuerdo muy bien. Vino para contratar piedra por un año para una construcción cerca de aquí. Es el que lleva los asuntos de un hombre de negocios ruso, y se queda aquí mientras duran las obras; eso me contó.

—¿Qué tipo de construcción es ésa?

—Él no me dijo nada, pero en la región se comenta que los rusos han comprado mucho terreno en la costa. Están haciendo unas casas estupendas, de un montón de millones cada una, para otros rusos que se supone que algún día se instalarán aquí. Además, hacen un edificio muy grande forrado con nuestra piedra. No sé qué será, a lo mejor un hotel.

—¿Cómo se desarrollaron las conversaciones con ese Ivanov?

—Todo fue de trabajo, muy normal: el precio, las cantidades, las fechas para servirles, el transporte; ya sabe, lo que se hace en todos los casos. Luego vino otra vez para ampliar el trato a unos meses más. Habla el español muy bien.

—¿Qué tipo de hombre es?

—Es raro, no sé cómo decirle.

—¿Raro?

—Sí, raro, vestido de negro, los pelos... Parece Rasputín. —Se echó a reír un poco avergonzado de su propia ocurrencia—. Bueno, quiero decir que vi una película donde salía Rasputín, y tenía una pinta como él.

—Le entiendo. Necesito que me dé las indicaciones para llegar a esa construcción.

—Enseguida llamamos a uno de los camioneros que hace el transporte. Oiga, ¿es un estafador o algo así? No me gustaría que nos dejara alguna partida sin pagar.

—No se preocupe; si averiguamos algo de eso, se lo comunicaré.

Cuando me encaminaba hacia el lugar indicado tuve la certeza, corazonada, el pálpito seguro de que estaba llegando a un centro neurálgico del caso. No saldríamos con las manos vacías de aquello. Afortunadamente no me acompañaba Garzón, porque las corazonadas compartidas siempre pierden mucho fuelle.

Encontré el lugar con facilidad según las indicaciones del transportista. Además, se veía desde lejos; había máquinas de construcción y albañiles que hacían su trabajo.

Fue a uno de ellos a quien di mi nombre y pregunté por Serguei Ivanov. Asintió, se alejó hacia una caseta de obra y volvió acompañado del propio Ivanov. Me sorprendí de la inmensa perspicacia popular; el tipo era en verdad igualito que Rasputín. Cuarenta y tantos, casi cincuenta, barba rala, cabello bastante largo apartado tras las orejas, pantalón y levita negras, una bufanda... Pero ya estaban cerca, aparté la vista de él para no ser indiscreta y cuando la levanté, Ivanov estaba mirándome directamente a los ojos. Me estremecí. Detrás de aquel hombre había algo profundo, oscuro, un espacio poblado de cosas peligrosas, misteriosas, latentes y vivas como corazones descarnados. Sonrió con gesto inescrutable, me tendió la mano, fría, seca.

—¡Inspectora Delicado! ¿En qué puedo servirla?

—Verá, estoy investigando...

—Antes de que siga debería decirle que la conozco.

—¿Me conoce?

—La vi hace unos meses en televisión.

—Bueno, ¡qué coincidencia!, sólo he aparecido una vez.

—Veo mucha televisión, me ayuda a practicar el idioma; además, como paso tanto tiempo en mi humilde caseta de obra... Cuando se marchan todos los obreros me quedo solo aquí.

—¿Por qué no se aloja en el pueblo? Debe de existir algún buen hotel.

—Las obras son largas, sería incapaz de aguantar un hotel. Aunque me vea en estas tareas tan áridas, soy un hombre de estudio, inspectora. Me gusta leer. Aquí estoy bien instalado. ¿Puedo pedirle que entre en mi caseta a tomar una taza de té? La hospitalidad es básica para un ruso, forma parte de nuestra vertiente oriental.

Quedé fascinada cuando vi el interior de lo que por

fuera parecía tan anodino. La caseta estaba forrada de cálida madera, tenía un amplio salón repleto de libros, un par de cómodos sillones, un escritorio y un gran samovar de cerámica floreada.

—Aquí haremos el té —dijo Serguei—. ¿Qué le parece? También tengo una minúscula cocina, suficiente para mí, un lavabo y el dormitorio.

—Retiro lo del hotel.

—Tampoco aquí estoy en completa soledad; como ha visto, hay muchos operarios que me acompañan.

—Y por la noche un vigilante, supongo.

—No, no es necesario estando yo. No soy hombre temeroso, ni existe un gran peligro de robo. Tenemos un perro guardián.

Preparó un par de deliciosas tazas de té y nos sentamos. Me ofreció un cigarrillo que acepté.

—Ahora estamos mucho mejor; y dígame, ¿qué es lo que ha venido a investigar?

—Una muerte, señor Ivanov, la del joven Esteban Riquer.

—¿Un asesinato?

—Asesinato, homicidio..., no lo sabemos aún. ¿Quiere ver una foto?

La tomó entre las manos, pero el suyo era un rostro que no cambiaba de expresión en ninguna circunstancia.

—¡Dios santo, un muchacho muy joven!

—¿Lo había visto alguna vez?

—No, nunca. ¿Se supone que debería haberlo visto? ¿Ha venido este chico por aquí?

—Eso es justamente lo que estoy preguntándole.

—Ya le he dicho que nunca lo he visto, pero podemos preguntarles a los obreros, al capataz.

—Lo haré, no se preocupe, lo haré.

—Y dígame, inspectora, ¿qué la ha inducido a venir hasta aquí? ¿Es ese chico de algún lugar cercano?

—No, no lo es, pero algunas pruebas nos conducen hasta aquí.

—¿Puedo preguntar cuáles?

—Lo siento, no me es posible contestarle.

—De cualquier modo, cuente con mi colaboración.

—Muy bien, infórmeme un poco sobre estas cosas, señor Ivanov.

—Por supuesto. Pertenecen a un consorcio de hombres de negocios rusos. Si necesita los nombres, se los daré. Yo trabajo para ellos, soy su delegado y hombre de confianza aquí debido a mi dominio del español. Controlo las edificaciones.

—Habla usted francamente bien. ¿Dónde aprendió?

—En Rusia. Mi esposa era lo que ustedes llaman una niña de la guerra. No sólo no olvidó su lengua, sino que juntos nos dedicamos a perfeccionarla.

—¡Ah, es curioso! ¿Y dónde está su esposa ahora?

—Desgraciadamente, hace más de cinco años que murió. Soy viudo desde entonces.

—Lo siento. ¿Y qué es lo que construyen?

—Una urbanización de lujo. Cada uno de los socios, mis jefes, contará con una magnífica casa para pasar las vacaciones e incluso para retirarse en la jubilación. El clima de Rusia... ¡Qué le voy a contar!

—¿Y el edificio grande?

—Ya le digo que mis jefes son gente de empresa. Han pensado en un pequeño hotel sin fines comerciales, sólo para poder alojar visitantes relacionados con negocios. Eventualmente los inquilinos podrían ser participantes en algún congreso. No hará falta que le recuerde que Rusia es un país en expansión.

—Lo sé, lo sé.

Hubiera jurado que mi interrogatorio le divertía, que estaba encantado de que hubiera aparecido por allí. No me quitaba los taladradores ojos de encima. Hacía que me sintiera insegura y violenta.

—¿Hay algo más que quiera saber? —preguntó.

—Haré unas cuantas preguntas entre los albañiles.

—¡Por supuesto que sí! Yo no la acompañaré para que tenga más libertad. Cuando se marche saldré a despedirla.

—¿Hay personal ruso entre los empleados?

—No, ni hablar, yo no traje a nadie conmigo. Todos los trabajadores fueron contratados aquí. No será usted en realidad una inspectora de trabajo, ¿verdad?

—Me temo que no.

Al levantarme di una ojeada rápida por las estanterías. Me miró intensamente.

—¿Curiosidad intelectual?

—Como no entiendo ruso me quedo sin enterarme de qué le gusta leer.

—Temas profundos, inspectora, soy un hombre sin importancia pero que aspira a la superación. Leo a los grandes clásicos de mi país: Pushkin, Tolstoi, Dostoievski. Leo poesía, teatro, filosofía e incluso teología.

—¡Qué barbaridad! Esta caseta de obra tardará en volver a tener un contenido semejante. ¿Cuánto tiempo más estará ocupándola usted?

—Hasta que acabe la construcción. Es decir, aún faltan cinco o seis meses para que vuelva a Rusia con mi misión cumplida.

—Supongo que nos veremos de nuevo.

—La recibiré con placer. Sabiendo que su visita es posible, mantendré siempre encendido el samovar.

Mientras me alejaba, noté un buen rato su mirada horadando mi occipital. ¿Estaría sonriendo aún con su mueca enigmática?

Sin ninguna esperanza hice una ronda de preguntas entre los trabajadores. Nadie había visto a Esteban ni a ningún otro joven en el recinto de las obras. Estábamos en una zona muy solitaria, una de las pocas que quedan casi vírgenes en la atestada costa tarraconense; si algún joven hubiera ido por allí ellos lo hubieran visto. ¿El ruso? El ruso tampoco recibía visitas. Nada que hacer. Decidí marcharme para no perder el tiempo. Aquella gente no sabía de qué estaba hablándoles. De haber sido de otro modo, Ivanov no me habría dado tantas facilidades para hacerles preguntas, malpensé. Humanidades, Dostoievski..., todo aquello estaba muy bien, seguí malpensando, y era una desventaja enorme el no saber ruso. Sin embargo, había que ser ciego para no haber visto en mi rápida inspección la cantidad de libros con cruces inscritas en el dorso que Ivanov atesoraba en sus estantes, y la cruz es un signo internacional. «¡Extraño encargado de obras que lee semejantes temas!», me dije. Allí había algo misterioso que debíamos desentrañar.

Paré a comer un pestilente plato combinado en un restaurante de la autopista. Al acabar llamé al comisario desde mi coche.

—Comisario Coronas, me gustaría que mande hacer unas averiguaciones rápidas. Quiero saber si está fichado aquí o en Rusia un tal Serguei Ivanov. En cuanto llegue a Barcelona le informaré. También quiero que se entere con los compañeros de Tarragona si la urbanización El Ánade, propiedad de rusos, que se hace en la costa es legal. ¿Se encargará de dar las órdenes?

Y se encargó. Al anochecer me reuní en su despacho

con él y sonreía, señal inequívoca de que me guardaba información. En efecto, la urbanización rusa, que en su día se llamaría El Ánade, era perfectamente legal. Venta de terrenos, impuestos, permiso de obras, todo se encontraba en regla.

—Naturalmente todos esos propietarios, hombres de negocios rusos, deben pertenecer a las nuevas mafias, igual que los que están comprando terrenos en Alicante, en Andalucía y en muchos otros sitios. Sin embargo, aquí nada tenemos contra ellos. No hay órdenes de captura de Interpol, ni realizan negocios sucios en nuestro país. Sus capitales son blancos, dan puestos de trabajo y nada oscurece su respetabilidad. Mientras no se metan en líos...

—¿Y en cuanto a Ivanov?

—He consultado también a Interpol y no lo tienen fichado. He intentado comunicarme por Internet con la policía de Moscú, pero carecen de tales adelantos. Además, es muy posible que ese individuo, en caso de no ser trigo limpio, esté aquí con nombre supuesto y falsa documentación.

—Entonces, ¿qué modo hay de averiguar...?

—Ninguno; a no ser que... A no ser que viaje usted a Moscú y haga las pesquisas directamente en la policía de allí.

—¿Usted me autorizaría?

—¿Estaría dispuesta a hacer ese viaje?

—Mañana mismo.

Se echó a reír.

—Petra Delicado, ¿de verdad cree que hablaba en serio?

—Naturalmente que sí.

—Pues lo siento, porque eso es imposible.

—¿Por qué? No es la primera vez que agentes de nuestra comisaría viajan a otro país.

—Sí, pero suele ser por un asunto de tipo internacional.

—Éste es un asunto de tipo internacional.

—Yo no lo veo así. Me refería a asuntos de drogas.

—¡Vamos, comisario, usted sabe que he pasado mucho tiempo en el Servicio de Documentación! ¿Quiere que busque casos ilustrativos que han requerido viajes y no han estado relacionados con drogas?

—Estoy convencido de que los encontraría, pero drogas es el motivo más común.

—¿Existe acaso una ley interna que diga: drogas, sí, homicidios, no?

Noté la cólera aflorar a su rostro como una erupción.

—¡Oiga, Petra, le recuerdo que soy yo quien decide lo que se hace aquí!

Cambié mi tono con toda rapidez llevándolo a una implorante media voz con toques de desesperación.

—Le ruego que me perdone, señor. Ni por un momento se me ha olvidado quién manda en el servicio, sólo que... créame, si viajar a Rusia es el único modo de seguir en mi línea de investigación, le pido por favor que me autorice. Usted sabe que en este caso ha habido desde el principio una fuerte implicación personal que ni siquiera he escogido yo. Puede haber varios cadáveres esperándonos en alguna parte, señor. Son muchos muertos ya.

Se serenó y su voz se volvió paternal.

—Me doy cuenta de eso, Petra, y hasta ahora no le he negado nada que pudiera impulsar la investigación, pero lo que me pide es poco usual... ¡Y muy caro, además!

—¿Caro? Sólo se trata de un pasaje de avión y unas cuantas noches de hotel.

—¿Un pasaje de avión? ¿De verdad piensa que va a irse sola a Rusia? Ni lo sueñe, la acompañará Garzón.

—Pero comisario, se trata de hacer unas averiguaciones en la propia policía, no voy a meterme en los barrios bajos.

—¿Tiene usted ni la más rejodida idea de lo que es Moscú en estos momentos? ¡Una ciudad sin ley! Pueden arrancarle la piel sólo para robarle los guantes. Ni siquiera me atrevería a decir que dentro de una comisaría vaya a estar segura. Impera la corrupción, tenemos motivos para pensar que más de la mitad de los negocios de las mafias se hacen con la ayuda de policías.

—Eso no será diferente si me acompaña Garzón.

—Garzón es un perro viejo que muerde mejor que usted.

—Sí, y un hombre, ¿no es eso?

—Vamos, Petra, no empiece con reivindicaciones feministas, ya sabe que me ataca los nervios. Además, ¿qué coño tiene ahora contra Garzón? Siempre se han llevado bien.

—No tengo nada contra él. De acuerdo, acepto su plan, porque eso significa que me autoriza a ir, ¿no es cierto, comisario?

Me observó, sonriendo de través.

—Petra Delicado, ¿sabe lo que me mueve a decirle que sí?

—No, señor.

—Me espanta la posibilidad de tenerla las veinticuatro horas tras de mí dándome el coñazo salvaje. Pero voy a decirle algo, si después de todo este cristo que vamos a montar sus sospechas sobre este caso de los penes cortados resultaran falsas..., entonces quien se juega la polla soy yo.

—En ese aspecto no puedo compartir los riesgos con usted, pero sólo por solidaridad me cortaría un dedo del pie.

Se echó a reír.

—Está bien, pues vaya a comunicarle su triste suerte al subinspector. Por cierto que debe de estar cabreado. Lleva todo el día en la facultad de Medicina preparando la introducción de Palafolls.

—Lo encontraré. ¡Ah, comisario Coronas..., y gracias, de verdad!

Dio media vuelta con cara de autoimpuesta mala uva y se marchó sin contestar. Finalmente, el comisario Coronas no era un mal tipo. Acababa de comerme un conglomerado de semillas de soja que fue toda mi cena, cuando sonó el teléfono. Era el subinspector.

—Petra, ya está montado el plan de Palafolls en la facultad.

—Coronas me ha dicho que fue muy trabajoso.

—Prefiero no hablar.

—Será mejor, guárdese las expresiones malsonantes para cuando sepa qué es lo próximo que vamos a hacer.

—¿Está de guasa?

—Nos vamos a Moscú, Fermín.

Siguió un silencio sospechoso. Esperaba preguntas sin cuento, pero el subinspector me soltó:

—¡Ah, cojonudo; ése es el tipo de viaje que me gusta, a Rusia en enero y en agosto al Congo! Pues sí, ¿por qué no?

—Mañana se lo explico en el despacho, veo que esta noche no está de humor.

8

Me da miedo volar. No siempre ha sido así; heredé esa molesta fobia de mi primer marido. Era un hombre sereno y formalista, pero en cuanto subía a un avión, perdía todos los agarraderos de la compostura y se ponía histérico. Después de varios años de viajar junto a él, en vez de acostumbrarme empecé yo también a sentirme insegura. Mi ex marido combatía los nervios con Valium, y yo le daba al whisky. Prefería un poco de resaca a llegar completamente grogui al punto de destino.

Garzón se quedó sorprendido cuando me vio pedirle a la azafata el primer lingotazo. Eran apenas las nueve de la mañana. Pero no dijo nada, se limitó a mirarme de reojo con cierto aire de escepticismo. Supuse que aún estaba enfadado; su sentido práctico de la vida le llevaba a pensar que aquella aventura no dejaba de ser un entretenimiento, una pérdida de tiempo justo cuando teníamos tantas cosas que resolver. Intenté congraciarme con él; la perspectiva de una semana aguantando su silenciosa reivindicación me ponía los pelos de punta.

—¿Soporta usted bien el frío, Fermín?

—Voy preparado.

—¿Un proceso de mentalización?

—Ni hablar, me he comprado cuatro pares de calzoncillos largos. Hice la mili en Burgos. Esos calzoncillos eran la mejor mentalización.

Cuando nos trajeron la comida Garzón devoró su bandejita en cuestión de segundos. Yo apenas probé nada, pero pedí que me renovaran el whisky. A éste también se apuntó mi compañero.

—¿Quién vendrá a recogernos? —preguntó.

—Alexander Rekov, inspector de policía. Él nos ayudará y nos hará de acompañante y guía durante todo el tiempo que pasemos en Moscú.

—Si tuviéramos una foto del tal Serguei la cosa sería más fácil.

—Nos veríamos obligados igualmente a consultar los archivos. Esperemos que ese nombre sea auténtico, o al menos un alias que figure escrito.

—Esperemos que esté fichado, que ya es mucho esperar.

—Yo creo que los mafiosos rusos contratarán a tipos profesionales.

—¿Está segura de que será capaz de reconocerlo si lo ve en una foto? Las fotos de las policías no suelen ser buenas. Además, estos rusos son muy transformistas.

—¿De dónde saca eso?

—No sé, digo yo.

En el tercer whisky ya había conseguido sugestionarme de que viajábamos en tren. Garzón también estaba menos picajoso. Como tenía hambre y no nos servían más comida le dio por charlar.

—De pequeño leí las aventuras de Miguel Strogoff. Me emocionaron mucho las descripciones de las estepas rusas. Durante más de un año me paseaba por el campo de Castilla en bicicleta pensando que era un emisario del zar.

—¡Qué hermoso!

—No lo crea; mi padre me dijo que descuidaba a los animales de la granja, me echó una bronca del copón y me dejó sin bicicleta. Yo siempre me he topado con la realidad, Petra, dura como un pedrusco.

—Pero nadie pudo quitarle los paseos que se dio ni los sentimientos que tuvo en esos momentos de libertad vagando por el campo.

—Eso sí que es verdad, aunque no sé si sirve de algo.

—A mí Rusia también me evoca novelas, las de Tolstoi y Dostoievski. Me parece un pueblo misterioso, enorme, místico..., el gran país donde siempre se estrellan los ejércitos invasores.

Garzón se había perdido en la ensoñación o los vapores del whisky. De repente cambió de tercio:

—¿Va usted a ligar de nuevo con Pepe?

Lo miré sin molestarme en demostrar escándalo o enfado.

—No. ¿Por qué lo dice?

—El otro día él me comentó que tenía la sensación de que volvían a sentirse mutuamente atraídos.

—Mire, la necesidad de sentirse atraído o atraer la lleva uno mismo en su interior. De vez en cuando tenemos urgencia de que salga a relucir, entonces lo más fácil es mirar hacia atrás, si es que se puede. Pero esa vuelta atrás se resume en una cuestión de comodidad, un espejismo del que hay que huir.

—Me gusta mucho cuando hace teorías, pero no creo que lleve razón. Yo tengo la mía; pienso que en el pasado dejamos trocitos de nuestro corazón que es hermoso recuperar.

Detestaba el estilo de Garzón cuando se ponía en plan poético.

—Déjese de nostalgias y cánteme otra de esas canciones sobre pollas.

No se hizo de rogar. Miró en todas direcciones para cerciorarse de que nadie podía oírle y, bajando la voz aguardentosa, entonó:

Mi polla está muy inquieta,
y siente gran emoción
porque las damas coquetas
le disparan la tensión.
Mas yo le digo: pequeña,
no muestres más inquietud,
que después de la batalla
ya bajarás la testuz.

Me gustaba su cara de niño resabiado cuando lanzaba sus inofensivas coplas al viento. Reímos quedamente para no llamar la atención.

—Voy a echar una cabezada, subinspector, avíseme cuando lleguemos a las estepas.

Creo que Garzón ni siquiera se propuso dormir. Lo oí entre sueños pedirle otra bandeja de comida a la azafata. Estaba claro que pensaba llegar menos depauperado que Strogoff a su cita con el zar.

Cuando bajamos por la escalerilla del avión, Moscú nos recibió con un aire gélido. Enseguida nos dimos cuenta de que no íbamos equipados para aquel frío. Rezongamos un poco mientras llevábamos a cabo todas las maniobras de recogida de equipajes en el aeropuerto. Al abandonar la zona internacional nuestros ojos empezaron a vagar por la gente que llenaba el vestíbulo en busca de nuestro contacto. De pronto vi un tosco cartel que rezaba: PETRA DELICADO. Levanté los ojos hacia su portador. Era un hombre alto, fuerte, de incisivos ojos azules y pómulos elevados, un auténtico eslavo. Le calculé cuarenta y tantos antes de sonreírle. Él también sonrió.

—¿Petra Delicado? —preguntó enseñando una perfecta dentadura blanca.

—Alexander Rekov, *I presume*.

El sonido de mi propia voz me descubrió que ya había empezado a coquetear con él antes de proponérmelo. En el apretón, mi mano se perdió en su firme y gigantesca palma. Venía acompañado. A su lado apareció un hombre de unos sesenta años, bajo, rechoncho, recio como un poste. Me pareció un perfecto heredero de los clásicos mujiks. Rekov nos lo presentó como su ayudante, Dimitri Silaiev. No hablaba inglés, por lo que tanto él como Garzón estaban condenados al silencio.

Rekov tenía una hermosa voz grave de resonancias cosacas. Me explicó que nos acompañarían al hotel, nos darían dos horas para descansar y después volverían a recogernos para ir a comisaría y comenzar nuestra primera sesión de trabajo conjunto. El viento que nos azotó al desplazarnos hacia el coche me hizo parar en seco. Quemaba, dolía, me penetró por los oídos hasta el centro de la cabeza. Oía blasfemar a Garzón mientras intentaba guarecerme tras las insuficientes solapas de mi abrigo. Entonces Rekov hizo algo que me dejó sin habla. Tras soltar una risa seca y burlona se acercó y, abriéndose la pelliza amplia y gruesa que llevaba, me metió dentro y la extendió sobre mí como un ala protectora apretándome contra su cuerpo. «*Excuse me*», musitó. Ahí noté el calor envolvente que emanaba de él, la reciedumbre de sus músculos, el penetrante y a la vez suave perfume del tabaco y el té, de su piel. «Petra —me dije—, es posible que Napoleón y Hitler salieran escaldados de este país, pero como hay Dios que tú no puedes abandonar la gran madre Rusia sin haber conquistado a este tío.» El Destino había empezado a pagar las deudas que tenía para conmigo.

El hotel era una birria y cuando, tras deshacer las maletas, me reuní con Garzón en el *hall*, tuve que oír sus protestas sobre la falta de lujos de que adolecían nuestras habitaciones. A mí me daba igual, y si en aquel momento me hubieran preguntado para qué habíamos ido hasta Moscú, habría jurado que no lo sabía. Mi mente estaba bloqueada por el primer contacto con Rekov. ¿Una alucinación momentánea? Ni hablar. Una hora después lo tuve de nuevo ante mí y mis impresiones anteriores se hicieron inmensas certezas. Rekov era un hombre de atractivo salvaje, succionante. Todo en él aprisionaba los sentidos y te mantenía agarrada como una llave a un imán: sus facciones varoniles y algo misteriosas, la amplitud de su pecho, los contundentes miembros, el movimiento seguro y majestuoso de su cuerpo. Fumaba con la mano izquierda y exhibía en sus ojos acerados una ironía jovial que no excluía la amabilidad. Estaba claro que debía ser cuidadosa, porque aquel tipo era de los que sin duda jugaban fuerte.

Antes de cualquier otra cosa, nos llevaron a una tienda donde compramos gorros y pellizas a cuenta del departamento. A Coronas no iba a hacerle mucha gracia, pero él hubiera actuado de igual manera en nuestro lugar. Garzón presentaba una pinta extrañísima con la cabeza arropada y dos gruesas orejeras cayendo a los lados de su cara canina. El impasible Silaiev le ayudó a escoger un abrigo que se adaptara a las orondeces de su talle. Se entendían bastante bien por señas, aunque creí percibir que otro tipo de entendimiento más profundo no iba a ser fácil entre ellos.

Después fuimos a la comisaría a la que Rekov y Silaiev pertenecían. Estaba en el centro, en una calle desangelada y gris donde la nieve se amontonaba en los sucios bordillos. Sólo con una mirada, Garzón y yo intercambiamos una primera información evidente: comparado con aquello nuestro departamento de Barcelona era el Taj-Mahal. Muebles viejos, archivos polvorientos, paredes desconchadas... Todo era muy amplio sin embargo, cualidad característica de los países grandes en los que los espacios participan de un cierto gigantismo perceptible.

Nos sentamos los cuatro alrededor de una mesa de reuniones que más bien parecía un catafalco. El primer paso consistía en explicarles el caso a nuestros colegas rusos. Les pasé las fotografías de las autopsias y de los objetos hallados en los penes. Rekov las distribuyó entre sus documentalistas. Nos pusimos a ello intentando resumir. Yo hacía la narración en inglés y Rekov le traducía los pormenores a su compañero. Me divertía ver las expresiones de sorpresa que el bueno de Silaiev intentaba disimular. Rekov permanecía inexpresivo, aunque su ceño iba frunciéndose más y más a medida que yo hablaba. Lo atribuí a su creciente interés.

—Hemos tenido casos escalofriantes por aquí. La prensa occidental se ha ocupado de algunos de ellos, quizá hayas tenido ocasión de conocerlos. Asesinos en serie con costumbres caníbales como el Carnicero de Rostov, mendigos que han mutilado para ejercer la antropofagia, *vendettas* terribles de las mafias que han incluido amputación de miembros..., pero lo que me dices es realmente extraño, porque si no ha habido cuerpos que correspondan a todos esos penes...

—Cuerpos, por desgracia, ya hay dos.

Los ojos mar en calma de Rekov intensificaban la mirada hasta convertirse en casi rendijas cada vez que yo le aportaba un nuevo dato. Estaba muy guapo. Cuando cité el nombre de Anatoli Esvrilenko como el hombre de negocios que figuraba al frente de la propiedad en la costa tarraconense asintió rápidamente.

—Por supuesto que lo conozco. Es poderoso, tiene a mucha gente trabajando para él. Regenta diversos negocios legales que encubren otros completamente fuera de todo control. Hemos intentado echarle el guante varias veces sin resultados por el momento.

—Para él trabaja Serguei Ivanov. ¿Crees que podremos localizarlo?

—Nos pondremos a ello mañana mismo. Simultanearemos el trabajo de despacho y las investigaciones en la calle. Aparecerá.

—Sólo contamos con una semana.

—El tiempo es un concepto relativo. ¿Quieres traducirle eso a tu ayudante el subinspector Garzón?

—Será mejor que no lo haga; quizá no lo apreciaría, él está deseando volver.

Rió entre dientes haciendo que se plegara su piel curtida por el frío.

—¿Y qué me dices de la última nota que me enviaron? ¿Qué piensas de esa inscripción?

—Repíteme la frase.

—Blochín, yuctgiu kak bozgyx.

—Blochín, puro como el viento.

—Exacto. ¿Tienes alguna idea de quién pueda ser Blochín, de si está censado en vuestros archivos de delincuentes?

—Lo buscaremos también. No te preocupes, inspectora Delicado, trabajaremos durante una semana como si no existiera nada más que este asunto en el mundo.

Le sonreí complacida.

—Cierto, a menudo olvidamos que la policía no debe resolver sus casos con golpes de fortuna o deducciones súbitas y brillantes, sino trabajando.

—¿Quieres convencer de las ventajas del trabajo duro a un ruso que sale de la época soviética?

—No pretendería convencerte de nada de lo que supiera que tú estás seguro.

Intercambiamos una mirada llena de mutuas atracciones. Como llevábamos un rato sin traducir a nuestros respectivos compañeros, Garzón se impacientó:

—¿Qué coño están diciendo, inspectora?

—Que el trabajo es importante.

—Pues sí que...

El pobre estaba de mal humor. Era muy tarde y casi no habíamos comido nada decente durante el día. Por fortuna Alexander lo tenía previsto.

—Ahora, si ustedes me lo permiten, nuestro departamento tiene el gusto de invitarlos a cenar. Mi ayudante Silaiev y yo les llevaremos a una taberna donde se come bien.

Silaiev dio una cabezada al estilo militar y siguió tan serio como antes. Oí rezongar a Garzón.

—Buena idea, comamos algo, porque un hombre de mi envergadura y mi vitalidad no puede pasar con un par de bandejitas de avión.

El aire de la noche nos acuchilló los pulmones. Las calles estaban vacías, pero el frío era tan denso que parecía contar con presencia y volumen real. Los neumáticos resbalaban y sólo la pericia y costumbre de Rekov nos hacían avanzar seguros sobre la escarcha. Por fin llegamos frente a un inmenso portalón de madera y un muchacho vino a aparcarnos el coche.

La impresión al entrar en la taberna era asombrosa. Se trataba de una resurrección. Tras el desierto gélido se abría la tierra y su vientre te acogía. Calor, música, risas, olor a comida apetecible y a tabaco aromático. Una pequeña orquesta desgranaba zarzas vibrantes sobre una tarima. Chicas vestidas de zíngaras llevaban jarras de cerveza de un lado a otro. Nos desembarazamos de los abrigos mientras notaba la oleada de sangre que afluía a mis mejillas. Rekov me dijo gritando para hacerse oír:

—Puede parecer un poco folclórico, pero no lo es; la comida sabe excelente y hay animación. Si te fijas verás que no vienen turistas.

—Creí que últimamente en Moscú os dedicabais a atracar a los turistas y que luego los echabais al Volga.

—Lo cual es absolutamente cierto, pero si alguno queda sano y con dinero nos aseguramos de que no venga a molestar a los lugares agradables.

En cuanto nos sentamos en una mesa para cuatro Rekov pidió vodka y cerveza. Le rogué que encargara la cena a su gusto, lo cual hizo, y al cabo de una corta espera nos trajeron escudillas humeantes. Era una sopa espesa como el barro, con trozos de puerro, de carne, de remolacha y berza. Estaba deliciosa. Garzón levantó los ojos al cielo en cuanto la probó y soltó un «¡Aleluya!» que nuestros anfitriones fueron capaces de entender enseguida. Silaiev tragaba impasible, abriendo la boca sólo para comer.

—No es muy comunicativo tu ayudante, ¿verdad?

—¡Oh, es un hombre de pocas palabras!, pero eficiente como el primero. Hace muchos años que trabajamos en pareja y nos entendemos perfectamente. ¿Tú también te llevas bien con el subinspector?

—Sí, aunque a veces tengo que reafirmar mi autoridad.

—No es fácil mandar para una mujer.

—Me alegra que lo reconozcas, pero me las apaño sin problemas.

—¡Bien, bien! ¿También tienes autoridad en tu casa?

—No me hace falta, vivo sola. ¿Y tú?

—Completamente solo.

Intercambiamos una mirada divertida, certificando que todo funcionaba como debía. Garzón ya no se inquietaba por las traducciones, ensimismado en un plato de algo parecido a albóndigas picantes que nos sirvieron como segundo. Observé que Silaiev hacía incursiones de asiduidad alarmante a la botella de vodka, pero es sabida la afición de los rusos al alcohol, y para ser exactos Alexander tampoco lo hacía mal. Supuse que estarían acostumbrados.

La gente que nos rodeaba por todos lados parecía animada y feliz. Pensé que la crisis en la que el país se hallaba sumergido dejaba algunos resquicios por los que escapar. Claro que Rusia era una inmensa tierra y Moscú una enorme ciudad; habría gente pasándolo peor. Sentía curiosidad por la nueva pobreza, y le hubiera hecho a Rekov muchas preguntas, pero temía ofender su orgullo nacionalista. Me dediqué a gozar de la música electrizante y a beber como todos los demás. Al cabo de un rato estaba en paz conmigo misma, desinhibida y alegre. Empecé a mirar a Rekov con todo descaro, sin pretender nada, sólo por el placer de verlo, de adivinar cómo sería su carácter, qué cosas habrían sucedido en su vida. Me gustaba el esculpido regular y pétreo de su cara, los signos de las batallas en su frente, la boca de labios finos y amargos, el pelo lacio. Creí adivinar que tenía una historia larga y profunda detrás de sí, un conocimiento desencantado de los hombres, un cansancio contra el que combatía en cada gesto. Supuse que creía en casi tan pocas cosas como yo. Una historia plagada de episodios duros, quizá alguna tragedia, muchas mujeres. Yo nunca lo sabría, a pesar de que casi con toda seguridad aquella noche iba a acostarme con él. Y no sabría nada porque no iba a preguntárselo. ¿Para qué hablar?, ¿para qué recopilar el pasado, saber cosas que no podrán cambiarse?, ¿para qué estropear los encuentros que el destino nos regala con frases, con mentiras? «¡Ah, mi querido Alexander! —pensé euforizada y plácida por obra del vodka—. ¡Vamos a aprovechar hasta el último minuto del presente y después seguiremos viviendo sabiendo de nuestra mutua existencia, y nada más.»

Él tampoco me quitaba los ojos de encima, sin buscar coartada o excusa para hacerlo, y al final de la cena el deseo que fluía entre nosotros era tan consistente que temí que se volviera evidente y material como la sopa que habíamos tomado. Pero no había caso, Silaiev había acabado dignamente con la bebida y hubiera jurado que se tambaleaba en su asiento. En cuanto a Garzón, había sufrido un transporte tan intenso comiendo, que ahora se reponía en silencio como un monje budista tras la oración.

En la puerta del restaurante el segundo de Alexander se despidió con un taconazo de sus recias botas. Me inquieté cuando vi que se alejaba entre la nieve con paso vacilante. Se lo hice saber a Rekov, y éste se echó a reír.

—¿Dimitri? Podría continuar bebiendo dos o tres horas más. No te preocupes, el paseo hasta su casa lo despejará del todo. Vamos, os llevaré al hotel.

Al llegar aparcó el coche y nos acompañó hasta el *hall*. Pero Garzón no daba señales de querer largarse, de modo que lo invité a tomar una copa en el bar. No había más que un par de grupos de hombres bebiendo cansinamente. Pedimos vodka de nuevo. Estuve escudriñando si el subinspector andaba tocado, pero tenía una apariencia bastante normal. Aunque no normal al ciento por ciento, ya que de repente le espetó a Rekov:

—Se han cargado ustedes la Unión Soviética, y eso hay mucha gente que no se lo perdonará jamás.

El ruso no se inmutó demasiado cuando me vi obligada a traducir.

—Dile a tu ayudante que lleva razón. Y dile que no estoy seguro de si eso es malo o bueno, pero debes añadir que Rusia es un país grande, complicado, trágico, y que estamos cansados de ser un símbolo para el mundo. Queremos perder nuestra grandeza de una vez e intentar solucionar de manera pragmática nuestros problemas. Nos merecemos un descanso histórico. Vamos, tradúceselo.

Lo hice mientras contemplaba con paciencia infinita los ojos bovinos de Garzón fijos en el aire y la caída lentísima de sus pestañas. Hubo un silencio y por fin mi compañero replicó:

—Sí, pero ¿qué culpa tenemos de eso los demás? Dígale que España es también un país trágico de cojones. ¿Sabe decir cojones en inglés? Bueno, pues lo malo es que nosotros somos pequeños y necesitamos una ilusión externa para funcionar y pedir justicia.

—¡Ni hablar, Fermín, no voy a traducir nada de eso porque es tardísimo y además es una gilipollez y creo que lo mejor que podríamos hacer es irnos a la cama ya!

Asintió mansamente. Nos levantamos y fuimos hasta recepción. Le dejé que pidiera su llave ante la mirada de Alexander, pero el muy cabrón no se marchó y estuvo esperando a que yo cogiera la mía. No tuve otro remedio que despedirme del ruso para no hacer la situación más violenta.

Mientras subíamos en el ascensor ni siquiera le dirigí la palabra al subinspector; y ya en mi piso, salí sin darle las buenas noches. No sé si se enteró. Me daba igual. Lo hubiera asesinado rebanándole el pene para mi colección. Claro que la culpa era mía. ¿Por qué coño no había subido con Rekov ante sus propios morros?, ¿qué era aquello, un té victoriano? Me quité el abrigo y lo eché con rabia sobre la cama haciendo que se desplomara una lamparilla. «¡Joder, vaya mierda de material que tienen estos rusos!», grité al borde de la exasperación. Entonces llamaron a la puerta. Me planté frente a ella en tres zancadas pensando que era Garzón. Seguro que quería que le tradujera las instrucciones para usar el lavabo... Pero no, era Alexander Rekov, con sonrisa irónica y en silencio. Jugaba fuerte, tal y como yo había intuido. Abrió los brazos desplazando los faldones de su pelliza, en tono de súplica. Hasta mí llegó su olor maravilloso a tabaco y lana y calor y piel. Lo dejé entrar.

Demonio, nunca he sido amante de belicismos, pero debo reconocer que aquella noche comprendí por qué el imperialista de Napoleón y el hijoputa de Hitler lamentaron tanto no conquistar Rusia. Las montañas, las tundras nevadas, las estepas que se pierden hasta la línea del horizonte. La inmensidad.

A la mañana siguiente despedí a Alexander casi a las puertas del hotel; nos veríamos una hora más tarde en comisaría. Garzón ya estaba desayunando y nos vio pasar. Sonrió forzadamente cuando me senté, y preguntó enseguida:

—¿Ya está el inspector Rekov por aquí? ¿Es que hay alguna novedad?

—No. Acaba de marcharse —comenté, y para que no quedara ninguna duda, añadí—: Ha pasado la noche conmigo.

Cabeceó aparentando indiferencia. ¿Estaba sufriendo una alucinación o Garzón me ponía cara larga? Me serví el desayuno con una energía innecesaria y no abrí la boca en ningún momento. Tampoco él. Al ver que se disponía a acopiar una nueva ración de bollos en su plato, lo apremié:

—Dése prisa, subinspector, nos esperan a primera hora.

Asintió con cara de malas pulgas.

Rekov ya estaba en su despacho, y también Dimitri Silaiev, ambos bebiendo té como si nada hubiera pasado. Observé que el primero me miraba con absoluta profesionalidad, sin sobrentendidos ni ternuras. Perfecto, sabía hacer bien las cosas.

—Para empezar diré que Ivanov no figura con su nombre en nuestros archivos. Hemos seleccionado los expedientes en los que podría aparecer. Hay algo de este material en ordenador, pero poco. Casi todo son fichas que tendrás que ir mirando una por una. ¿Listos para empezar?

Permanecimos más de una hora viendo rostro tras rostro en la pantalla, de frente y de perfil. Luego pasamos a los legajos que Rekov y Silaiev iban acumulando sobre la mesa. De vez en cuando se servía una taza de té.

A media mañana un funcionario hizo su aparición trayéndole a Rekov unos papeles.

—Aquí tenemos toda la información sobre los negocios recientes de Anatoli Esvrilenko, todo lo que es posible averiguar sobre ellos.

Mientras él trabajaba sobre aquellos documentos, yo seguía con mi difícil tarea. Silaiev ponía frente a mis ojos las fotografías y Garzón las reintegraba a su expediente tras el reconocimiento. Podía decirse que formábamos un equipo bastante sincronizado.

Tomamos un simple sándwich a mediodía y Alexander nos explicó:

—Los últimos negocios de Esvrilenko tienen un aspecto completamente legal. Es cierto que ha invertido en países extranjeros, en España, Portugal e Italia. No tenemos información exhaustiva sobre estas transacciones, pero parece que en España hará, en efecto, una urbanización de lujo. Nada relacionado con jóvenes ni con el comercio sexual; aunque no podemos fiarnos de eso. Sin embargo, el sexo como negocio no es una de las especialidades de Esvrilenko.

—¿Qué quieres decir?

—Sin poder establecer reglas concretas, los mafiosos se han repartido un poco las competencias. Un tal Drosogui parece ser el más boyante en asuntos de prostitución. Esvrilenko le da más al juego, a las drogas y a las salas de fiesta. Eso no quiere decir que no haya montado una red de pederastia o cualquier otra historia de ese cariz. Mis colegas están intentando investigar.

—¿Algo sobre Ivanov?

—No es uno de sus hombres habituales. Quizá se trata de un nuevo fichaje.

—¿Manda a un nuevo fichaje para que se haga cargo de sus asuntos en un lugar donde no puede controlarlo? No parece muy lógico.

—Cierto, en apariencia no lo es, pero por alguna razón debe de confiar mucho en él.

—¿Podremos ver a Esvrilenko?

—Le veremos, aunque no servirá de nada.

—Quizá fuerce a que haga algún movimiento que se refleje en Ivanov. Algunos hombres de mi departamento están vigilándolo.

—Mañana iremos a su cuartel general.

Durante toda la tarde fotos y más fotos pasaron ante mí. Sin ningún resultado. La fisonomía de Ivanov era tan característica que por mucho que se hubiera transformado, estaba segura de no caer en ninguna equivocación. Hacia las siete mis ojos habían enrojecido hasta escocerme. Tuvimos que parar. Rekov se ofreció a que diéramos una vuelta turística que sirviera de descanso. Por la noche iríamos a una sala de fiestas propiedad de Esvrilenko donde sus hombres solían reunirse. El primer plan no incluía a Garzón ni a Silaiev, que pasearían por su cuenta. Tuve que aguantar las protestas de mi compañero cuando se lo expliqué.

—¡Pero si no hablamos ninguna lengua común!

—A Silaiev eso le da igual, ¡como tampoco habla!

—¡Pues vaya panorama!

—No hemos venido aquí para divertirnos —le dije con todo cinismo.

Reprimió la respuesta que estaba pensando y se largó con el bueno de Dimitri, que no había sonreído ni una sola vez.

—Hacen una pareja armoniosa —bromeó Alexander mientras los veía alejarse.

—Es estupendo perderlos de vista un rato; Garzón está insoportable.

—Yo creo que tiene celos.

Lancé una aviesa mirada hacia él y por fin nos largamos de aquella maldita comisaría donde sólo había polvo y fotos.

Pasear con Alexander Rekov por la Plaza Roja fue una

experiencia inolvidable. A su lado me sentía como Ana Karenina junto al conde Vromsky, sólo que menos angustiada. Pensé que era excitante tener un amante ruso, un auténtico hombretón del que no conocía sino su apostura. ¡Eso era el verdadero turismo, y no visitar monumentos! Caminamos y charlamos incansablemente sobre la grandeza de Rusia, la profundidad del alma rusa, su misterio.

—A veces pienso que sólo somos un pueblo de campesinos bárbaros; otras estoy más optimista y noto sobre mis hombros el peso de miles de años de cultura.

—No siempre es agradable pensar que se pertenece a antiguos imperios.

—¿Tú crees que españoles y rusos conservamos un poco de fiebre imperialista en nuestras venas?

—Cierto orgullo, quizá, una pizca de fiereza.

—Muy suavizada, Petra, muy suavizada. Mírame a mí, sólo soy un lobo solitario que se contenta con un trabajo duro y un pequeño apartamento destartalado.

—¿Qué es para ti lo peor de vivir en soledad?

—Supongo que no tener a nadie con quien compartir la alegría. La tristeza prefiero aguantarla solo, pero la alegría... ¿Y para ti?

—Bueno..., la monotonía; sí, la monotonía. Me gustaría tener a alguien a mi lado que fuera capaz de proponerme experiencias insólitas, cambios. Mi carácter presenta un lado aventurero, pero no me veo capaz de alimentarlo por mí misma; al menos no con la frecuencia necesaria.

Sonrió, rió después. Pasó su mano por mi hombro.

—Una mujer fuerte la tal Petra Delicado, ¿no te parece?

—Endurecida por las circunstancias, pero no me quejo.

—Me gusta la gente que no se queja. Detesto a algunos compatriotas míos que ahora hablan de los tiempos comunistas como si hubieran sido una maldición del cielo. No hay que olvidar el pasado, pero tampoco el pasado del pasado. No hay que pensar que las soluciones son fáciles, no hay que creer en las promesas ni reclamarlas histéricamente. La vida es dura, cruel, atroz, y nada nos hace pensar que vaya a cambiar demasiado.

Su tono se había hecho lóbrego, y su ceño oscuro. Luego, de pronto, volvió a sonreír, a reír por fin.

—¡Experiencias insólitas, eso está bien! ¡Alguien debería proponerte experiencias insólitas!

Cenamos en una taberna y a las diez en punto salimos corriendo hacia Rex, la sala de fiestas donde habíamos quedado citados con nuestros ayudantes.

Era un enorme local demodé, decorado con lujos un poco astrosos imitación años veinte. Un montón de mesas con lamparita roja rodeaba la pista central. La gente empezaba a llegar. Había algunos grupos de turistas. Sonaba música de balalaikas y en el techo una gran esfera de cristal tallado en mil facetas lanzaba destellos en todas direcciones. Un horror.

—Ésta es la principal guarida del ogro. Hay un primer espectáculo para turistas y matrimonios. A la una de la madrugada se van todos y empieza un segundo turno mucho más sustancioso. Suelen acudir los secuaces de Esvrilenko. Aquí se relacionan, se ultiman negocios de todo tipo.

—¿Y el propio Esvrilenko?

—Unas veces está y otras no.

—Sabiendo lo que sabéis, ¿por qué no le metéis mano?

—Lo hacemos a veces en cosas concretas, pero no es fácil cazarlo. Lo sometemos a un cierto acoso continuo.

—¿Es cierto lo de la corrupción policial en esta ciudad?

—Lo es.

—¿Eres tú uno de esos policías corruptos?

—¿Tú qué crees?

—¿Cómo puedo saberlo? Que me haya acostado contigo no significa que seas angelical.

—Pero puede significar que creas en mi sinceridad cuando te digo que no lo soy.

—En efecto, tendré que creer.

Las pupilas le bailaban, más burlonas que nunca, en los ojos inquietos. Miré el reloj, Garzón y Silaiev tardaban mucho.

—¿No se están retrasando nuestras manos derechas?

—Es extraño, pero ya que sucede, creo que debemos empezar a beber con las izquierdas.

Pidió una botella de champán. Los grupitos de turistas endomingados seguían afluyendo. De pronto, la pista se iluminó y apareció una hermosa zíngara acompañada por tres gitanos con instrumentos de cuerda. Se lanzó sonriente a cantar una serie de hermosas canciones que simultaneaban arrebatos de loca animación con pasajes lentos y tristísimos. Sólo reconocí *Ojos negros*. Alexander escuchaba la música con evidente placer, casi con emoción. Se dio cuenta de que estaba observándole.

—A los rusos nos gusta nuestro propio folclore, ¿y a los españoles?

—No está demasiado bien visto el que te guste.

—Eso es difícil de entender.

—Aún es más difícil de explicar.

Creí que no era el momento adecuado para remontarme a la Generación del 98; además, comenzaba a preocuparme la tardanza de Silaiev y Garzón. Habría sido paradójico que al final hubiera sido mi «guardaespaldas» quien necesitara ser protegido.

Tras la cantante, actuó un mago que sacaba muñecos de peluche de unas gorras, nueva modalidad no demasiado original del conejo y la chistera.

—Alexander, estoy preocupada, ¿puede haberles sucedido algo?

Negó con toda rotundidad.

—Nunca yendo con Dimitri. Dimitri es como un viejo oso de las montañas al que hubieran intentado cazar en veinte trampas. Tiene cicatrices por todo el cuerpo, pero cada vez es más difícil acercarse a él, y más peligroso.

En efecto, una hora más tarde, cuando una especie de orfeón de remeros del Volga cantaba a voz en cuello canciones que partían el corazón y los tímpanos, vimos llegar entre las mesas a los dos rezagados. Silaiev estaba como siempre, impasible y compacto, mientras que Garzón llevaba puesta una sonrisa que mostraba todos sus dientes. Cada uno reportó en la oreja de su jefe, y cuando el subinspector se acercó a la mía su aliento me echó atrás.

—¡Fermín, ha estado usted bebiendo!

—Sin parar un instante. ¿Qué quería que hiciera con este pelmazo de Silaiev? ¡Sopla como una bestia, el cabrón!, pero después se queda como si nada. Aunque tiene cierta gracia, no crea, nos hemos reído un rato los dos.

—Ya veo. Debería haber pensado que usted no tiene costumbre de beber así.

—¡Nunca es tarde para un buen hábito! Le advierto que esto del vodka no está nada mal, parece sano.

Miré a Alexander con alarma y él me devolvió la mirada, irónica y divertida. Pidieron vodka a pesar de mi actitud escandalizada. La velada continuó con un rosario de actuaciones convencionales que los turistas aplaudían a rabiar. Por fin salieron a la pista una pandilla de cosacos vestidos de negro y en lo que en apariencia parecía ser el número fuerte, se enzarzaron en danzas vigorosas, en algunos momentos convulsamente rápidas, realizando piruetas que desafiaban la gravedad. Bailaban todos juntos en batería, de dos en dos simulando lucha, en solitario superando el uno la cabriola del anterior. Los espectadores estaban excitados y participativos, lanzaban gritos de animación, prorrumpían en aplausos arrebatados. Uno de los bailarines empezó a pedir al público que subrayara con palmas sincrónicas las evoluciones del que entraba por turno en acción. El efecto de implicación funcionó perfectamente. Cuando esta fórmula ya se había repetido durante al menos cinco minutos, el que actuaba ahora como jefe de pista pasó a invitar con gestos, secundado por los otros danzantes, a alguien del público para que saltara a la pista y se sumara al baile. La gente reía a carcajadas y negaba con la cabeza sin dejar de palmotear. Sonaba Kalinka en la megafonía. De repente, ante la sorpresa general de nuestra mesa, se levantó Dimitri Silaiev y, agarrando por el brazo a Garzón, lo arrastró hasta la pista. Se me paró el vodka en el gaznate, aunque enseguida comprendí que haría mejor en toser manteniendo los ojos bien abiertos porque aquello no había hecho más que empezar. Así fue. Como si se hubieran pasado ensayando la noche entera, los dos polizontes se aplicaron a imitar las evoluciones que antes presenciaran. La imagen que Rekov había utilizado para describir a su subordinado resultó exacta, era como un oso de las montañas. Saltaba, elevaba las piernas a la cosaca sin perder el equilibrio y se agachaba y volvía a levantarse como si en realidad no pesara cien kilos. Más me sorprendió ver a Garzón, que hacía lo que podía, y no era poco. También parecía un oso, pero más bien el oso de Cantabria, en vías de extinción. Pero nada de aquel espectáculo deplorable parecía molestar al auditorio; al revés, todo indicaba que estaban pasándolo en grande. Jaleaban, vociferaban, batían palmas rítmicas y soltaban silbidos estentóreos.

Miré angustiada a Alexander y comprobé que se reía a carcajadas.

—¿No puedes hacer nada para pararlos? —pregunté.

—¿Por qué habría de hacerlo?

—Me preocupa Garzón, creo que va a caer redondo al suelo.

—¿Te pagan por cuidarlo como una niñera?

—Sé que mañana lamentará haber ido tan lejos.

—No hay nada que lamentar en bailar y divertirse, en emborracharse, todo son maneras de alejar a la muerte.

¡Joder con el ruso!, pensé, ¿cómo se atrevía a... Aunque no, llevaba razón, al carajo el subinspector y su congénere. ¡Allá ellos! Me relajé e incluso logré reírme un rato con aquel par de plantígrados en pleno delirio.

Con todas aquellas alharacas acabó la primera parte del *show* dejando sentados a nuestra mesa a dos hombres que jadeaban intentando recomponerse. Resoplé con alivio. Figuraba en nuestro programa que a partir de aquel momento comenzábamos a trabajar.

Los turistas abandonaron el local en tromba yendo en busca de sus autobuses, y sólo media hora más tarde, éste ya se encontraba concurrido de nuevo por un tipo de gente bien distinta. Disminuyó la luz ambiental, y se pasó de la música folclórica a un hot jazz arrastrado. Bien, la cosa se animaba. Proliferaban los tipos de aspecto macarra y las señoritas de melena teñida de color chillón. Tenían un mal gusto espantoso. También las actuaciones cambiaron de cariz. Chicas embutidas en vestidos ceñidos ocupaban el centro de la pista y bailaban con suaves contoneos simulando cantar.

Alexander me tocó el brazo y señaló con los ojos a un grupo de hombres solos que se sentaban en ese momento.

—Tenemos mucha suerte, hoy Esvrilenko se ha dignado a venir.

Los observé sin poder distinguir en ellos nada especial, eran tan macarras como los otros.

—Acompáñame a hablar con ellos. Es importante que los hayas visto al menos una vez. Nunca puede saberse.

Llegamos hasta allí y Rekov se dirigió a uno en concreto. Nos invitaron a sentarnos pero mi colega declinó. Esvrilenko era gordo y despersonalizado. La grasa que se acumulaba en los rasgos de la cara lograba incluso borrar sus facciones. Sonreía con cinismo y desprecio mientras hablaba en ruso con Alexander. No podía deducir nada de la conversación porque tanto el policía como el mafioso controlaban perfectamente cualquier expresión. Observé cómo las manos y el cuello de aquel hombre tan desagradable estaban adornadas con toda clase de gruesas cadenas, anillos opulentos y dijes de oro. Rekov le miraba con desafío y, de vez en cuando Esvrilenko desviaba la vista hacia mí acentuando la burla de los labios. Al cabo de un par de minutos, seguí a mi compañero de vuelta a nuestra mesa.

—¿Qué ha dicho? —inquirí sin dejar pasar un segundo.

—¿Qué piensas que puede decir? Asegura que el tal Ivanov, su hombre al frente de esas obras en España, se llama realmente así y está totalmente limpio. Dice que ha estudiado en un montón de universidades extranjeras. Le he pedido una fotografía suya y ha dicho que lamentablemente en sus oficinas no disponen de ninguna. Fácil, ¿no? Si pedimos el expediente o el contrato de trabajo de ese tipo nos fabricarán uno a la medida.

—Comprendo.

—Sin embargo, si manda que Ivanov haga algo, si le obliga desde aquí a ejecutar algún movimiento en falso, tus hombres lo advertirán. ¿No es eso?

—Confiemos en que así sea.

—En cualquier caso, mañana seguiremos trabajando con las fotografías. ¿De acuerdo?

No estaba muy animada, cada vez iba dándome más cuenta de que quizá nuestro viaje a Rusia no obtendría ningún resultado. Pero ya que él era tan constante, yo no podía quedar como una derrotista y sonreí.

—¿Qué te parece si nos vamos de este maldito lugar?

Nos levantamos, nosotros con mucha más seguridad que Silaiev o Garzón, y caminamos hacia la salida.

Supuse que en ese momento daría comienzo el numerito para desembarazarme de Garzón y sentí una vaharada de angustia. Le pedí discretamente a Alexander que esa noche me llevara a su casa.

—No es muy confortable —me advirtió.

—Sabremos suplir las carencias.

Nos despedimos de nuestros ayudantes sin ningún tipo de explicación. Incluso trompa, Garzón me miró con cara asombrada. Le sonreí aparentando total indiferencia. Quizá con aquella espantada estaba librándome de llevarlo a hombros hasta su habitación y quitarle los calcetines.

El apartamento de Alexander era minúsculo y destartalado. ¿Era un hombre sin historia? En caso de tenerla no había dejado rastro en su presente. No había fotografías ni recuerdos personales entre los escasos muebles. Una cama, estanterías con libros y papeles y una pequeña cocina donde se amontonaban las tazas de té sucias, eso era todo.

Encendió un samovar determinando que ya habíamos bebido bastante alcohol por aquella noche. Nos sentamos en un sofá desvencijado. La habitación estaba caliente, me explicó que en Moscú la calefacción todavía era gratuita, desde los tiempos soviéticos, aunque no se sabía cuánto tiempo seguiría así.

—Tengo un presentimiento un poco negativo, Petra. No creo que vayamos a encontrar a Ivanov en nuestros archivos. Esvrilenko se ha mostrado muy seguro al decir que se trata de un hombre limpio. Es posible que no tenga antecedentes y por eso lo haya enviado a un país extranjero.

—Entonces mi viaje ha sido inútil.

—En algún momento pensé que podíamos sacar algo en claro sobre el asunto que ese gusano lleva en España, llegar a averiguar por qué y sobre quién está ejecutando esa venganza de los penes cortados. Pero es difícil, no tenemos confidentes en su organización y, sabiendo los métodos que emplea, dudo que exista un solo hombre que quiera irse de la lengua. Dime entonces por dónde empezar.

Hundí la mirada en mi taza de té. Sacudí la cabeza, desalentada. Entonces Alexander apartó todos los papeles que había sobre la mesa y dijo:

—Pero no desfallezcas, vamos a trabajar un rato. Hay algo que quizá sea de gran interés. Uno de mis hombres ha localizado una importante relación. Al ver las fotografías de tu expediente ha recordado que hace unos meses encontraron varias velas de cera morada en un almacén que pertenece a Esvrilenko. Iban tras un alijo de whisky de contrabando. Junto a las cajas de licor había un saco de tamaño mediano lleno de esas velas. En el interior hallaron una tarjeta que ponía: «El fin del milenio está cercano.» Sintieron curiosidad, pero no pudo probarse que el local perteneciera al propio Esvrilenko. Incautaron el whisky y ahí acabó todo, la historia se olvidó.

Aquéllos no eran los planes inmediatos que yo había hecho, pero la importancia del hallazgo me hizo pensar que el deber es lo primero.

Volvimos a repasar el caso punto por punto. Rekov iba tomando notas incomprensibles en su cirílico rápido y enérgico. Hablamos, comparamos, reincidimos en pruebas y testimonios. El resultado era siempre el mismo: quedaba en el aire una sola prueba de las enviadas: la extraña cruz de cera religiosa. No había posibilidad de relacionarla con nada.

—Y el nombre de Blochín —añadió.

—Esto es un asunto de locos, el subinspector tenía toda la razón.

—Veamos, Petra, tú estás aquí hoy como consecuencia de haber relacionado la prueba de la piedra con la de la nota en ruso. ¿Por qué no seguir relacionando?

—No se puede relacionar si no hay un mínimo nexo lógico.

—Tú ya lo has hecho antes. En realidad, por eso te encuentras aquí. Una nota en ruso y un cliente de la cantera con esa nacionalidad tampoco es algo en exceso concluyente. Pero ahora esa cera relaciona a Esvrilenko con tu caso. Y un contexto de velas y cruces nos lleva hasta el elemento religioso. Tenemos, además, la nota misteriosa que habla de pureza.

—¿Puedes explicarme cómo relacionar a un hombre de negócios con la religión?

—Digamos de momento que eso nos da la fórmula: religión en Rusia. ¿Cierto?

—¿Sugieres que interroguemos al patriarca de la Iglesia Ortodoxa?

—No, tengo una idea mejor. Te llevaré a visitar a un hombre santo. Quizá él sepa hablarnos sobre cruces de cera morada, sobre la pureza, sobre el fin del milenio.

—¿Un hombre santo? Eso me suena a las novelas de Dostoievski.

—Tú lo has dicho, es eso exactamente. Rusia es un país tan místico como pueda serlo la India. Aquí tenemos grandes santones medio ermitaños. No estuvieron bien vistos durante la época soviética, pero eso no significa que llegaran a desaparecer.

—¿La gente les consulta?

—Es difícil hacerlo. Sin embargo, el padre Belinski ya ha colaborado un par de veces con la policía. Hace dos años descubrimos a un asesino gracias a su participación.

—¿Cómo ocurrió?

—Teníamos a tres sospechosos que se acusaban mutuamente del crimen. Según nuestras pruebas, cualquiera de los tres podía ser el culpable. Pues bien, pedimos al padre Belinski que viniera a comisaría y se entrevistara por turno con ellos. Costó convencerlo, pero al final accedió, para que imperara la justicia. Llegó, ocupó una de las dependencias y se dispuso a recibir a los sospechosos en presencia del prefecto general. Nada sucedió con el primero; le dio su bendición y salió de la estancia. Pero cuando el segundo hizo su aparición, inmediatamente el padre Belinski extendió su mano hacia él y le dijo: «Hijo mío, arrepiéntete porque has cometido un crimen deleznable quitando la vida a una persona y sólo así podrás presentarte limpio ante los ojos de Dios.» Entonces el hombre se hincó de rodillas, le besó la mano y acto seguido confesó todos los detalles del asesinato.

—¿Estás hablando en serio?

—¡Por supuesto! No olvides que estás en Oriente, Petra, no toda la lógica aquí proviene de las mismas fuentes.

Le miré atónita y él se echó a reír.

—¿Y con esa falta de fe en lo irracional eres capaz de quejarte por falta de experiencias insólitas? —soltó.

Me eché a reír yo también. El estaba en lo cierto, cada uno obtiene sólo aquello que abarca con la mente, nada más. Se acercó a mí y, con la tremenda fuerza de sus brazos, me elevó del sofá transportándome en volandas hasta la cama.

No sé a qué demonio de hora llegamos a dormirnos, pero cuando al día siguiente sonó el potente despertador, todas las células de mi cuerpo pedían a gritos una tregua. Petición imposible, Alexander saltó inmediatamente de la cama y me apremió en el más puro estilo soviético.

—El trabajo nos espera —dijo, y ante tal concienciación, no tuve otro remedio que abandonar las sábanas.

En la calle el frío nos saludó de nuevo. Alexander fue en busca del coche y yo me quedé aguardándolo en la acera. Me entretuve mirando un escaparate que había al lado; nada muy atractivo: rodamientos, piezas metálicas cuyo uso me resultaba imposible determinar... De pronto, me sobresaltó el ruido de un coche chirriando sobre la calzada, me volví y, sin tiempo de pensar en lo que estaba sucediendo, vi que un todoterreno gris había saltado el bordillo y se abalanzaba sobre mí. Tuve el tiempo justo de reaccionar retrocediendo y pegándome a la pared, pero fue imposible evitar que uno de los retrovisores me diera un fuerte golpe en la cadera. Caí de lado. Busqué mi pistola y, tumbada en el suelo, intenté acertar a los neumáticos que se alejaban a toda velocidad. No lo conseguí, y el vehículo desapareció por la esquina haciendo un ruido infernal.

Varios peatones se acercaron y me rodearon para ayudar. Sin embargo, al ver que llevaba una pistola en la mano, daban un paso atrás sin atreverse a nada. Entonces oí la voz recia de Alexander que se abría paso enérgicamente entre la gente.

—¡Petra!, ¿estás bien?

—He estado mejor otras veces —respondí, y entonces empecé a notar que el dolor me paralizaba las piernas.

9

En el dispensario diagnosticaron que no tenía nada serio. Sin fracturas ni derrame, lo único que sobresalía era el golpe en el hueso de la cadera y la enorme moradura que empezó a formarse. La consecuencia peor de todo aquello fue el emperramiento de Garzón en afirmar que Rekov estaba implicado en mi intento de asesinato. Le repetí cien veces que tanto el ruso como yo pensábamos que no había existido tal intento.

—Si hubieran querido matarme me habrían disparado. Rekov dice que ha sido sólo una advertencia para que no siga incordiando. Los tipos de la mafia se las gastan así en este país.

—Y usted le ha creído, naturalmente.

—Pues sí, le he creído.

—No sé qué decirle, inspectora. Ese hombre la lleva a su casa y al día siguiente, en la misma puerta, un coche se le echa encima. Pero usted cree todo lo que Rekov le dice.

—Oiga, Garzón, fui yo quien le pidió que me llevara a su casa. Es obvio que nos siguieron y que estaban vigilando la salida.

—¿Y cómo sabían que iba a quedarse un rato sola en la calle? ¿No es más razonable pensar que él la dejó sola a propósito mientras los otros hacían su trabajo?

—No, no es nada lógico pensar eso. Podían haberme atacado igualmente estando presente Rekov, o incluso podían haber estado siguiéndonos todo el día hasta encontrar el momento de agredirme de alguna manera.

—¿Sabe qué pienso, inspectora? Pienso que está usted actuando como una mujer seducida que no quiere ver la realidad de su seductor.

Noté que la cólera me subía a la cara como una erupción.

—¡Alto, subinspector Garzón! ¡Nadie, absolutamente nadie, le ha autorizado a inmiscuirse en mi vida privada! Yo he tenido mucho cuidado en no comentarle qué me parecen sus borracheras con esa bestia de Silaiev.

—¿Y qué coño quiere que haga? Usted se ha dedicado a darme esquinazo sistemáticamente.

—¡Le ordeno que se calle!

Nunca me había gustado zanjar una discusión por medio de mi autoridad, pero esta vez él había ido demasiado lejos. ¡Una mujer seducida! ¿En qué novela barata habría leído semejante expresión? ¿Habría reaccionado igual si yo hubiera sido su superior masculino? ¡Por supuesto que no! Se habría limitado a contemplar mi ligue desde lejos o incluso se hubiera permitido darme unas palmaditas en el hombro alabando mi buen gusto en plan cómplice. Muy bien, Garzón, muy bien; al final siempre salían las esencias, el más puro machismo, lo que uno pensaba de verdad. Es terrible reconocerlo, pero los hombres siempre desarrollan frente a las mujeres un absurdo sentido de propiedad. No tenía intención de que la cosa quedara ahí.

Rekov hizo las averiguaciones pertinentes y concluyó que el coche que me embistió era un Lada integrante sin duda del parque móvil de Esvrilenko. Aunque no podíamos probarlo. No le sorprendieron demasiado los métodos disuasorios de la mafia. Hacían cosas peores. Aquello no era precisamente el imperio de la ley. Los mafiosos sabían que la organización policial presentaba numerosos puntos débiles gracias a la corrupción. Tampoco los jueces estaban libres de triquiñuelas. Comprendí que cuando se señalaba Moscú como una ciudad de riesgo nadie estaba exagerando. Sin embargo, Alexander parecía tranquilo, aceptaba la situación sin desesperarse. Así eran las cosas. Lo comprendí, finalmente su oficio era policial y no político. Tenía además los nervios templados, una serenidad que helaba la sangre. No me hubiera gustado contarme entre sus sospechosos, y juro que pensé eso antes de verle actuar.

Porque le vi, vi sus ojos adoptar la mirada de un gato y su boca sonreír sin atisbo de piedad. Fui yo quien insistió en acompañarle a visitar de nuevo a Esvrilenko cuando determinó que debíamos responder a la agresión.

—Pero si tú mismo has dicho que no es posible probar nada.

—Lo sé; sin embargo, no deben dejarse las cosas en el aire.

No tenía idea de a qué se refería, pero por nada del mundo me hubiera quedado sola en comisaría viéndole marchar con Silaiev. Naturalmente, el subinspector se unió a la expedición.

Después de haber traqueteado por las mal asfaltadas calles de las afueras de Moscú, paramos el coche frente a un enorme edificio de aspecto soviético. Rekov nos hizo indicación de bajar. En el entresuelo había una especie de local con puerta traslúcida a la que llamó Silaiev. Apareció un hombre joven de pinta patibularia que en cuanto nos vio echó un paso atrás. Pude ver el interior, que parecía una sala de juego. Mesas de póquer, un billar, y unos diez o doce hombres sentados en actitud tranquila. Supuse que se trataba de uno de los cuarteles generales de Esvrilenko. Rekov preguntó por alguien y ese alguien se levantó inmediatamente de su asiento y vino hacia nosotros. Era algo más viejo que el anterior, pero su aspecto de delincuente común no tenía nada que envidiar al del primero. Observé que Alexander le hacía una seña con la cabeza pidiéndole que saliera. Lo hizo sin rechistar. Nos miró despacio al subinspector y a mí. Esperé a que se produjera un interrogatorio, al menos un intercambio de palabras, pero nada de eso sucedió. Sin que nadie abriera la boca ni para saludar, Silaiev se adelantó y cogió al tipo por la solapa con una mano. Entonces levantó la otra en el aire y la descargó asestándole un golpe brutal. El hombre no intentó defenderse, ni siquiera hurtó la cara a aquel mazo de hierro que, alzándose de nuevo, volvió a caer sobre él. La misma maniobra fue ejecutada una tercera vez, y una cuarta, cada vez con más velocidad y mayor contundencia. El bárbaro de Silaiev pegaba de arriba abajo, arrastrando más que percutiendo, con una intensidad que nacía de su propia fuerza sin necesidad de tomar impulso. Algunas gotas de sangre saltaron por el aire desde la castigada nariz. Noté que el estómago se me revolvía mientras el aire apenas llegaba a mis pulmones. De pronto, vi que Rekov agarraba a su ayudante del brazo intentando contenerlo.

Paró en seco como un autómata o un perro amaestrado. El vapuleado se tambaleó sin llegar a caer. Entonces fue el propio Rekov quien lo tomó de la ropa y, escupiéndole una frase corta y seca, lo empujó contra la cristalera, que sonó con gran estrépito.

Sin que nadie hubiera salido del local siquiera a ver lo que ocurría, volvimos al coche, subimos despacio y nos alejamos del lugar. Yo estaba impresionada, chocada aún por el ruido de los impactos y la visión de la sangre.

—Ya está —dijo lacónicamente Alexander.

—No has preguntado nada, no sabes si fueron ellos, ¿por qué le habéis pegado así?

—Ellos saben que han ido lo más lejos que han podido; nosotros hemos hecho lo mismo. Ahora estamos en paz. No te preocupes, lo esperaban. No podemos consentir ninguna provocación.

—Pero ¿y ahora? Ahora intentarán buscar venganza.

—No, todos sabemos que esto se ha acabado. La próxima será otra distinta.

—¡Es como Chicago años treinta! —exclamé en español.

La voz de Garzón respondió desde el asiento de atrás.

—¡Vaya ensalada de hostias! ¿Ha visto cómo pega este cabrón, inspectora? ¡Es como una máquina de hierro!

Oí varios ruidos y, al volverme, comprobé que el subinspector hacía chocar su puño derecho sobre la mano izquierda. Estaba excitado como un niño después de una sesión de cine violento. Silaiev mostraba una ligera sonrisilla orgullosa.

—¿Se da cuenta, Petra? Si en el departamento tuviéramos a alguien que hostiara así, las cosas nos resultarían más fáciles.

—Cierre el pico, Fermín.

Comimos los cuatro juntos en un silencio algo tenso. Por mucho que intentara comprender que cada país es un mundo, no podía aprobar los métodos de Alexander. Su mirada evidenciaba que él conocía mi reproche sin necesidad de explicárselo. Hubiera podido argumentar que los mafiosos me habían atacado salvajemente, o que era preciso atajar un segundo atentado de modo radical. Sin embargo, muy acordemente con su carácter, se limitó a exponer la filosofía profunda de la historia y sólo dijo:

—La vida es dura en Rusia, y cuando la vida es dura en algún lugar, todo es duro, todo.

No había nada que añadir, ni hubiera sido prudente por mi parte hacerlo; de modo que intenté olvidarme de aquel episodio desagradable que tampoco aportaba nada a nuestro caso.

Por la tarde Alexander me dijo que el «hombre santo» nos esperaba en su casa y, naturalmente, a esa cita debíamos ir solos él y yo. Tuve que aguantar los recelos de Garzón, su convencimiento de que estaba corriendo algún peligro marchándome sola con aquel hombre.

—Descuide, subinspector, me las apañaré. Usted puede aprovechar para que Dimitri le explique su técnica del guantazo.

—¡Qué va! Dice que va a llevarme a un museo...

—¿Al museo del vodka, quizá?

Me miró con rencor.

—Puede sonarle tan raro que Dimitri y yo pasemos la tarde en un museo como me suena a mí que usted y Rekov la pasen viendo a hombres santos.

Su impertinencia se desataba por momentos. Simplemente no podía soportar que Rekov suplantara su lugar en el caso. Pensé que debería haberse fijado en nuestro amigo Silaiev, el cual no sólo repartía mamporros con brío, sino que se mostraba siempre disciplinado. Daba igual, no quedaba mucho tiempo de estancia en Rusia y, para cuando saliéramos de allí, supuse que a Garzón ya se le habrían pasado los resquemores.

De nuevo transité en coche por Moscú junto a mi amante ex soviético. Creo que me sentía algo euforizada por la cerveza tomada en la comida. Necesitaba olvidarme de todo. En cierto modo, aquella especie de misión en el extranjero hacía que me evadiese de las rutinas españolas, pero por otro lado me mantenía las veinticuatro horas con sensación de estar trabajando. Bien es cierto que en algunos momentos holgaba junto a Rekov, pero me faltaban los ratos de soledad en mi apartamento durante los que analizaba los acontecimientos del día. Supongo que ese deseo de intimidad es una lacra de todas las personas habituadas a vivir solas. Miraba su sólido perfil al volante, las manos huesudas de nudillos pétreos. Garzón tenía razón: aquel hombre podía ser cualquier cosa, un desalmado, un cínico, un compendio oculto de todos los vicios. Pero era mi amante, y era hermoso, y después de aquella semana no volvería a verlo, y sólo por el recuerdo de aquella semana ocuparía un lugar en mi mente durante toda la vida.

Los parajes por los que pasábamos me hicieron salir de mis pensamientos. Hacía tiempo que habíamos abandonado el centro de la ciudad y nos movíamos por barrios cada vez más marginales y solitarios. Empezó a nevar. Rekov puso los limpiaparabrisas en marcha y soltó una breve maldición. Posiblemente la blancura de los copos hubiera sido hermosa en el campo, pero en aquellas carreteras flanqueadas de bloques altos y viejos resultaba triste. Al cabo de tres cuartos de hora pregunté:

—¿Dónde se ha ido a vivir tu hombre santo?

—Estamos llegando —me contestó.

Las destartaladas viviendas comunitarias habían ido dejando paso a pequeñas casas de planta, negras como grutas en el resplandor del aire. Habría costado creer que allí vivía alguien de no haber sido por alguna ventana iluminada. Nos detuvimos frente a una que estaba oscura y con los postigos cerrados.

Al salir del coche pensé que el frío iba a reventarme los pulmones. Alexander me pasó el potente brazo por los hombros una vez más. Salió a abrirnos una *mamushka* de aspecto avejentado que nos hizo pasar sin mediar palabra. Entramos en una sala de estar pequeña y repleta de estanterías con libros. El padre Belinski se sentaba junto a una ventana, al abrigo de la mesa camilla. Tenía un rostro barbado y un tanto decrépito, los ojos amarillos como los de un gato. Pensé que su pinta no era especialmente impresionante, y no percibí en él ningún halo de santidad. Sin embargo, Rekov adoptó una actitud respetuosa y casi devotamente se inclinó y le besó la mano. Yo le sonreí sin saber qué hacer. Nos invitó a sentarnos y enseguida apareció de nuevo la sirvienta trayendo una bandeja donde humeaba el té.

Permanecieron hablando un buen rato mientras bebíamos. No hubo ninguna traducción. El anciano me miraba con ojos penetrantes. Empecé a sentir una gran incomodidad y auténticos deseos de que aquello acabara pronto. En el fondo todo seguía pareciéndome poco serio. De pronto Alexander se volvió hacia mí y me pidió que sacara el papel con la frase cifrada. Busqué en mi bolso y lo saqué precipitadamente, poniéndolo en su mano. El hombre lo desdobló con parsimonia y leyó en silencio. Al cabo de un interminable minuto dijo:

—Blochín. —Y quedó callado.

Cerró los ojos como si se concentrara en un pensamiento profundo y siguió así un tiempo tan largo que me pareció grotesco. Intenté urgir a Rekov con la mirada para que le hiciera preguntas, pero éste se puso un dedo en los labios pidiéndome silencio. Al fin el viejo abrió los ojos y mortalmente serio pronunció una sola palabra cuya fonética entendí con claridad:

—*Skopis* —dijo, y tras un instante, repitió—: *Skopis*.

Alexander no hizo la menor indicación de hablar. Yo estaba a punto de saltar sobre aquel endemoniado santo y zarandearlo, pero en un momento dado se levantó y fue renqueando hasta un punto de su nutrida biblioteca. Se agachó y cogió un libro que trajo hasta nosotros. Mientras buscaba una página concreta, comenzó a explicarle algo a mi compañero. Tampoco en esta ocasión tradujo ni una sola palabra. Cuando acabaron le pregunté:

—¿Qué te ha contado?

—Hablaremos en el coche.

El santón me miraba ahora exclusivamente a mí. Lanzó una frase que pensé me estaba dirigida. Rekov la tradujo:

—El padre Belinski dice que ve mucho hielo en tu corazón, también mucho miedo a lo desconocido. Te da un consejo: descansa, deja tu mente vagar un poco, no quieras controlarlo todo.

¡Joder con el padre Belinski! Nadie le había pedido una sesión de psicoanálisis. De cualquier modo, sonreí y dije:

—Dale las gracias; prométele que lo intentaré.

Alexander volvió a hacer inteligible para mí la nueva frase del anciano.

—Pregunta que si quieres su bendición.

Estuve a punto de mandarlo al carajo, pero luego pensé que a lo largo de mi vida había recibido ya un montón de maldiciones no solicitadas y que una bendición tampoco iba a hacerme daño. De modo que incliné la cabeza ante el hombre y dejé que infundiera su fe sobre mí. Lo oí pronunciar una breve oración que repitió frente a Rekov.

Salimos de la casa en noche cerrada. Alexander llevaba el libro bajo el brazo. La nevada caía con tal intensidad que resultaba difícil conducir.

—¿No vas a contarme qué te ha dicho, qué es ese libro?

Pareció salir de un extraño trance.

—¡Perdona! Estoy un poco impresionado, siempre me ocurre cuando visito al padre Belinski por alguna razón. Creo que una fuerza extraordinaria dimana de él. Después me siento alterado, un poco adormecido. El padre ha dicho que Blochín es el nombre de un antiguo sacerdote partidario de una especial religión. Ha hablado de los *skopis*.

—¿Y...?

—Nos ha rogado que vayamos con muchísimo cuidado, porque estamos entrando en el terreno de lo oscuro, de la tiniebla profunda. Aseguró que rezará a Dios por nosotros solicitando protección.

—¿Y aparte de eso?

—No sé más. Me ha dado este libro, en el capítulo diez encontraremos la información que necesitamos.

—¡Oh, pásamelo, yo iré leyendo con la luz interior del coche!

—¿En ruso?

—¡Joder, es verdad! Para un momento.

—¿Estás loca? No puedo parar con esta nevada.

—Y yo no puedo esperar más para saber.

—Creí que el contacto con el padre Belinski iba a infundirte un poco de paz.

—¡Vamos, Alexander, por favor, esto es muy importante para mí! Llevo meses detrás de este asunto.

—Tengo una idea. Cerca de aquí hay un pequeño hotel rural. Dormiremos allí. Tampoco es aconsejable conducir con este tiempo.

Me pregunté cómo era posible que un hombre duro y bragado como Rekov fuera tan sensible a la vena mística. Sólo esperaba que saliera pronto de su trance y volviera a hacerse práctico y razonable, ya que me encontraba en sus manos.

Paramos en un minúsculo hotelito rural que más bien parecía una antigua posada. Nos asignaron una habitación en el primer piso. Una gran cama cubierta de edredones dominaba la estancia. La madera del suelo crujía al andar. Seguí los movimientos de Alexander al quitarse el abrigo, encender un cigarrillo, y ponerse, ¡por fin!, a leer.

—Ve traduciendo simultáneamente —le supliqué.

Me observó con paciencia. Bebí su voz cuando empezó a oírse, titubeante, buscando el término apropiado en inglés.

—Los *skopis*. Se trata de una secta fundada en Rusia en 1772 por Akoulina Ivanovna, una de las últimas místicas del siglo XVIII. Decía ser la madre de Dios. Esta religión creía que Adán y Eva habían sido creados sin sexo, por lo que estaban a favor de la pureza más extrema y los hombres se castraban para evitar la procreación. Blochín, el hijo espiritual de Ivanovna era «el Cristo» de este grupo y se castró por su propia mano. En su día fue deportado a Siberia y más tarde volvió a Rusia y reasumió el mando de la secta con el nombre de Kondrati Selivanov, haciéndose pasar por el zar Pedro III, que había escapado milagrosamente de los asesinos contratados por Catalina II. Murió en 1832. Los *skopis* creen que volverá a la tierra reencarnado para luchar contra el anticristo e instaurar el Milenio. En 1874 hubo una gran campaña policial para su erradicación. Se demostró entonces que había más de cinco mil *skopis* en Rusia, setecientos sesenta de los cuales se habían mutilado voluntariamente. Existen motivos para pensar que la secta sigue viva en Rusia y algunos países balcánicos.

Me dejé caer sobre la cama, las sienes me golpeteaban con violencia, impulsadas por el montón de ideas que se arremolinaban en mi mente.

—Eso es. Eso es. Ya está. Ahora sí —musité casi en éxtasis—. Ese chico nos dio todas las pruebas. Todas estaban allí. Nos señaló el contexto médico por medio del punto de sutura. Nos señaló el carácter de secta con la crucecita de cera. También el lugar donde estaba Ivanov por medio de la esquirla de piedra. ¡La propia secta al final con su última nota! ¡Dios mío! ¿Cómo no supimos verlo? ¡Todo estaba dentro de esos penes cortados!

—¿Y sus poseedores?, ¿y el chico que murió?, ¿y el presunto suicida que te informaba luchando entre su conciencia y el secreto?, ¿de verdad se suicidó?

—¡No sé, no sé, no puedo saberlo aún!

Creo que casi grité al decir esto. Alexander se acercó a mí, me tomó las manos.

—Petra, por favor, tranquilízate.

—Y ahora, ¿qué hacemos? Dime, ¿qué hacemos?

—En comisaría hay un departamento que se ocupa de sectas. Son bastante corrientes en este país. Mañana iremos y pasaremos el día trabajando con ellos. Algo aparecerá sobre los *skopis*. El padre Belinski me dijo que deben estar activos otra vez.

—¿Y si no hay nada consignado? Mañana es nuestro último día en Moscú.

No respondió. Me atrajo hacia su pecho.

—No hay nada que podamos hacer ahora. Mira fuera, no se ve luz, estamos en un sitio desconocido, cae una nieve densa que nos aísla. Piensa por un momento que todo se ha detenido, que nada sucederá mientras nosotros estemos aquí. Llamaré por teléfono a Silaiev y le diré que no llegaremos hasta mañana. Todo estará tranquilo, nosotros también.

Lo hizo sin perder un momento. Cuando colgó, comenté:

—El subinspector Garzón debe de sentirse inquieto por mí.

—Creo que se encuentra perfectamente. Silaiev y él están corriéndose una juerga en un burdel muy alegre. ¿Hay algo más que te preocupe?

Sin duda Rekov era multiforme y extraño. Cruel, místico, sereno, amoroso, cínico, pasional y exaltado. Contradictorio. Tenía, además, sentido del humor.

Había creído que mi ansiedad seguiría creciendo, pero me equivoqué. Mientras Alexander me desnudaba y yo lo desnudaba a él, todo cuanto segundos antes me había quitado la respiración fue alejándose poco a poco. Al final sólo quedó el cuerpo de aquel hombre llenándolo todo, la tibieza de su olor.

A la mañana siguiente la cara de Garzón le llegaba a los pies. En parte por la resaca, y en parte también por el enfado que acumulaba contra mí. Confesó haber estado lleno de inquietud por mi suerte. Le escuché con paciencia infinita, dispuesta a dejar que se explayara, pero cuando empezó a enumerar los peligros que según él me habían acechado, desde la desaparición hasta el asesinato, no pude aguantar más y salté.

—Espero no haberle aguado el plan en la casa de putas con tanto desasosiego.

Quedó algo descolocado y me miró con aire casual.

—¡Ah, eso! Le aseguro que...

No le permití acabar.

—Mire, Fermín, tengo la sensación de que será preferible que nos centremos en el trabajo. A lo mejor incluso le interesa saber que tenemos resuelto parte del caso. ¿O no?

Conté toda la historia frente a sus ojos de par en par. No podía creer lo que estaba oyendo, seguía pareciéndole demasiado irreal. Pero debió aceptar que nos hallábamos en el buen camino. Sobre todo cuando, en comisaría, nos trasladamos a otro departamento en compañía de Rekov y Silaiev. La brigada que se encargaba de sectas entre otros asuntos estaba en efecto al corriente de los *skopis*. Informaron a Alexander de que el grupo había resurgido con fuerza extraordinaria durante el gobierno de Gorbachev. Y siguieron: un año atrás habían llevado a cabo la última acción contra ellos. Hubo algunas detenciones, pero no pudieron condenar a nadie por falta de pruebas. Se comprobó que muchos de los adeptos que pudieron localizar, casi todos jóvenes, habían sido castrados. Sin embargo, la operación policial encontró numerosas dificultades debido al secreto absoluto que rodeaba a la secta.

—Hacen una promesa de silencio que es la base de su pacto. Tanto es así que se autodenominan «sociedad secreta» por encima de cualquier otra definición. Mis compañeros están convencidos de que siguen en acción a pesar de que, aparentemente, lograron acabar con la estructura el año pasado.

—¿Cuál es su finalidad última?

—¡Cualquiera sabe! ¿La conquista del mundo? En cualquier caso, introduciéndose en el tejido social dentro de sectores profesionales o empresariales, tienen muchas posibilidades de extorsionar, hacer negocios fraudulentos, tener gente en sus manos... El dinero no es ajeno a esta historia.

Todo coincidía. Ramón Torres había sentido un pánico profundo a romper el voto de secreto. Pero cada día se encontraba más horrorizado por el alcance de la locura en la que participaba. Me vio en televisión y pensó en una solución que liberaba por ambas partes su conciencia. No revelaría la verdad, pero me daría las pistas suficientes como para que yo la descubriera. ¡Pobre muchacho, se hizo una idea excesiva de mis capacidades profesionales y eso le costó la vida! Ahora habría que averiguar de qué modo habían sucedido las cosas, la muerte del otro muchacho... Quizá aún no fuera demasiado tarde para evitar nuevos males. Probablemente otros jóvenes siguieran metidos hasta los ojos en semejante basurero.

—Van a traerte todos los expedientes de los sospechosos que obran en nuestro poder, Petra. Creo que es la última oportunidad de localizar a Ivanov. Pediremos té y nos sentaremos a trabajar. Por desgracia, mis compañeros no tienen fotos de algunos de los que pudieron huir antes de la eclosión del asunto. Confiemos en la suerte.

Me encontraba tranquila, aunque no contenta; la idea de que toda aquella historia macabra se había desarrollado ante nuestros ojos me atormentaba. Por su parte, a Garzón se le veía algo atónito, sorprendido de que aquel presunto juego infantil tuviera raíces tan poco comunes.

Los policías del departamento pusieron varias carpetas sobre la mesa. La rueda de fotografías mudas recomenzó, pero esta vez yo actuaba bajo una tensión creciente que me hacía ver al Ivanov en cada rostro. Encendí un cigarrillo y me serví una taza de té autoimponiéndome calma y frialdad. Miré a Alexander. Me sonrió y, como si supiera cuál era mi estado de ánimo, dijo:

—Nadie, nadie en el mundo, ni el mejor equipo de policías trabajando mil horas seguidas habría podido ligar esas pistas llevando la investigación más allá de donde lo hiciste tú.

Llevara razón o no, se lo agradecí. Suspiré y pensé que seguir adelante suele ser siempre la mejor solución, la única.

Y lo fue. Dos horas más tarde, al abrir uno de aquellos expedientes topé directamente con la cara de Ivanov y no tuve ninguna duda en identificarle. Levanté claramente la voz y dije:

—Éste es.

Rekov y los dos policías que estaban con nosotros se abalanzaron sobre la mesa, observaron la foto y los informes. Hablaron entre sí. Silaiev y Garzón se mantenían a la expectativa. Por fin, Alexander tradujo.

—Se trata en realidad de Yuri Shumiatski. Estaba implicado en el asunto de la secta, pero se les escapó. No tenía antecedentes penales. No pudieron encontrar a su familia ni a nadie que supiera darles noticias de él. Se halla en paradero desconocido.

—¿Creéis que trabaja para la mafia?

Se enzarzó en nuevas deliberaciones con sus colegas. Habló después.

—Nos inclinamos a pensar que contactó con Esvrilenko y le pidió que lo sacara del país. Pudo ser un acuerdo conveniente para ambos. Esvrilenko necesitaba alguien que cuidara sus obras en España y no hiciera preguntas llegado el caso. Shumiatski, un pasaporte, una salida discreta del país y un lugar bien lejano en el extranjero.

—Pues ése es nuestro hombre.

—En efecto, ése es.

Hubo que dejar constancia escrita de todas aquellas diligencias y tuve que firmar una declaración para que figurara en los archivos de Moscú.

Más tarde, le dije a Rekov:

—Tengo que llamar inmediatamente a España para que detengan a ese tipo, pero...

—Pero ¿qué?

—Si lo hago mi jefe ordenará que volvamos esta misma tarde. Lo conozco bien. De hecho, no lo he llamado en todos estos días temiendo algo así. Y una tarde es una tarde, ¿no te parece, Alexander? Una tarde y su noche también. Creo que le mandaré un fax.

—Será lo mejor. No puedes marcharte aún, tengo un regalo para ti.

—¿Qué regalo?

—Ya lo verás.

Envié el condenado fax por una de las líneas de comisaría. Coronas se pondría frenético al no recibir ninguna explicación, pero no tenía ganas de contarle mentiras, ni mucho menos de apelar a su comprensión. En cuanto tuve la certeza de que mi mensaje había sido recibido por la vía de urgencia, Alexander y yo salimos escapados de allí. Mi avión despegaba a las nueve de la mañana del día siguiente y la mínima cortesía hacía irremediable cenar con Garzón y Silaiev. Teníamos poco tiempo para nosotros.

Experimenté la sensación juvenil de escapar, de huir de las obligaciones, también de aprovechar cada instante. Mientras caminaba con Alexander por la Plaza Roja, notaba mi corazón partido en dos mitades. Por un lado estaba exaltada y gozosa debido a la gran atracción que sentía hacia él, al contexto de aventura en el que todo se desarrollaba. Por otro, experimentaba un triste adelanto de lo que sería mi nostalgia al marcharme de Rusia.

No sé qué carajo pensaría Rekov, pero parecía alegre. Me hacía caminar a grandes zancadas siguiendo su paso. Nos movíamos como formando parte de un ballet callejero en el que intervinieran turistas, ancianos, familias y copos de nieve.

Permanecimos toda la tarde en la misma zona, él no quiso que nos fuéramos. Charlamos, reímos y nos besamos; un plan que si alguien me hubiera contado habría tachado de ridículo e infantil. Pero así eran las cosas.

A las cinco de la tarde empezó a mirar su reloj con insistencia, y cuando se acercaban las seis me cogió del brazo y caminamos con decisión hacia algún punto concreto.

—Ha llegado el momento de darte tu regalo —dijo enigmáticamente.

El lugar al que nos dirigíamos era el impresionante mausoleo de Lenin, junto a la muralla del Kremlin. Aquello me intrigó. Cuando llegamos, salían las últimas bandadas de turistas bien unidos en grupos. Nos mantuvimos a corta distancia y los observamos desfilar hacia sus autocares. Miré a Alexander divertida.

—¿Puedes decirme ya en qué consiste la sorpresa?

—No —dijo, echándose a reír.

—¡Muy bien, esperaré!

No tuve que hacerlo durante mucho rato. Por fin Rekov se dirigió a la puerta del mausoleo que ya estaba desierta. Le seguí. Mi curiosidad inicial se convirtió en un cierto nerviosismo. Me mantuve algo retirada mientras él hablaba brevemente con los guardias de la puerta, que parecían conocerle. Se volvió hacia mí, me hizo una seña con la cabeza y fui hasta donde estaba.

Penetramos en el mausoleo con un movimiento tan rápido que a mí me pareció furtivo. Oí que las verjas de hierro se cerraban detrás de nosotros.

—¿Vamos a visitarlo cuando todos se han ido?

—Supongo que no es necesario que te explique hasta qué punto esto está prohibido.

Se me aceleró el corazón.

—¿Y tú tienes permiso?

Entre las sombras de los pasillos de mármol pude avistar sus ojos burlones.

—Ésta es una de las ventajas de ser policía, y creo que has oído algo sobre la corrupción policial en Rusia, ¿o no?

—¡Te habrá costado muy caro!

—Si me descubren puedo pagarlo más caro aún.

—Pero ¿cómo se te ha ocurrido...?

—¿Habla la mujer que ama lo insólito? Sólo he podido conseguir un cuarto de hora, será mejor que lo disfrutes.

Si no hubiera estado tan aterrorizada habría soltado una risa nerviosa, pero me callé. El marco era capaz de volver solemne a cualquiera. Hacía mucho frío, o quizá la visión de las desnudas paredes de mármol propiciaba que se sintiera con mayor intensidad.

Cada silencio era más profundo, ya sólo se oían las botas de los vigilantes que se alejaban, el zumbido de alguna luz al pasar. De pronto me di cuenta de que aquello era una barbaridad que podía comprometerme. Por muy bien ligado que tuviera el soborno o por muchas amistades con que contara al más alto nivel, la cosa podía escapársele de las manos en cualquier momento. Cierto que aquel lugar había perdido su trascendencia política, pero si alguien nos cazaba allí yo sería acusada como mínimo de gamberrismo, y él quizá de alta traición. Algo semejante significaría probablemente visitar la cárcel y, en el mejor de los casos, no poder salir del país por el momento. Perdí la serenidad interior. Si a Coronas le llegaba la noticia de que me habían pescado deambulando por la tumba de Lenin fuera de horario, le daría un infarto.

—Ya hemos llegado —dijo Alexander en voz muy baja.

El pasillo semiiluminado se quebraba de pronto con una curva cerrada y, sin ninguna transición arquitectónica, entraba de lleno en la cámara funeraria. Allí, aislado por una bóveda cúbica de grueso cristal, Lenin dormía. Quedé conmocionada ante su inmovilidad. Se hallaba vestido de oscuro, recostado en un almohadón y tapado hasta la cintura por un lienzo de seda negra. No tenía piernas.

Me quedé observándolo en estado de hipnosis, pasmada. Parecía que iba a sonreír, pero era el cuerpo de un hombre muerto mucho tiempo atrás, sólo eso. Sin embargo, su presencia entre los vivos resultaba fantasmal, extraña.

Alexander me cogió del brazo y me hizo apartar los ojos de la enorme urna. Acercó su cara a la mía y me besó. Después empezó a quitarme el abrigo con movimientos acariciadores. Lo dejó caer. Intentó desabrocharme la blusa y entonces me bloqueé. Comprendí que pretendía hacer el amor sobre aquellas losas de mármol. Lo separé con violencia.

—Pero ¿qué demonio haces?

—¿No te apetece?

—Aquí, no.

—¿Y el riesgo, y la emoción, y lo insólito?

—¡Esto es ridículo!

—Sólo un poco inquietante, pero es un sitio como cualquier otro. ¿Prefieres marcharte?

Dudé, me debatí. Lo insólito. Lo inolvidable. La pasión. Alexander había vuelto a abrazarme con su cuerpo cálido y rotundo. Me dejé llevar sólo por él, olvidando el lugar donde estábamos, la circunstancia. El deseo logró sobreponerse a cualquier otra historia. Hicimos el amor medio vestidos, con urgencia, con cierta desesperación. Después me sobrevino una oleada de miedo. Me aparté de Rekov y quise marcharme. No pude volver a mirar el cuerpo embalsamado.

Desanduvimos lo andado, en silencio. Al llegar a la puerta me dejó un momento sola y me pidió que me apartara a un lado. No debía ver la cara del guardia que había venido a abrirnos.

Una vez fuera respiré el aire gélido con auténtica avidez. Caminamos sin hablar. De pronto, Rekov dijo:

—Una mujer debe saber quién es su adversario en el tablero de ajedrez. Debe saber medir la altura de la partida.

—¿De verdad era tan importante para ti follar en la tumba de Lenin?

—No específicamente, pero tú me dijiste que querías emociones.

—Todo esto me parece absurdo e infantil. Será mejor que me vaya al hotel. Nos veremos esta noche en la cena.

Me sentía indignada y rabiosa sin saber exactamente el motivo. Supuse que se trataba de la pasividad a la que me sometía la situación, también al supuesto reto al que Rekov me enfrentaba. ¿Por qué hacer algo incómodo, arriesgado, casi contra natura? ¿Qué era aquello, la mentalidad rusa, postsoviética, masculina en general? Aunque a lo mejor lo único que me fastidiaba era haber sentido tanto miedo.

Desde el hotel llamé al comisario Coronas. En cuanto me oyó se puso como una fiera.

—¿Petra? ¿Petra Delicado? Déjeme que piense... ¡Ah, sí, creo que por aquí teníamos una inspectora llamada de ese modo! ¿Puede decirme por qué cojones no me ha llamado durante toda la semana?

—Comisario, no pensé que... En realidad hemos ido de culo hasta dar con el tipo, no ha sido tan fácil.

—¿Tan de culo como para no contestar siquiera a mis llamadas?

—¿A sus llamadas? Pero ¿me ha llamado usted?

—Varias veces, y tengo constancia de que le pasaron los recados al inspector Rekov; así que ya me dirá...

—Se lo explicaré, señor comisario, descuide, todo tiene una explicación. Por cierto, no quiero hablar mucho por teléfono, pero le adelantaré que se trata de un asunto de sectas. ¿Han detenido ya a Ivanov?

Se produjo un silencio sospechoso, después oí un suspiro.

—Se les escabulló a nuestros hombres.

—¿Cómo ha dicho?

—¡Que se les escabulló, me cago en la puta! ¡Vivo rodeado de ineptos, ésa es la verdad! Llevaban vigilándolo desde que usted se largó, muy bien, ordeno que lo atrapen y se les escapa en las mismas narices. ¡Hay que joderse! Aunque debe de ser un artista de la fuga, porque cuando entraron en su caseta de obra había un cigarrillo en el cenicero, encendido aún. Además, era de noche... ¡En fin! He dado orden de busca y captura.

—Y de Palafolls, ¿sabe usted algo?

—Se ha tomado muy en serio su papel de infiltrado y ha estado toda la semana sin aparecer. Pero ha llamado hoy. Esta noche va a una fiesta de estudiantes y mañana quiere verme. Es posible que ya haya descubierto algo. Vendrá a primera hora. ¿Cuándo llegan ustedes?

—Salimos a las nueve de aquí.

—Ya pueden contar con que quiero verlos inmediatamente, nada de ir a dejar las maletas o lavarse los dientes, ¿me oye?

—Sí, señor.

Me puse en contacto con Alexander, que transmitió la alerta a su departamento por si Ivanov volvía a Moscú. Poco más podíamos hacer por el momento. En verdad Coronas tenía motivos para estar cabreado, pero yo también. ¡Dejar escapar a Ivanov! ¿Y los mensajes de Coronas? ¿Por qué Alexander no me los había pasado? Aquello era un desmadre, un cúmulo de desorganizaciones concatenadas. ¡Y encima yo cometiendo el escarnio de follar frente a la sagrada momia de Vladimir Ilich Ulianov!

A la última cena en Moscú sólo le faltaba Jesucristo. Rekov, Silaiev y Garzón abultaban como once apóstoles con su humor desenfadado y sus continuas muestras de amistad, y yo exhibía el espíritu de Judas. Naturalmente, lo primero que hice fue preguntarle a Alexander si había recibido los telefonemas de Coronas. Con toda desfachatez me dijo que sí.

—¿Puedo saber por qué no me los pasaste?

—Por la misma razón que tú le enviaste un fax en vez de hablar con él. Temía que te hiciera volver. Le pregunté si tenía algo importante que comunicarte y me contestó que no, ¿para qué arriesgarse entonces?

Fingí luchar desesperadamente con el halago que sentía.

—Todo esto es terrible, de verdad, tengo la sensación de que hemos entrado en una espiral de locura colectiva.

Se echó a reír de buena gana, seductor, algo paternal.

—No pasa absolutamente nada, Petra, todo está bien. La sensación que tienes es el resultado de darte cuenta de que no eres como creías ser: arriesgada, anárquica, amante de los cambios... ¿Has pensado que quizá tu verdadera naturaleza estriba en el orden, la inmovilidad, el racionalismo más absoluto?

—*Fuck you!* —le dije, lo cual necesita tan poca traducción que hasta Garzón lo entendió.

Después de que Alexander consiguiera atajar su ataque de risa empezamos a cenar con las tensiones quizá aligeradas por mi parte. De cualquier modo, no podía quitarme de la cabeza la fuga de Ivanov. A Rekov no le sorprendía en absoluto que hubiera conseguido una cosa así; al parecer había escapado casi del mismo modo un año atrás en Moscú. Mucho menos extrañado se encontraba Garzón; aquel desenlace coincidía con su peregrina teoría de la volatilidad rusa. Ni siquiera la rotundidad poco etérea de Silaiev le había hecho cambiar de opinión. Sí, daba la impresión de haberla mudado en cuanto a la consideración general de su colega ruso. Ahora ambos se mostraban más hermanados e inseparables que Rómulo y Remo, habiendo sustituido la ubre de loba capitolina por una botella de vodka nutricia y generosa. Temí que, tras aquel viaje, el subinspector precisara una cura de desintoxicación.

A la salida del restaurante los dos emprendieron camino de sus últimas rondas mientras que Alexander me acompañó al hotel.

Hicimos el amor de nuevo, ahora en escenarios menos lúgubres. Nos abrazamos con confianza y una última curiosidad mutua. De todos modos, había logrado averiguar mucho más sobre mí que yo sobre él. No tenía importancia, nuestras mentalidades eran tan distintas que nunca hubiéramos llegado a una auténtica comprensión. Me alegraba, sin embargo, haberlo conocido. Me había servido de vacuna contra las tentaciones de ligar con Pepe, contra la terrible equivocación de volver atrás, y me había dado la satisfacción de comprobar que seguía habiendo hombres que jugaban fuerte. Era un control estadístico que no estaba mal.

Habíamos pactado que no habría despedidas. Se levantaría de madrugada y abandonaría la habitación. Yo permanecería en la cama, y aunque me despertara, fingiría dormir. Un digno colofón para dos personas que han compartido el tiempo sin conocerse apenas. Mucho mejor así, contaría con un material intacto para el recuerdo, maleable según la necesidad. Alexander Rekov siempre sería mi apuesto amante ruso, mi conde Wromsky, mi Iván Turgueniev. ¿Para qué hubiera servido saber que mantenía a una ex esposa histérica, a un hijo adolescente o que, por el contrario, convivía con sus manías de desconfiado solterón? Nunca volveríamos a vernos; era más que improbable que el ejercicio de mi profesión me llevara de nuevo a Moscú, y ni se me hubiera ocurrido presentarme un buen día como una turista en busca de la segunda parte de una aventura sentimental. Ni pensarlo, adiós Alexander Rekov, ya que la vida es tan parca en realidades satisfactorias, recurramos a la mitificación del pasado. De cualquier modo, anoto para que sirva de testimonio a los siglos, que cuando lo oí vestirse en la madrugada me costó mucho aparentar que dormía envuelta en la placidez.

Garzón se mostraba ciertamente eufórico en el avión de vuelta. Temí por un momento que retomara el hilo de los versos priápicos. Intenté romper su contento previniendo una nueva sesión.

—No sé qué le hace estar tan feliz.

—El regreso a la patria, querida inspectora. Empezaba a echar de menos las lentejas y el chorizo.

—¿Regados con vodka?

—¡Vaya por Dios! ¿Se puede saber por qué está de tan mala gaita?

—¿A usted qué le parece? Tenemos el caso a medio resolver y mientras nosotros estamos atando cabos por un lado, el principal sospechoso emprende el vuelo. ¡No es como para reírse!

—¡Tampoco es para llorar! Confíe en nuestros muchachos; si hay una orden de busca, lo tendrán todo copado. Ese tipo no podrá salir del país, y no es tan fácil para un ruso pasar inadvertido. Lo trincarán.

Cuando Garzón se pasaba al registro tipo «nuestros muchachos», me ponía a morir.

—El camarada Dimitri me dijo que cuando se está en el buen camino deductivo las incidencias de la investigación son secundarias —añadió.

—¡¿Qué?!

—Lo que ha oído, Petra. ¿A qué viene tanta sorpresa?

—Me pregunto cómo coño pudo Silaiev hacerse entender sobre algo tan complejo.

—No crea, hablábamos.

—¿En qué idioma?

—La gente del pueblo acaba comprendiéndose entre sí.

—¡No me joda, Garzón!

—Lo digo en serio.

—Entonces es que el vodka obra milagros.

—Eso también es verdad.

Desconecté. Si continuaba con aquella conversación acabaría cayendo en un ataque de nervios. Me puse los auriculares e intenté relajarme oyendo a Prokoviev. Mientras, Garzón negociaba con la azafata un servicio doble de aquella espantosa comida sintética de líneas aéreas.

Llegamos sin retraso. Después de recoger nuestras maletas salimos a las siempre atestadas salas del aeropuerto del Prat. Me quedé de una pieza cuando, entre la gente, pude distinguir al comisario Coronas seguido por dos guardias.

—¿Es ése Coronas? —preguntó, incrédulo, el subinspector.

—Creo que hemos minimizado la magnitud de la bronca que vamos a recibir —contesté.

Pero no, no se trataba de eso. Coronas se dirigió como un rayo hacia nosotros y sin saludar siquiera, espetó:

—Han secuestrado a Palafolls.

—¿Cómo dice?

—Secuestrado, asesinado..., no lo sabemos aún. El caso es que ha desaparecido. Desde ayer falta de su casa, no lo han visto en la facultad ni en comisaría... Se esfumó.

Era un buen recibimiento. Ahora sí había sucedido lo peor que cabía imaginar.

10

No pudimos siquiera volver a casa para dejar las maletas y tomar una ducha. Fuimos directamente a comisaría y allí nos reunimos en el despacho de Coronas.

—Las cosas están mal, Petra, ya lo ve. Díganme qué averiguaron.

Se lo conté mientras me miraba con cara de susto. Todo aquel asunto de la secta sobrepasaba con mucho su capacidad de imaginación. *Skopis*, castraciones rituales, la mafia rusa como escapatoria... Demasiado para su mentalidad occidental. Y eso que convertí al padre Belinski en un bibliotecario experto en sectas; creo que si llego a explicarle lo del «hombre santo», él mismo se habría encargado de que no cobrara mi nómina a fin de mes.

Antes de que me preguntara por las llamadas nunca respondidas, decidí atacar.

—¿Y cómo demonio se les escapó a ustedes Ivanov?

—Los hombres no logran entenderlo. El muy cabrón se largó segundos antes de que ellos llegaran. Algo debió de oír, o alguien le avisó en última instancia. No sé si es posible pensar eso; el caso es que se acercaron en la noche a su caseta, entraron con una maniobra envolvente, pero ya no estaba dentro. Tenía la música aún sonando en el compact disc y un cigarrillo se quemaba sobre el cenicero.

—¿No se llevó su coche?

—No; huyó a pie. Peinamos un poco la zona, aun sin luz, y con más detalle al día siguiente. Han preguntado en todas las agencias de alquiler de coches de los pueblos cercanos. Nada. Han interrogado a los taquilleros que hacían turno de mañana en las estaciones de tren. Nadie consiguió recordarlo. Se desvaneció.

—¡Magnífico! —exclamó irónicamente Garzón.

Pero no había nada de magnífico en aquel desenlace, no había siquiera lugar para la ironía. Era como tener las manos metidas en el barro, acariciarlo una y otra vez, pero no conseguir darle forma a la vasija. Aquel caso constituía un amasijo de datos dolorosamente recopilados. Cada una de las soluciones parciales que habíamos ido logrando se correspondía con un nuevo problema. Me sentí responsable del secuestro de Palafolls. Mi ángel guardián había sido atrapado por el tentáculo de una hidra con la que nada tenía que ver. Una idea muy poco afortunada por mi parte, mandarlo a la facultad. Profesionalmente habíamos dado en el clavo, pero el elemento humano pesaba ahora sobre mí. Sin duda, si Palafolls estaba secuestrado era porque se había acercado a algún punto caliente en su investigación. No quise ni pensar que en aquellos momentos estuviera muerto; eso sí hubiera representado una inútil tragedia. Interrogué a Coronas:

—¿Se sabe si ha dejado datos escritos de sus pesquisas?

—Si llegó a tomarlos, no están en comisaría.

—Cometió un fallo entonces.

—¿Debemos presuponer que descubrió algo?

—Estoy segura de que así es. ¿Han llamado a su compañero, Marqués? Quizá algo le comentó.

—No hubo ningún comentario, ni siquiera se vieron. Es obvio que Palafolls se tomó muy en serio su misión, no quería malograrla con un contacto que implicara el mínimo riesgo de ser descubierto.

—¿Y en su casa? ¿Han investigado en su casa?

—Petra, este triste hecho acaba de suceder. No hemos tenido tiempo aún. Me he limitado a llamar a su familia para darles la noticia; lo demás, espero que lo haga usted.

Coronas me pasaba la patata caliente, el saco cargado de piedras. Un proceder nada sorprendente, con un poco de suerte yo podría hacer lo mismo con Garzón. El subinspector era único tratando con las familias afectadas por la desgracia policial. Daba consuelo, infundía esperanzas... Mientras él representaba al buen samaritano, yo pondría cara de circunstancias y procedería directamente a los quehaceres de la investigación.

Así se hizo. Con toda probabilidad los padres de Palafolls ignoraban que la orden que se había saldado con la desaparición de su hijo partió de mí. De otro modo, no me hubieran tratado con tanto afecto y prodigalidad. Me apretaron las manos de forma emotiva y nos invitaron a café. Todos aquellos extremos hacían que me sintiera más culpable todavía. Mientras Garzón se dedicaba a darles palabras de aliento, yo pedí permiso para registrar su habitación.

Javier Palafolls era como un crío, enseguida lo comprobé. Tenía las paredes llenas de fotografías representando musculosos luchadores de kárate, láminas con los anagramas del FBI. Los policías jóvenes son algo peligroso, pensé, hay que estar ligeramente desengañado para ejercer bien. Todo daba a entender que aquel muchacho se había dejado llevar por una idea vocacional algo infantil. Busqué febrilmente en los cajones de la cómoda, en el armario, entre los libros, revistas y discos. Llegué a levantar el colchón. Pero no había nada, ni un nombre, ni una dirección. Si Palafolls había encontrado algo, ¿por qué demonio se lo había guardado para sí? ¿Qué pretendía, colocarse él solo todas las medallas del mérito policial, o realmente se creía una especie de superagente? Saqué toda su ropa pieza a pieza, la revolví. Llamé por fin a su madre y le pregunté cuáles de aquellas prendas había llevado el muchacho los últimos días. Ella miró estupefacta el jaleo que había organizado y, titubeando, señaló dos pares de pantalones de loneta.

—Creo que se puso éstos, y las camisas, que ya las lavé.

—¿Había algo en los bolsillos de esas camisas?

Pensó un instante.

—Sí, había un papel.

—¿Lo ha guardado?

—Sí. Mi hijo siempre me pide que no lave nada antes de que él haya revisado los bolsillos, pero nunca le hago caso, la verdad. Los reviso yo y guardo lo que pueda haber. Tiene la mala costumbre de dejarse papeles, incluso dinero.

—Señora, por favor, déme inmediatamente ese papel.

Tuve la respiración contenida hasta que volvió a aparecer con un trocito de hoja de libreta en la mano, bien doblado. Se lo arrebaté con precipitación y lo desplegué sin tomar la precaución de hurtarme a los ojos de la madre, cada vez más alarmada. Eran dos números de teléfono. Se los mostré a la mujer por si le sonaban de algo, pero no los reconoció. Interrumpí la conversación de Garzón con el señor Palafolls para intentarlo con él, pero tampoco le sonaban de nada. Entonces salí casi sin despedirme. El subinspector me alcanzó en la escalera.

—¡Podía haberse esperado un poco, ha dado usted una imagen funesta frente a los padres del chico!

—¡Me da igual! Estoy harta de la diplomacia, de dar buena imagen y de aparentar. Lo único que me interesa en este momento es acabar con este jodido caso de una puta vez. Lo demás es secundario.

Asintió sin atreverse a contestar. Evidentemente, echaba cuentas mentales sobre mi culpabilidad apabullante. Mejor, así comprendería que el elemento humano había dejado de tener importancia para mí. Condolerse por la pérdida no dejaba de ser una salida por la tangente, y en aquellos momentos había que reintegrarse con fuerza a la vía principal. Pericia y tiempo iban a constituir a partir de entonces dos reglas de oro. Me asaltó el recuerdo del viaje a Moscú. Habíamos desperdiciado muchas horas allí: los paseos, el amor, las cenas en alegres tabernas... Aunque no podía olvidar que el trabajo policial era también algo hecho por seres humanos, y como tal estaba sometido a infinitas variables. Incluso la mitad de las pruebas con las que siempre actuábamos estaban basadas en la subjetividad: «Observé, reconocí, creí ver, era la una, eran las seis, el abrigo era verde, o gris...» Todo inseguro, todo momentáneo, todo verbal. Como el hombre mismo. Un pensamiento descorazonador. Métodos que despertaban inmediatamente una duda razonable. Se había perdido tiempo en Moscú, mucho sin duda, pero habíamos encontrado lo que habíamos ido a buscar. Me volví hacia Garzón.

—Vaya ahora mismo a comisaría y encárguese de investigar estos dos números de teléfono —le dije—. Yo me voy a mi casa, necesito dormir un par de horas para no caer muerta. Después lo relevaré y descansará usted. Es el único modo que se me ocurre para poder resistir hasta la noche.

Asintió convencido, aunque estaba más entero que yo. Cogí el coche y enfilé hacia mi casa; necesitaba un lapsus mínimo de tranquilidad. Sin embargo, me esperaba una sorpresa desagradable: sentada en la calle, junto a la puerta, estaba Julieta. Me había olvidado de ella. Con su pinta de hippie esmirriada y en aquella postura parecía una mendiga de Dickens. Me miró como un perro apaleado.

—¿Por qué no has entrado? —inquirí.

Pero ella no estaba dispuesta a dar explicaciones sino a pedirlas.

—¿Saben algo de Miguel? —preguntó.

Mi intento de dar plumazo al factor humano estaba destinado al fracaso.

—Pasa dentro y sentémonos un rato. Podemos tomar una taza de café.

—No quiero entrar. Sólo quiero saber si tienen alguna idea de dónde está Miguel, alguna pista tal vez.

Julieta deseaba ir al grano, para lo cual me encontraba en excelente disposición.

—Justo estamos empezando, la investigación.

—¿Tienen algún indicio de por dónde empezar?

—Sí, un par de números de teléfono. A no ser que tú sepas algo más.

—No.

—Espera, te los enseñaré, quizá te resulten familiares.

Saqué la agenda del bolso, le enseñé mi transcripción de la nota manuscrita por su novio. Me escuchó con atención, quedó un segundo en silencio, pero enseguida negó con la cabeza.

—¿Estás segura?

—Sí.

—¿Y no te haría él algún comentario, alguien que había conocido en la facultad...?

—Nunca me hablaba de lo que hacía.

—Es lógico que así fuera. ¿De verdad no quieres una taza de café?

—Sólo quiero que lo encuentren.

—Lo sé, lo sé.

—Me voy. De momento no vendré a limpiar. Llámeme en cuanto sepa cualquier cosa.

—No te preocupes, lo haré —contesté con tristeza.

Se marchó sin dotar a su cara de ninguna expresión. Su falda india de florido algodón se movía en el aire como si fuera a evaporarse.

Entré en casa de mal talante. No me hacía ninguna gracia que la gente me señalara en silencio como responsable de su dolor. Si además de sentirme censurada tenía que quedarme sin servicio doméstico, entonces la cosa resultaba mucho más grave. Pero era mejor no pensar, debía dormir, necesitaba dormir, estaba obsesionada con dormir, podía caerme al suelo inconsciente si no conseguía dormir. Me acosté y puse el despertador para que sonara dos horas después. Antes de caer rendida, se me representó la mirada indefinible de Julieta. Hubiera preferido que me insultara, que llorara, que montara un número en toda regla. Pero no lo montó, sino que se limitó a exhibir aquella expresión indescifrable. ¡Al carajo con ella!, pensé, y desconecté por fin de todo lo lógico e ilógico.

Por muy resistente que fuera Garzón, aquello había sido demasiado. Lo encontré hecho un guiñapo, derrengado en su escritorio, presa de un cansancio visceral.

—¿Algún resultado? —pregunté.

Movió la lengua pastosa para articular.

—Los dos teléfonos pertenecen a dos familias de la ciudad: los Atienza Pérez y los García Bofarull. Ambos tienen dos hijos que hacen cuarto curso en la facultad de Medicina.

—¡Buen trabajo y buen dato!

—Adrián Atienza Pérez estaba en casa cuando he telefoneado. He mandado una dotación para que lo traigan inmediatamente. Daniel García Bofarull se encuentra jugando a tenis en su club. También he enviado dos agentes a su casa, entre ellos a Marqués; en cuanto llegue lo acompañarán hasta aquí. Espero que sepa disculparme, pero me sentía demasiado cansado para ir yo mismo.

—Ya ha hecho demasiado, Fermín, ahora váyase a su casa.

—¿Cuánto tiempo me da?

—¿Tendrá suficiente con un par de horas?

—Creo que me sobrará.

Salió sin decirme ni adiós. Debía de llevar más de veinte horas sin dormir. Había que reconocer que tenía una encarnadura excelente. A su edad se veía capaz de resistir tanto los excesos de la vigilia como los del alcohol. Moriría viejo. Me sobreviviría con toda probabilidad.

No pude pasar sola ni cinco minutos; al cabo de cuatro, Coronas entró pidiéndome una copia de la fotografía de Ivanov que había traído de Moscú. La separé del dossier y se la di.

—¡Dios! Es como un villano de película muda, el doctor Caligari o algo así.

—No, tiene exactamente esta pinta.

—Pues se volverán a mirarlo cuando vaya por la calle.

—De eso se trata, ¿no? ¿Qué piensa hacer?

—Entregarlo a todos los medios de comunicación. También les facilitaré otra foto de Miguel Palafolls.

—¡Joder, eso provocará un alud de llamadas! Me pregunto quién las atenderá.

Se encogió de hombros y salió llevándose el retrato. Allí concluía su labor. Lo envidié; como todos los jefes tenía bien acotado su campo de responsabilidad.

Nada más abrir la puerta de mi despacho saltó a mis ojos el rostro de Adrián Atienza. La primera impresión fue que estaba asustado. Aparte de eso me pareció un muchacho normal, un miembro más de la siempre estereotipada juventud. Alto, cabello negro, indumentaria informal. Lo interrogué entrando directa en materia y, de entrada, negó conocer a Palafolls. Su mueca de miedo indisimulado se hizo más patente aún después de haber efectuado semejante declaración. Decidí seguirle el juego y le describí físicamente al joven agente. No reaccionó. Entonces le confesé que era un policía infiltrado en la facultad. Registré minuciosamente la expresión de su rostro. Creí advertir que ya lo sabía: ni un rasgo de sorpresa. Estaba segura, aunque me habría gustado que estuviera presente Garzón y escuchar su parecer. Hasta allí habíamos llegado. El dato de que su teléfono figuraba en poder de Palafolls me lo guardé. Le dije que podía marcharse, pero que debía permanecer localizable por si tenía que volver a declarar. Creí observar en él cierto alivio nervioso cuando cruzaba la puerta de salida.

Parecía evidente que había mentido. Parecía evidente también que no podía tratarse del jefe o cabecilla de ninguna organización. Era un pardillo de índole especialmente torpe. Habría podido desembarazarse de nosotros simplemente admitiendo que conocía a Palafolls. Sí, habían tomado juntos un par de cafés al salir de las clases, o habían compartido unos apuntes. Eso era todo, probablemente no hubiéramos continuado acosándolo. Pero no se le ocurrió, se le antojó más seguro negar. Era un pardillo, un pardillo cuyo teléfono, por alguna razón, estaba en el bolsillo del policía desaparecido.

Ordené, sin demasiada fe, que lo vigilaran las veinticuatro horas del día. Quizá sólo fuese una víctima más, uno de aquellos muchachos castrados que nada sabía sobre el destino de Miguel Palafolls.

—¿Cómo haríamos para averiguarlo, subinspector?

Garzón, que entraba en mi despacho con cara de dormido, me miró sin comprender.

—Averiguar, qué.

—Hablaba para mí misma. ¿Ha podido descansar en dos horas?

Hizo caso omiso de mi interés por su bienestar.

—Temo sus preguntas al viento; dígame, ¿averiguar qué?

—Si Adrián Atienza ha sido castrado.

—Veo que no le ha ido muy bien con él.

—Niega conocer a Palafolls; he ordenado que lo sigan.

—¿No sabe que se halló su teléfono en poder de nuestro agente?

—No. De repente me ha dado el pálpito de que era un desgraciado que nada sabía, un simple miembro de la secta, castrado y muerto de miedo.

—Es posible.

—¿Usted cree que un juez...?

—Quíteselo de la cabeza, ningún juez va a darle una orden para bajarle los pantalones a ese chico.

—Me refería a una prueba médica.

—Ni aun así; no hay suficientes evidencias en su contra. Y si lo intenta por la fuerza, los abogados la freirán.

—¿No cree que si le enviamos a una hermosa profesional, o a un par de encapuchados a los lavabos de la facultad...?

—Fuera de cachondeos, lo único que se me ocurre es investigar su sexualidad en el entorno.

—No hay tiempo para eso, Fermín, Palafolls está en paradero desconocido y cada hora que pasa se alejan las posibilidades de encontrarlo con vida.

—Lo sé —dijo el subinspector con voz fúnebre—. Coronas ha ordenado una búsqueda pública en los medios de comunicación —añadió con cierta esperanza.

—Cosa que no hará más que incordiarnos.

—Pues no veo muchos métodos más.

—Por cierto, son casi las nueve. Contacte con los agentes que envié a casa de los García Bofarull. Es posible que el chico ya haya regresado.

Cuando quedé sola en el despacho los ojos se me cerraban. Dos horas de sueño habían sido suficiente para proporcionarme una prórroga hasta el desfallecimiento total. Fui en busca de la máquina de café, pero en ese momento regresaba Garzón con noticias. Daniel García Bofarull no había vuelto del club de tenis. Sus padres habían llamado allí y la recepcionista les había informado de que el chico había salido hacía rato. Estaban alarmados y querían saber por qué la policía deseaba hablar con él.

—Vienen hacia comisaría acompañados de nuestros agentes —concluyó.

—Entonces póngase la gabardina y vámonos.

—Pero, inspectora, le digo que vienen hacia aquí.

—No se preocupe, el comisario los recibirá, les hará las preguntas pertinentes y luego los tranquilizará.

—Va a pasar un mal rato.

—Es un deber propio de su autoridad.

Me miró ponderando mi infinito cinismo que, en el fondo, representaba una liberación para él. Rematé la jugada:

—Y déjele una nota al comisario. Que cite a los padres de nuevo para mañana a las diez. Nosotros también los interrogaremos, pero de momento va a ser él quien reciba la primera oleada de inquietud familiar.

Cinismo a raudales, a espuertas, a capazos. El único modo de seguir funcionando entre castraciones rituales, secuestros profesionales y otras insólitas calamidades.

Llegamos a toda prisa al club de tenis La Red. La recepcionista cumplió con su obligación e informó de lo poco que sabía, refrenando la curiosidad.

—Ya se lo dije a su padre por teléfono. Cuando él me llamó ya hacía por lo menos dos horas que se había marchado.

—¿Notó algo especial, sucedió algo raro?

—Raro... no, pero diez minutos antes de salir alguien lo llamó por teléfono. No solemos pasar llamadas a los socios para no interrumpir sus partidos, pero dijeron que era algo muy importante y, además, Daniel García no jugaba en ese momento, sino que estaba haciendo pesas en el gimnasio. Dije al vigilante que fuera a buscarlo.

—¿Y qué ocurrió?

—Nada extraordinario. El chico llegó sudando, pasó a la cabina y habló un rato muy corto, luego se marchó hacia los vestuarios. Al cabo de cinco minutos salió ya vestido y se fue.

—¿Pudo oír algo de la conversación?

—No.

—¿Le vio preocupado después de colgar?

—No sé... Aunque la verdad es que cuando pasó por delante de mí hacia la puerta de salida me fijé en que no se había duchado y me extrañó.

—¿Le resultó familiar la voz del hombre que llamó?

—No era la voz de un hombre; era una mujer.

Observé a la muchacha. A medida que se desarrollaba nuestro interrogatorio había ido perdiendo la serenidad. Por fin no pudo contenerse y preguntó:

—¿Ha pasado algo malo?

—No lo sabemos aún. Llámenos a este número si telefonea alguien preguntando por él. ¿Tiene Daniel una taquilla en los vestuarios?

—Sí.

Nos acompañó y la registramos, pero no contenía nada especial: colonia, champú y un par de calcetines de repuesto.

Cuando volvimos a comisaría comprobamos que la suerte no estaba de nuestra parte. Los padres de Daniel seguían allí. Sin embargo, Coronas debía de haber recibido ya el primer impacto, dada la forma en que nos miró. Por desgracia, que ya hubieran representado la primera escena de su teatro no significaba que no continuaran un par de actos más. Los padres de clase acomodada siempre exageran los lazos proteccionistas hacia sus retoños y raramente se libran de la tentación de autoexculparse. Aquéllos no fueron ninguna excepción. Aparentemente, todo estaba dentro de la normalidad. La madre lo corroboró.

—Inspectora, ya le hemos dicho al comisario que nuestro hijo es un chico perfectamente corriente. Tenemos buena comunicación, nos preocupamos por él, y él nunca ha dado un disgusto. En cuanto a los estudios...

La interrumpí con brutalidad:

—Señora, si ya se lo ha dicho al comisario Coronas, es inútil que me lo vuelva a contar. Contésteme a una pregunta: ¿tiene novia su hijo?

—No.

—¿Amistades femeninas?

—Pues verá, yo por prudencia, no he querido indagar si...

—En ese caso tendremos que hacerlo nosotros, porque a su hijo le llamó una mujer al club un momento antes de abandonarlo.

—Yo me encargaré —dijo Coronas, que debía de estar hasta las narices.

—Ahora es necesario que nos acompañen a su casa y nos muestren la habitación de su hijo —proseguí—. Debemos registrarla; quizá obtengamos alguna orientación sobre su paradero.

Mientras seguíamos en nuestro coche al Audi de los García Bofarull, Garzón me preguntó:

—¿Cree que Daniel está muerto?

—No lo sé. Nada es normal en todo esto. Nunca había sospechado que un caso prácticamente resuelto pudiera tener una prolongación tan angustiosa. Supongo que todo es posible mientras no atrapemos a Ivanov.

—El comisario le ha encargado a Marqués que reciba y filtre las llamadas de la gente que haya podido reconocer su foto y la de Miguel. Espero que le alivie la tensión. El pobre chico está que no vive desde que desapareció su compañero; ¡siempre patrullando juntos!

—Sí, aburrirse en compañía durante muchos años acaba por unir. Es como el matrimonio.

Me miró con censura, pero no replicó.

En la habitación de Daniel no encontramos nada que nos sirviera. El único objeto que llamó nuestra atención por ser inhabitual en el espacio de un joven era un ejemplar de la Biblia que yacía en el fondo de un cajón. La hojeé y vi que algunos párrafos habían sido subrayados.

—¿Es su hijo religioso? —pregunté a los García.

Quedaron sorprendidos. Todas las protestas paternas de conocer a sus vástagos como a la palma de sus propias manos solían desvanecerse tras la primera pregunta concreta.

—Pues, no sé, la familia es católica... —divagó el padre.

—¿Habían visto antes esta Biblia?

La señora García contestó:

—Yo nunca miro entre las cosas de mi hijo. Sé que hay algunas madres que lo hacen, pero a mí no me parece bien; normalmente le he dado mucha libertad.

Nunca habían visto aquel libro santo por allí, ni parecían tener la menor idea de que su hijo estuviera interesado en el mundo de la religión. Ahora se sentían inquietos por el descubrimiento y se comportaban como si en vez de una Biblia hubiéramos encontrado una colección de *Penthouse*. Me la llevé como prueba y salí con una despedida escueta. Garzón les dirigió buenas palabras para compensar mi brusquedad. En las escaleras de la elegante casa me recriminó suavemente mi actitud:

—No sé si es bueno tratarlos con tanta dureza; quizá hayan perdido a su hijo para siempre.

—¿Por qué se supone que la policía debe paliar la injusticia y el dolor? Nuestro deber es aclarar delitos.

—Pero al igual que el médico en su relación con el enfermo debe demostrar humanidad, nosotros...

—¡No me joda, Garzón! ¡Al carajo con la teoría del polizonte humano y solidario! ¿No ha visto acaso en qué mundo nos movemos? ¡Todos esos chicos metidos en una secta, capaces de hacerse castrar o castrar a un compañero, guardando un silencio encubridor...! Ya no me siento solidaria con nadie, la gente está demasiado loca, es demasiado irracional.

—Este asunto la está trastornando.

—Como todos los asuntos en los que las víctimas también son verdugos.

Me retuvo el brazo derecho impidiéndome andar.

—Petra, cuando todo esto haya acabado devolveremos cada cosa a su lugar.

—Es una bella ilusión.

El ambiente en comisaría era más denso que el átomo. Coronas nos recibió.

—Ninguna novedad —le previno Garzón antes de que preguntara.

—Por aquí tampoco ha habido suerte. Tengo gente por todos lados: preguntando en las clínicas, peinando la zona del club La Red... He alertado a todas las comisarías de la ciudad. El departamento completo está en danza.

—¿Cómo va Marqués con las llamadas?

—Está en el despacho veintitrés atendiéndolas. La gente no para de telefonear.

—Iremos a ver.

Marqués dejó la terminal en manos de un compañero y vino hacia nosotros con un bloc de notas.

—Mucha paja, inspectora.

—Me lo imagino, y mucha falsa alarma también.

—Ni que lo jure. Un hombre llamó diciendo que creía haber visto a Palafolls en la cola del cine Comedia. Enviamos una dotación. Esperaron a que salieran todos los espectadores de las minisalas y de Palafolls nada de nada. El portero aseguró que nadie había abandonado los cines durante la proyección.

—La típica fantasmada.

—Lo demás es peor aún: una chica dijo que la cara de

Miguel era igual a la del cantante de un conjunto pop, y una señora aseguró que Palafolls le había llevado a su casa la compra del supermercado durante el último año, así que ya ve.

—Ya veo, sí.

—Pero el que cosecha más éxito es Ivanov. Como tiene esa pinta tan rara creo que excita la imaginación de la gente. Llaman diciendo barbaridades sobre él: que es un familiar suyo disfrazado, que trabaja en una carpintería del Clot. Lo han visto en todas partes a la vez: tomando el puente aéreo Barcelona-Madrid, paseando por las Ramblas, merendando churros en una cafetería...

—La masa reclama una pequeña parte de protagonismo; no pueden evitarlo.

Marqués replicó con tristeza:

—Mucho me temo que esto no vaya a conducirnos hasta Palafolls.

—No se descorazone y siga en ello.

Entró un guardia preguntando por mí.

—Inspectora, tiene una llamada de Moscú. Se la han pasado a su despacho.

Corrí hacia allí, descolgué el auricular y enseguida reconocí el inglés firme y anguloso de Alexander Rekov.

—¿Petra, cómo estás, todo va bien?

—No demasiado, ¿qué tal te va a ti?

—No te llamo para darte ninguna buena noticia. Te explicaré. Hemos estado vigilando a Esvrilenko y su gente tal y como te prometí. El otro día Silaiev me trajo al fin un dato interesante. Uno de los hombres había estado en una agencia de viajes del centro de la ciudad. Averiguamos que había comprado dos pasajes de avión con destino a Barcelona con fecha del 7 a las tres de la tarde. Llegados día y hora fuimos al aeropuerto para ver quién embarcaba, pero ninguno de sus secuaces se presentó. En ese vuelo hubo dos asientos vacíos.

—¿Y...?

—Es obvio que, quizá desde la agencia, alguien les advirtió de que andábamos siguiéndoles los pasos, o quizá ya lo sabían y ha sido todo una maniobra para engañarnos; el caso es que es muy probable que ese viaje a Barcelona se realice o se haya realizado ya, pero no puedo decirte quién ha ido, ni cómo ni cuándo.

—¿Y qué puedo hacer?

—Mantener los ojos abiertos, poco más. No me extrañaría que Barcelona contara entre su población flotante con dos rusos más, y no precisamente turistas.

—¿Qué piensas que pueden venir a hacer aquí? ¿Quizá a rescatar a Ivanov?

—No lo sé, Petra, no lo sé.

—Estamos vigilando todos los vuelos a Moscú.

—Pueden salir del país de cualquier manera, en coche, en tren, coger luego un avión en Amsterdam o París. Será muy difícil cazarlos.

—Soy consciente de eso.

—Lamento no haber podido ayudarte más.

—La información que me has dado es muy estimable.

—Me hubiese gustado que fuese mejor.

Nos quedamos ambos en silencio una vez finalizada la conversación profesional. Quería decir algo, pero no sabía qué. Me angustié por un instante. Al fin, él habló.

—¿Te traerá tu investigación de nuevo a Moscú?

—Me temo que no.

—Te advierto que aún quedan muchas cosas por visitar.

—¿Monumentos funerarios?

—¡Muchos monumentos funerarios! Hay cantidad de grandes hombres rusos que han muerto ya.

—Es bueno honrar a los muertos.

—Es lo más excelso.

—En España también existen tumbas interesantes.

—¿La de Franco?

Me eché a reír.

—Sí, ¿por qué no? Está dentro de una iglesia, además. Eso puede constituir un atractivo extra.

Rió él, y sucedió un nuevo silencio. Lo rompió otra vez Rekov.

—Petra Delicado, tengo que colgar. Transmítele mis recuerdos y los de Silaiev a tu compañero Garzón. Dile que Moscú no es igual sin su presencia, y en cuanto a ti...

—¿Sí...?

—Recibe mis deseos de una pronta solución del caso y mi...

—¿Solidaridad profesional?

—Eso es. Adiós, mi querida inspectora Delicado.

—Adiós, camarada Rekov.

Colgué, sonriendo con placer. Y bien, la vida era así, imprevista y plagada de recuerdos que uno acababa archivando sin más. En aquellos momentos habría dado cualquier cosa por volver a encontrarme con Alexander Rekov. Pero no pensaba engañarme, probablemente no volveríamos a vernos nunca. Sin embargo, su imagen estaría siempre conmigo, y permanecería ligada a Moscú, a la momia de Lenin, al peligro indefinido de los retos, al caso de los penes cortados. Pasados los años, todo aquello quizá llegara a parecerme el mayor cúmulo de despropósitos que hubiera podido soñar. Suspiré como una imbécil y, con un arrebato de sentido del deber autoinducido, me forcé a trabajar.

Tomé de uno de mis cajones la Biblia que habíamos encontrado, un lápiz y un papel, y me dispuse a estudiar los pasajes que había subrayado el desaparecido García Bofarull.

Durante más de tres horas me sumergí en aquel mundo mitológico y cruel. Todos aquellos textos tenían un punto de fascinación para mí. Eran mágicos, totémicos, enmarañados y al mismo tiempo supuestamente esclarecedores. Se trataba sin duda de un libro peligroso. Alguien que acudiera a sus páginas con una idea previa, podía encontrar en ellas su confirmación. Por el contrario, quien encarara la lectura virgen de conceptos, llegaría a acuñarlos con facilidad. El único modo neutro de acercarse a él era tomarlo como pieza literaria, y así resultaba bellísimo.

«Los ángeles te llevarán en sus brazos para que tu pie no roce las piedras», leí. Pero no era una valoración poética lo que había hecho Daniel. Tras un seguimiento de sus subrayados comprobé que todos los fragmentos resaltados tenían un punto común: las alusiones a la pureza:

Proverbios 22:11: «El que ama la pureza de corazón por el encanto de sus labios el rey será su compañero.»

Proverbios 20:8-9: «¿Quién puede decir: «He limpiado mi corazón, he quedado limpio de pecado?»»

Proverbios 21:8: «Un hombre, aun un extraño, es torcido en su camino; pero el puro es recto en su actividad.»

Mateo 5:8: «Felices son los de corazón puro, puesto que ellos verán a Dios.»

Job 11:3-4: «También dices: "Mi instrucción es pura, y he resultado realmente limpio a tus ojos."»

Proverbios 20:11: «Hasta por sus prácticas el muchacho se da a conocer en cuanto a si su actividad es pura y recta.»

No cabía la más mínima duda, Daniel García Bofarull pertenecía a la secta de los *skopis*. Y por extrapolación podía aventurarse que Adrián Atienza Pérez sería un *skopi* también. ¿Era aquélla la única razón por la que figuraban sus teléfonos en el bolsillo de Palafolls? Aunque así fuera, el hecho estaba indicándonos que cualquiera de los dos podía estar en contacto con Ivanov y saber algo sobre el paradero del agente.

Me dolían los ojos y la espalda. Según acababa de leer, el alma humana no tenía fronteras ni límites, pero era evidente que el cuerpo sí.

Acudí a la centralita de teléfonos en la que estaban Marqués y Garzón. El espectáculo que vi me hizo consciente de cuál debía de ser mi propio aspecto. El subinspector lucía unas ojeras como bolsas de marsupial, y el joven policía parecía listo para la jubilación. Dejé oír mi voz a buen volumen.

—Señores, vámonos todos a dormir. Voy a dar órdenes para que lo revelen, Marqués.

—Aún puedo seguir un rato más.

—Usted se marcha a su casa ahora mismo. Y no es que me preocupe su salud, simplemente pienso que ya ha dejado de rendir.

Me obedecieron con mansedumbre. Yo también me fui. A nada conducía dejarse arrastrar por la obsesión. Ocho horas de sueño quizá me devolvieran la cordura que había perdido entre dioses tonantes, zarzas parlantes, los hijos de Job y el bueno de Esaú.

Pero no pudo ser, la Providencia determinó que seis horas era un plazo de holganza suficiente para mí. A las seis de la mañana me llamaron desde comisaría. Un albañil de Badalona había hallado el cuerpo de un joven muerto en un solar sin edificar. Todo parecía indicar que se trataba de Daniel García Bofarull.

Contrariamente a lo que suele ser mi reacción habitual, me invadió un arranque de ira digno de figurar en algún versículo sagrado. Mientras me duchaba traté la esponja y el jabón como si fueran culpables de algo. La primera acabó, rezumante de agua, yendo a estamparse contra el espejo. ¿Una estúpida conversión psicológica? Sin duda alguna, pero más estúpido era estar en las postrimerías de un caso y ver cómo éste se prolongaba dejando tras de sí un rastro de cadáveres. Garzón y Coronas me esperaban en el Anatómico Forense. El comisario había acudido en persona para pedirle al doctor Montalbán que diera prioridad absoluta de autopsia a nuestra nueva víctima. Antes de eso, dio órdenes de vigilancia aún más cerrada sobre Adrián. Era evidente que su vida corría peligro.

Los padres de Daniel estaban a punto de llegar para la identificación del cuerpo de su hijo. Hablé sinceramente con Coronas y le comuniqué mi intención de escabullirme de ese encuentro. No le hizo ninguna gracia, pero no tuvo más remedio que acceder a ser él quien los recibiera, mis formas habían sido demasiado delicadas como para que las frustrara con una orden tajante. Aun así, comentó:

—Es increíble, todo el mundo piensa que una mujer policía es ideal para las tareas humanas y diplomáticas y ya ve, usted me ha salido rana.

—También usted pensó que una mujer policía era ideal para aparecer en televisión, y ya ve las consecuencias que eso nos ha traído.

—Puede estar segura de que su aparición resultó la única manera de que todo este triste asunto se destapara. Ese chico confió en usted.

—No sabe cuánto me alegro, pero la próxima vez espero que sea otro agente quien se enfrente a los medios de comunicación. El papel de remover conciencias no me ha gustado.

Me largué a tomar un café con el subinspector mientras se desarrollaba la sin duda dramática identificación. El sabía ya más que yo del asunto.

—¿Cómo ha muerto? —le pregunté.

—Presentaba un gran tajo en el cuello. Se desangró. El forense que estuvo en el levantamiento dijo que llevaba muerto aproximadamente desde las tres de la mañana. En apariencia no había rastros de violencia ni intentó defenderse. Dentro de un rato sabremos algo más, si es que Montalbán accede a darnos preferencia.

—Accederá.

Apagué la colilla con cansancio. Dejé caer los brazos a los lados del cuerpo.

—No se desanime, Petra.

—¿No cree que hay motivos suficientes? ¿Quién le dice que el próximo muerto que encontremos no será Palafolls? Ya ve que estos tíos van a por todas.

—Me he propuesto pensar que Palafolls está bien y nadie va a sacarme de ahí.

—El voluntarismo no basta, Fermín.

—Pero es un firme punto de partida.

No estaba segura de que eso fuera así. Lo que sí es un firme punto de partida es convencer al otro de que todo irá bien. De modo que, para sentirme más animada hubiera necesitado ser yo quien infundiera optimismo a Garzón.

La primera y quizá única revelación que nos hizo Montalbán después de la autopsia fue que Daniel García Bofarull también estaba castrado. La suya era una castración perfectamente cicatrizada que databa de meses. El método era el que bien conocíamos: procedimientos quirúrgicos ortodoxos. En cuanto a la muerte del chico, el dictamen fue simple: le habían seccionado limpiamente la yugular. La ausencia del más mínimo rasguño o contusión demostraba que él en ningún momento se había defendido. Montalbán indicó que el asesino había acompañado el cuerpo en su caída hasta el suelo para que ésta fuera suave, ya que ni siquiera se veía huella de impacto final. Eso le hacía conjeturar que víctima y criminal se conocían.

—¡Por supuesto que se conocían, doctor! —Me volví hacia Garzón—. Y si no fuera por la llamada al club de tenis de esa misteriosa mujer, el nombre del culpable estaría cantado: Serguei Ivanov.

—¿Cree que Ivanov supo que habíamos localizado los teléfonos de Daniel y Adrián?

—Estoy convencida de ello. Al segundo no le dio tiempo a liquidarlo, pero a Daniel su sesión gimnástica le costó la vida. Lo cual me hace pensar que hubiera sido muy conveniente ir a detenerlo a las puertas de su club.

—Nadie hubiera podido pensar que corrían peligro.

—Nadie no es la policía, Fermín.

—Muy bien, de acuerdo; pero dígame, ¿cómo pudo enterarse Ivanov de lo que nosotros encontramos o dejamos de encontrar?

Negué distraídamente con la cabeza.

—No lo sé. Quizá le arrancó a Palafolls la confesión de que existía esa posibilidad.

—Palafolls está en su poder desde anteayer. ¿Cree que hubiera esperado tanto para actuar?

El doctor Montalbán asistía a nuestra conversación en grave silencio. Su voz sonó lúgubre al señalar:

—Mi informe quedará completo cuando se realice la comparación del ADN de Daniel García con el de los penes que tenemos archivados. Calculen un par de días.

Resolver el rompecabezas anatómico sería interesante, aunque no crucial. De momento, con todos los interrogantes agolpándose en la estrecha puerta de la solución, no teníamos otra alternativa que presionar a Adrián Atienza. Hablando con el juez conseguí que me diera una orden de detención formal. Podía acusársele de ocultación de pruebas, de obstrucción a la justicia. Nada por lo que fuera lícito retenerlo más de un par de días. Había que contar con que los padres pondrían inmediatamente en funcionamiento a un abogado.

Los García Bofarull eran presa del horror total. Les pedí objetos de uso donde hubieran podido quedar restos orgánicos de su hijo, ya que el muchacho en ningún momento había querido colaborar. Se trataba de averiguar si Adrián estaba castrado también. Para no emplear esos términos le dije al tembloroso matrimonio que su hijo había podido ser víctima de una terrible mutilación. Pero daba igual, con eufemismo o sin él, no tenían la más mínima intención de facilitarnos la tarea y, tal y como pensé, pusieron el asunto en manos de su abogado, que no quiso ni oír hablar de análisis de ADN.

Los interrogatorios que sostuve con ellos tampoco resultaron de ninguna utilidad. Dábamos vueltas sobre lo mismo sin que se llegara a la menor concreción.

—¿Notaba nervioso a su hijo?

—No especialmente.

—¿Le ha llamado alguien en las últimas veinticuatro horas?

—Supongo que sí.

—¿Alguna mujer? ¿Alguien con acento extranjero?

—No sabría determinar.

—¡Deberíamos haberles intervenido el teléfono! —rugió Garzón tras nuestro último encuentro con ellos.

—Es fácil decir lo que debía haberse hecho cuando ves por dónde tiran los acontecimientos. Además, no teníamos base legal. En cualquier caso, Ivanov es un hombre inteligente; si lo ha llamado lo habrá hecho con localización imposible.

—¿Cree que lo llamó para amenazarlo si habla?

—Es posible, aunque la muerte de Daniel ya es suficiente amenaza.

—¿Piensa que aún estará en Barcelona?

—Seguro que sí.

—¡Esto es lo más endemoniado que he tenido jamás entre manos!

—Endemoniado es una buena palabra.

—¿Cómo es posible que esos chicos se hayan dejado influenciar hasta el punto de...?

Garzón estaba impresionado. A pesar de su experiencia, aquel caso excedía las certidumbres de su currículum profesional. Durante su vida de policía había tenido que enfrentarse a la crueldad, la venganza, la ambición, pero la entrega del alma de modo gratuito era algo nuevo para él. Llevaba razón, se hace duro admitir que dentro de nosotros puede morar nuestro más irracional enemigo. Intenté bromear para sacarlo de su dolorosa estupefacción.

—Antes de seguir adelante, ¿se le ocurre alguna canción sobre pollas, algún versículo satánico, un soneto coñón?

—¡Calle, Petra, no es momento de pitorreos!

—Lástima; echo en falta su vena lírica.

—Pues no estoy para versos.

—Fermín.

—¿Qué?

—¿No habíamos quedado en que Palafolls está vivo?

—Sí.

—Pues entonces no pierda el humor.

—Tiene razón.

—Además, de cara al siguiente paso lo va a necesitar.

—¿Cuál es?

—Vamos a hacer un interrogatorio en profundidad a Adrián, en presencia de su abogado. Saque recursos e ideas si es que los tiene, ejerza su capacidad teatral. Cada palabra que le arranquemos puede costarnos un triunfo; piense que está amenazado por el mismo diablo.

Suspiró, tanteando cuánto de realidad había en mis palabras. Y había mucha; no era necesario ser brillante para imaginar con qué íbamos a encontrarnos.

Adrián Atienza negó, negó todo el tiempo, con resistencia numantina, con convencimiento, con fe. Negó pertenecer a ninguna secta, haber sido objeto de castración ritual, haber colaborado él mismo en la castración de terceras personas. Negó y negó: saber quién era Ivanov, conocer a Palafolls. No pudo negar ser compañero de curso de Daniel porque era evidente, pero aun sobre ese tema dijo no tener nada que comentar. Garzón estaba desesperado, yo ya me esperaba algo así. Fuera por su voto de silencio, por la amenaza del ruso o por consejo de su abogado, el caso es que no despegaría los labios. Lo intenté por última vez.

—¿No te importa que amigos tuyos hayan muerto, Adrián, que les hayan hecho sufrir? ¿De verdad te da igual que un policía quizá vaya a morir? Es joven, casi de tu edad, y también tiene padres, y novia, ¿no te importa?

En ese momento el chico se echó a llorar. Vi un estrecho pasadizo de esperanza, pero el abogado intervino.

—Inspectora, en un juicio no la dejarían seguir por ese camino. Hacer esa pregunta supone que...

—Lo sé, lo sé, está bien —le interrumpí. Por si me había hecho ilusiones Adrián se recompuso y declaró con firmeza:

—No tengo nada que decir.

El subinspector echaba chispas cuando salimos de allí.

—Si al menos ese maldito abogado...

—No se atormente, con abogado o sin él el chico hubiera callado igual.

—¿Por su voto de silencio? ¡Poco se fió Ivanov del voto de silencio de Daniel!

—Quizá era el más débil, o el que sabía más, o quizá si hubiera podido se los habría cargado a los dos para más seguridad. Olvídelo.

—¿Cuánto tiempo más cree que el juez nos permitirá retenerlo aquí?

Me encogí de hombros. Mi compañero se pasó las manos por la cara, restregándosela una y otra vez. Entonces, para que no cayera sobre nosotros la losa de la inutilidad, dije en tono falsamente brioso:

—¡Vayamos a ver cómo marchan las llamadas de Marqués!

Unas horas más tarde, adelantándose a la fecha que nos había prometido, el doctor Montalbán nos hizo llegar su informe escrito: el ADN de Daniel García Bofarull coincidía con el de uno de los penes no identificados que obraban en su poder. Materia muerta y materia muerta se reunían por fin.

11

Cuando le abrí la puerta de mi casa enseguida me asaltó una idea culpable: la había olvidado de nuevo. Es lo que suele suceder con las relaciones amorosas no institucionalizadas, nadie las toma en consideración. Y sin embargo, podía afirmarse con toda seguridad que el agente Palafolls, dondequiera que estuviere, pensaría más en ella que en padres, hermanos o cualquier otro vínculo convencional. Pero así eran las cosas, no la había llamado para informarle de la marcha de la investigación, y ahora era demasiado tarde para rectificar. La tenía ante mí, pálida, seria, vidriosa, espantada como si acabara de ver un trasgo.

—¡Hola, Julieta! ¿Cómo estás?

La hice pasar. La conduje hasta la cocina y preparé café. Empecé a parlotear con una cháchara inútil. Todo iba bien, perfectamente bien. Dentro de muy poco tiempo encontraríamos a Palafolls, mentí. Permanecía callada, como si no me escuchara. Exhibía gesto exánime y aspecto desaliñado. Sin duda no había dormido o lo había hecho mal. Puse dos tazas humeantes sobre la mesa y me coloqué frente a ella con una sonrisa forzada. Antes de que pudiera continuar con mi estúpida verborrea tranquilizadora Julieta dijo:

—Un hombre me ha llamado a mi casa.

—¿Cómo dices? —pregunté, tensa.

—Dijo que tiene a Palafolls y que...

La detuve en seco.

—Cuéntamelo todo desde el principio, Julieta, y muy despacio, con todos los detalles, por favor.

—Me llamó un hombre ayer, preguntó a mi compañera de piso por mí.

—¿Tenía acento extranjero?

—Sí.

—Dijo que si quería volver a ver a Miguel tenía que venir a su casa y hablar con usted.

—¿Te dijo qué quiere de mí?

—Sólo hablar. Si usted le cuenta a la policía que van a quedar citados, Miguel morirá.

—¿Dónde hemos de vernos?

—No lo sé. Volverá a llamarme para decírmelo. También dijo que no intenten localizar su llamada porque no servirá.

—¿Qué más te dijo?

—Nada más.

—Muy bien, Julieta, lo que debes hacer ahora es regresar a tu casa y esperar. En cuanto ese hombre vuelva a ponerse en contacto contigo, llámame al teléfono móvil.

—¿Va a decírselo a alguien?

—No.

—¿Cómo puedo estar segura?

—Te doy mi palabra; sabes que no voy a poner en peligro la vida de Miguel.

La cogí por los hombros intentando tranquilizarla, pero estaba tranquila, sin aparente rastro de angustia, como si aquel cúmulo de sensaciones fuera de lo común le hubiera provocado una especie de estupor.

La vi marcharse, caminar como si sobre la espalda llevase un gran peso que le hacía bajar la cabeza. Acababa de descubrir que enamorarse de un policía tiene un componente imprevisible y peligroso; quizá no pudiera soportarlo.

Me serví un whisky e intenté pensar. Por supuesto, debí haberlo imaginado, si alguien reivindicaba el secuestro o ponía condiciones tendría que ser a través de Julieta. Probablemente el propio Palafolls la había señalado como intermediaria. Comenzaron las dudas. ¿Debía dar la voz de alarma en comisaría? Si lo único que quería el ruso era hablar conmigo, haría mejor no implicando a nadie. Luego, cuando al fin supiera cuáles eran sus aspiraciones, entonces quizá sería buen momento para comunicárselo a los demás. ¿Y a Garzón? ¿Se lo diría a Garzón? Garzón podía serme de ayuda, quedarse al tanto por si algo me sucedía, acompañarme hasta las cercanías del lugar de la cita... Pero ¿sería capaz de mantener la boca cerrada? ¿Iba a quedarse tranquilamente esperando mientras yo acudía a reunirme con Ivanov? Temía más que a nada aquel instinto proteccionista que de repente surgía en él. No, no me dejaría en paz, no se conformaría con el papel que le atribuyera yo. Discutiría, se escandalizaría por los riesgos que iba a correr sola, elaboraría planes alternativos para burlar al ruso... Definitivamente, haría peligrar la operación. Descarté contarle la verdad. Aquel asunto se empeñaba en escogerme a mí, y era yo quien debía llegar hasta el final.

Pasé el día moviéndome como una autómata, con la mente perdida y el oído en el móvil. Continuamos rastreando posibilidades y contabilizando llamadas, que seguían llegando, cada vez más absurdas, aunque la que de verdad nos interesaba no se produjo.

A las ocho fuimos a cenar al Efemérides. Pensé que sería un buen remedio para disminuir la tensión que sentía, pero me equivoqué, resultó peor. Pepe se interesó por saber los motivos que me habían mantenido alejada de su local en los últimos tiempos. Obviamente, estaba convencido de que nuestros escarceos iban a concretarse en algo más. Todo había sido culpa mía, desde luego; había hecho las cosas rematadamente mal. Uno debería salir cada mañana de su casa recién psicoanalizado, sabiendo lo que siente, y en este caso era sobre todo imprescindible no implicar a nadie en las propias inseguridades. Procuré estar un momento a solas con mi ex marido. Sus ojos de juego y diversión me indicaron que venía dispuesto a un reencuentro, aunque fuera fugaz. Le sonreí y, sin esperar a que hablara, le espeté:

—Pepe, ¿piensas que es bueno volver atrás?

Se percató de que algo se había torcido tras el lapso sin vernos. Suspiró con resignación.

—¿Qué quieres decir?

—Sólo quiero saber tu opinión sobre ese refugio sutil que es el pasado.

Puso cara de fastidio.

—Petra, no me gustaba filosofar sobre nosotros mismos cuando estábamos casados, y en eso no he cambiado.

—Siempre pensaste que había otros temas para la filosofía, ¿verdad?

—Variados y abundantes.

Me eché a reír, y él asintió sonriendo.

—Ya veo, no te preocupes —dijo, y alejándose levantó la voz para añadir—: Toma lo que quieras, invita la casa.

Perfecto, pobre Pepe, era mucho más lógico no tener que dar ninguna explicación para algo que al fin y al cabo no había sucedido. Aunque, en realidad, la cosa era cargante, cada vez que me acercaba a Pepe era él quien salía perdiendo. No volvería a hacerlo nunca más. Sobre todo porque no siempre contaría con un bello príncipe ruso que me librara de la incipiente tentación. Fui a reunirme con Garzón, que charlaba en la barra en compañía de Hamed, pero de repente me sobresaltó el sonido del móvil. Interrumpí mi camino y contesté.

—¿Señora Delicado?

Nadie sino Julieta me llamaba así.

—¿Julieta?

—Ya está el contacto hecho. Tengo que acompañarla yo.

—Pero..., eso es imposible, yo...

—Ha de ser exactamente así. La espero en su casa dentro de una hora —dijo con sequedad, y colgó.

Garzón había estado mirándome mientras hablaba y, naturalmente, preguntó:

—¿Alguna novedad, inspectora?

—No, nada, una amiga con la que acabo de quedar. Ha llegado imprevistamente desde Madrid. Lo siento, mañana nos veremos.

Tuve la sensación de que no me creía, pero sin añadir nada hice un gesto de despedida y me marché. No tenía por qué darle explicaciones, y él no tenía por qué sospechar.

Por fortuna nunca había menospreciado la inteligencia de Ivanov. Haciendo que Julieta me acompañara se conjuraba en buena medida la posibilidad de una traición por mi parte, y en caso de que le hubiera preparado una encerrona, la chica alejaría el riesgo de disparos. No sé qué era lo que ella pensaba, pero su aspecto me resultó impactante cuando le abrí. Estaba pálida, tensa, espectral. Pasaba por un mal trago, se encontraba asustada, pero intentar serenarla de poco hubiera servido.

—Cuando quiera, nos vamos —fue lo único que dijo.

Descarté cualquier intento de presionarla para que me avanzara la dirección adonde nos dirigíamos. Ivanov nos llevaba al matadero y no teníamos más opción que la docilidad. El dominaba la situación. Vi que Julieta había traído su propio coche, un Ibiza bastante cascado. En ningún momento dudó del camino mientras conducía; supuse que quizá había ensayado el itinerario con anterioridad para evitar fallos en el momento culminante. Para mi sorpresa, observé que enfilaba hacia mi barrio, adentrándose en la parte «profunda», aquella que aún no había sido objeto de remodelación urbanística. Tomó la calle Badajoz, donde a aquellas horas, las agencias de transporte tenían cerradas las inmensas puertas de sus almacenes. No había ni un alma. Hacia el final de la calle se veía un edificio en construcción. Nos acercamos a él y la chica paró el coche en el chaflán.

—Según las instrucciones de ese hombre, yo debo quedarme aquí, esperándola en el coche hasta que termine. Usted entre en esas obras. —Señaló con los ojos una destartalada puerta metálica que estaba medio abierta dando acceso a la casa. Me extrañó que no me acompañara; estaba convencida de que Ivanov pensaba utilizarla como escudo humano.

Me adentré en aquel lugar inhóspito. Apenas veía dónde ponía los pies. Al tercer paso tropecé con algo duro, un trozo de cascote o un ladrillo. Temí perder el equilibrio y caerme. Avancé un poco más, tanteando el aire.

—¿Hay alguien ahí? —llamé. La poca luz que llegaba desde la calle ya no era perceptible. Me movía en una total oscuridad. Se me presentó claramente la posibilidad de que aquella cita no fuera más que una simple ratonera. Palafolls estaba muerto y el ruso sólo pretendía desembarazarse de mí. Me llevé la mano al bolsillo y palpé la pistola, recorriendo sus tranquilizadores contornos. No podía librarme al pánico, tenía que pensar. ¿Para qué querría verme muerta Ivanov? Un policía siempre es intercambiable. Volví a llamar:

—¡Hola! ¿Me oye alguien?

Entonces sentí una presencia detrás de mí, cercana, casi noté una respiración sobre la piel. Me volví bruscamente y distinguí los ojos verdes de Ivanov, luminosos en las tinieblas como los de un gato.

—Petra, ¿cómo está? —saludó con un tono envolvente y cadencioso.

—Apenas le veo, no podemos hablar aquí.

El ceceo de su risa suave me turbó.

—Vamos, inspectora, no sea exigente; de hecho, no está en condiciones de exigir.

Mis ojos iban habituándose a la mínima penumbra y los rasgos enigmáticos del ruso se me revelaron paulatinamente.

—La he hecho venir hasta aquí porque quiero llegar a un acuerdo con usted.

—¿Tiene en su poder al agente Palafolls?

Asintió con suavidad.

—Sí, así es: su joven policía está conmigo y nadie podrá dar con él si no soy yo.

—¿Cómo sé que está vivo?

—En este sobre hay una foto polaroid en la que su amigo sostiene el periódico de hoy. Véala cuando salga de aquí.

—¿Y qué...?

Me interrumpió acercándose tanto a mí que nuestras caras casi se tocaban.

—Silencio, querida amiga; por favor, deje de preguntar. Estoy corriendo un riesgo al estar aquí. Yo hablaré, usted sólo escuche.

Su voz era envolvente, melódica, palpitante como un corazón vivo y sus ojos no dejaban de mirar con fijeza a los míos. Las pestañas, que tamizaban la extraña luminosidad que irradiaba de ellos, subían y bajaban acompasadamente.

—Yo les entregaré a su compañero, pero ustedes me ayudarán a salir del país. Quiero dos billetes para Santo Domingo. Mañana sale un avión a las once. Llevaré a Palafolls conmigo, usted lleve policías de uniforme. Antes de embarcar me dará los billetes y yo soltaré a Palafolls. No intenten nada o alguien morirá, estoy armado.

—¿A nombre de quién debe estar el segundo billete?

—A nombre de mi esposa, Natasha Ivanovna. Y no olvide que la presencia policial debe ser bien visible.

—¿De quién tiene miedo, Ivanov?

—¡Ah, Petra, el temor..., el temor que nos lleva y nos trae, que nos atenaza impidiéndonos actuar...! ¡El temor en el que nacimos, el que nos desvía de nuestra liberación...! Pero yo enseño a los hombres que no hay que temer. Sólo es necesario apartar de nosotros la ocasión de pecado, y después nunca volveremos a temer...

Susurraba hipnóticamente. Puso sus dedos sobre mis sienes y las apretó con suavidad, estaban fríos como esquirlas de hielo. Sentí un profundo sopor, una confusión de los sentidos. Se me aflojaron los brazos, las piernas, no podía reaccionar.

—La vida no es sino una concatenación de temores —prosiguió—, unos adquiridos, otros heredados..., pero el hombre es un ser fuerte y valiente, mi querida Petra, y su purificación llegará a hacerlo omnipotente.

Sacudí la cabeza intentando volver en mí, pero el influjo de aquella presencia era poderoso, y su voz actuaba como un arrullo que anulaba mi voluntad.

—Haga todo lo que le digo, Petra, y las cosas saldrán muy bien. Yo desapareceré una vez sembrada la semilla de pureza, que en algún momento germinará. No volverá a verme nunca, seguiré mi labor en otra tierra, muy lejos de aquí...

La dulce cantinela se oía cada vez más lejana, pero yo era incapaz de dilucidar si mi oído estaba debilitándose o si en realidad Ivanov se apartaba de mí. Dejé de oírlo, o eso me pareció. Mi conciencia luchaba por abrirse camino entre aquella especie de sueño autoinducido. Me senté en el suelo. Formé una pequeña caverna con las manos frente a mi boca y respiré mi propio dióxido de carbono. Muy lentamente empecé a reaccionar, a notar la sangre correr por mis venas, hormigueante. Me levanté, anduve hasta la salida. De pronto, temí haber sido despojada de mi pistola durante la semiinconsciencia; eché mano al bolsillo, pero estaba allí. Llegué hasta la esquina. No había ni rastro de Julieta y su coche. Caminé por las anchas calles desiertas hasta encontrar Pedro IV, una de las arterias principales. Esperé con la vista atenta al flujo de tráfico. Paré un taxi. Subí.

En el trayecto hacia casa pensaba obsesivamente en lo que acababa de sucederme: ¿hipnosis, autosugestión, influjo satánico? Cualquiera de aquellas posibilidades repugnaba mi racionalidad. Decidí dejar la experiencia pendiente de catalogación. De momento, debía tomar decisiones. Una: mandar a alguien para que registrara el edificio en construcción. Dos: averiguar dónde estaba Julieta. Podía darse el caso de que hubiera sido tomada como nuevo rehén. Me dolía la cabeza. Todo aquello había sido extraño, demasiado extraño. En cuanto llegué a mi casa llamé a Julieta. Su compañera de piso me dijo que se acababa de acostar.

—¿Estaba bien? —pregunté.

—Pues sí, ¿quiere que le avise?

—No, déjelo; mañana la llamaré.

A la mañana siguiente me esperaba en comisaría un numerito de fuegos artificiales. La narración de mi entrevista con Ivanov hizo que Coronas se pusiera por las nubes y Garzón, naturalmente, lo secundó. Había sido una inconsciente y me había saltado a la torera las normas de seguridad general. Muy bien, aparte de decirme aquello, ¿qué pensaban hacer? ¿Por qué nunca se cansaban de sus labores de protección? Supuse que lo consideraban un deber, por lo que escuché con paciencia. Cuando terminó la sesión de «denuestos por mi bien» dije que tenía que hacer unas llamadas y me largué a mi despacho. Dejé la foto polaroid de Palafolls sobre la mesa del comisario. Telefoneé de nuevo a Julieta. Nadie contestó.

Caminé hacia el despacho de Garzón. Era extraño que la chica no me hubiera preguntado por las conclusiones de mi entrevista, por la liberación de Palafolls. Quizá se encontrara afectada por todo aquello, o alterada a causa del estrés. O quizá, y esa posibilidad me espantó, tenía a su lado a Ivanov apuntándole con una pistola. Aunque nada de aquello era lógico. Si bien... Quedé un momento abstraída. Una gran afluencia de pequeños detalles empezó a pugnar por hacerse espacio en mi memoria. Dejé de caminar. Miré al suelo con intensidad demente y, acto seguido, desvié mi itinerario hacia la centralita donde estaba Marqués. En cuanto me vio, abandonó el teléfono y me miró con ojos exhaustos.

—No hay novedades interesantes, inspectora. Han llamado de...

—No es eso lo que quiero preguntarle, Marqués. Escúcheme y piense bien antes de contestar. ¿Fue usted quien avisó a Julieta de que Palafolls había desaparecido?

Negó varias veces con la cabeza, rebuscando entre sus recuerdos. Por fin dijo:

—No, yo no la avisé.

—Entonces, ¿quién lo hizo?

—No tengo ni idea, inspectora.

Salí de la habitación y Marqués me siguió. Encontramos a Garzón y Coronas por el pasillo. Tampoco ellos habían puesto en conocimiento de Julieta que su novio había sido secuestrado. De hecho, nadie le había avisado. ¿Porque era un asunto secreto? No, simplemente porque no se les ocurrió. Y sin embargo Julieta se presentó en mi puerta llorando su triste suerte. ¿Una inspiración paranormal? Mandé que fueran a buscarla y la trajeran a comisaría inmediatamente, aunque me apostaba algo a que no podrían localizarla. Pero no tuve oportunidad de darle muchas más vueltas al asunto. Coronas quería verme en su despacho. Estaba cabreado..

—Sus métodos son cada vez menos ortodoxos, Petra, y eso no se lo puedo consentir.

—He estado implicada muy personalmente en ese caso, comisario.

—Eso da igual. Usted no es más que un eslabón de la cadena policial, exactamente como yo.

—Lo sé, señor.

—Lo sabe pero se lo pasa por las narices. Acude a una cita con el principal sospechoso del caso, hace un pacto con él...

—Yo no pacté nada. Estaba en juego la vida de Palafolls, y aún lo está. ¿Qué piensa hacer con respecto a lo que usted llama pacto?

—Es evidente que ese tipo le teme a sus compinches de Moscú.

—Se trata de un hombre inteligente. Con el plan que ha ideado nosotros le brindamos protección. Nos dará a Palafolls, pero seguirá teniendo como rehén a Julieta, para ella es el segundo billete de avión que reclama. Se la llevará.

—¿Por la fuerza?

—No sabemos desde cuándo viene obligándola a actuar para él.

—Sabía perfectamente que la mafia iba a venir a buscarlo. No son gente que perdone. Quizá Ivanov hizo sus planes hace tiempo.

—¿Alguien ha visto a los dos hombres de Esvrilenko?

—No, si están aquí, han sabido esconderse bien.

—O sea, comisario, que al final tendremos que ayudar a huir al hombre que buscamos.

—Si no hay otro remedio para liberar a Palafolls...

—¿Hay tratado de extradición con Santo Domingo? O a lo mejor podríamos advertir al comandante del avión...

Sonrió.

—Le tiene ganas a ese ruso, ¿verdad, Petra?

—Me gustaría que no continuara su labor purificadora en otro lugar. Estoy segura de que lo hará. Volverá a aliarse con cualquier organización delictiva que lo acoja y oculte y reincidirá en su labor espiritual.

—Sé que toda esta historia ha pivotado directamente sobre usted, y la ha llevado bien. Más que eso, muy bien. Pero le ruego que se serene. Ahora no lo podemos estropear.

—No, señor —dije, y me tragué la saliva amarga.

Naturalmente, Julieta estaba inencontrable. Su compañera de piso había mentido la noche anterior. Era lo que Julieta le había pedido que dijera si llamaba yo. Sinceramente espantosa mi actuación. Todo había sucedido frente a mis propias narices sin llegar a sospechar.

Una hora más tarde los billetes estaban preparados sobre la mesa de Coronas. Éste ordenó una dotación especial llamativa, tal y como Ivanov había pedido. Comprendí que no había nada que hacer, el ruso se escapaba. Aquel caso jamás podría clasificarse como «cerrado». Mi sentimiento de frustración era tremendo. En ningún momento había enfocado aquello como una partida de ajedrez, pero se me ocurría que Ivanov nos había ganado con una jugada maestra. La sensación de inutilidad sería máxima cuando aquél subiera al avión. Nada podíamos intentar. Coronas quería seguridad máxima, y que nadie más muriera. No había orden de captura internacional, por lo que Interpol no intervendría, y con Santo Domingo no había tratado de extradición. Se iba, y se llevaba a Julieta con él. Ni por un momento se me ocurría pensar cuáles eran sus planes para la chica. ¿La dejaría volver? En cualquier caso, debíamos estar atentos; los hombres de Esvrilenko podían aparecer. Por si me había quedado alguna duda sobre los planes conservadores, Coronas irrumpió una vez más en mi despacho para repasarlos línea por línea. Ya no se fiaba de mí.

—No quiero que nadie sufra el más mínimo riesgo, ¿entendido? Ni Palafolls ni nosotros ni los viajeros que circulen por el aeropuerto.

—¿No intentaremos una última negociación para que nos devuelva a Julieta?

—Definitivamente, no. Es posible que cuando vea que sus compinches de la mafia no están allí, la libere de grado. Esa chica supone una complicación para él. Y si no es así, en cuanto llegue a Santo Domingo la soltará. Ya nos hemos puesto en contacto con el embajador.

—¿Y si la mata?

—No lo hará. Sería una muerte inútil para él, y no puede permitirse levantar sospechas en un país al que acaba de llegar.

—Pero...

Se puso histérico.

—¡Basta ya, Petra, basta! He dado unas órdenes y quiero que se cumplan; todo el mundo aquí tiene que obedecer.

En ese momento entró un guardia sin llamar.

—Comisario...

Coronas se puso más colérico aún.

—¿Y usted qué coño quiere? ¿Es que no le han enseñado a pedir permiso antes de entrar?

—¿Da usted su permiso, comisario?

—¿Mi permiso? ¿Mi permiso para qué?

El guardia, amilanado, farfulló:

—Han encontrado al ruso, señor.

Nos cambió la expresión a los dos. Noté el corazón encogérseme en el pecho.

—¿Dónde, dónde está? —casi grité.

Entonces el guardia llegó al colmo de la confusión y, con un hilo de voz, respondió:

—Lo han encontrado muerto, inspectora.

Coronas dio un golpe tremendo sobre mi mesa y aulló:

—¡Me cago en la puta, haber empezado por ahí!

El desconcierto general tras la noticia dio lugar más tarde a la desesperación. Si Ivanov estaba muerto, se anulaba la posibilidad del rescate de Palafolls. E Ivanov estaba muerto, yo mismo lo pude constatar. Lo hallaron en el interior de un container de basura al lado del Borne. El basurero se percató de que algo extraño sobresalía de la tapa. Era un pie, el pie derecho de Ivanov. Tanto el juez como nosotros pudimos dar fe de la extraña postura del cadáver. Los pies estaban atados al cuello por la parte de la espalda. Alguien había puesto todo su peso en la cuerda tirante, de modo que lo estranguló. Estremecedor. Tenía los ojos abiertos. No había en ellos nada especial, ni fuerza ni luz ni potencia demoníaca, sólo el vidrio turbio de la muerte.

—Métodos de pura mafia. Este tipo tenía mucha razón al temer a los hombres de Esvrilenko; por fin han dado con él. Algo que nosotros no hemos podido conseguir —sentenció Coronas—. Creo que de ahora en adelante habrá que poner más atención a los rusos que puedan operar en nuestro país. ¿Qué va a hacer ahora, Petra?

—Intentar localizar a Julieta. Hablaré con su compañera de piso, quizá...

—Que vaya Garzón. He ordenado una batida exhaustiva del barrio del Borne y quiero que usted me acompañe. Quizá en las inmediaciones encontremos a Palafolls. No debe quedar almacén o piso vacío sin inspeccionar. También he ordenado que el cadáver de Ivanov pase a manos del doctor Montalbán, que ya es un especialista en este caso.

Asistí a los trabajos de registro privada de la mínima confianza en el hallazgo de Palafolls. Que el cuerpo del ruso hubiera ido a parar allí no significaba que su escondrijo durante aquellos días hubiese sido el mismo barrio. De haber resultado de ese modo probablemente hubiéramos encontrado, junto al de Ivanov, el cadáver de nuestro policía. Pero aún quedaba una posibilidad de que estuviera vivo, si bien, a medida que pasaban las horas, ésta se iba debilitando. Me encargué de pasar un fax a Rekov para darle cuenta de las fechorías de los secuaces de Esvrilenko. ¡Quién sabía, quizá pudiera echarles mano una vez de regreso en Moscú! Nosotros no los encontraríamos jamás; a aquellas alturas debían de ir camino de un aeropuerto europeo desde donde tomar un avión a Rusia en condiciones de plena seguridad. ¡Buen trabajo! Me hubiera gustado contar con ellos del lado de la ley.

Apenas una hora después de haberse marchado, me llamó Garzón al teléfono móvil.

—¿Inspectora?

—¿Ya ha encontrado a la compañera de Julieta?

—No. Pero no ha sido necesario. Julieta acaba de llegar.

—¡¿Cómo dice, qué?!

—Vamos hacia comisaría; le sugiero que nos encontremos allí.

—Voy inmediatamente.

Me despedí de Coronas dándole una mínima información. Estaba harta de que metiera las narices en todo.

Encontré a Julieta relajada, casi sonriente, pero tanto

su sonrisa como su relajación eran extrañas, autosuficientes y carentes de contexto. Me saludó como si nos dispusiéramos a tomar el té.

—Señora Delicado, ¿cómo está?

—Bien, Julieta, ¿y tú? ¿Cómo estás tú?

—Estoy bien.

—Cuéntanos.

—No hay nada que contar.

Me senté frente a ella, observándole de hito en hito.

—¿No hay nada que contar? Sabes que ese hombre, Ivanov, ha sido encontrado muerto, ¿verdad?

Quedó callada, sin dar el más leve síntoma de sorpresa.

—Sí, lo sé. Así descansará. Así descansaremos todos por fin.

En su rostro seguía pintada la estúpida sonrisa.

—¿Así descansará también Miguel?

Me miró.

—Sí, así descansará —dijo.

Garzón se removió nervioso. Levanté los ojos hacia él, luego los fijé de nuevo sobre la chica. Le hablé con mucha dulzura.

—Julieta, tú también eres una *skopi*, ¿verdad?

No cambió de expresión.

—Sí, lo soy.

Al subinspector se le cayó el cigarrillo de las manos. Le hice una seña de que permaneciera callado.

—Ivanov contactó hace tiempo contigo, ¿verdad?

—Sí.

—Y tú entraste a formar parte de su religión.

—Sí.

—Por indicación de ese hombre te propusiste enamorar a Miguel Palafolls, y lo conseguiste.

—Sí.

—Y has estado informando al ruso de todo cuanto podías ver.

—Sí.

—¿Y ahora?

—Ahora ya no iré a Santo Domingo a llevar la palabra de la pureza.

—No, ya no irás, eso se acabó.

—Pero me quedaré aquí y daré fe.

Tragué saliva, me arriesgué.

—Sí, desde aquí también puedes dar fe. Y dime, Julieta, ¿tú sabes dónde está Palafolls?

Me miró sonriendo y no abrió la boca. Me fijé en que Garzón había agarrado la mesa con ambas manos y que estaba haciendo grandes esfuerzos para ocultar su estado de tensión. Continué con toda suavidad.

—Como tú has dicho, Ivanov está muerto. Todo esto ha sido un sueño, pero hay que despertar. No querrás que Miguel muera, ¿verdad?

—Nadie muere cuando es puro.

Lo intenté de nuevo.

—Dinos dónde está, Julieta, por favor.

Dejó de sonreír y me miró con una resolución que me asustó. Luego dijo:

—No hablaré. No diré nada más. Nunca, nunca.

—Pero, Julieta...

—No diré nada más.

Garzón no pudo aguantar por más tiempo y soltó a grito pelado:

—¡Ya basta de tonterías! ¡La pureza, la hostia! ¡Te vas a pudrir en la cárcel! ¿Me oyes? ¡A pudrir! Dinos dónde está.

La chica lo miró enquistando en su boca la misma sonrisa. Garzón se desesperó:

—¡Habla, habla!

No respondió. Cogí del brazo al subinspector y lo hice salir.

—Me temo que es inútil, subinspector, no piensa decirnos nada.

—¿Cómo que no? ¡La voy a coser a hostias, la voy a matar!

—¿Quiere tranquilizarse? Con violencia no llegaremos a ninguna parte.

—¿Y qué vamos a hacer, cruzarnos de brazos para que la chica no se traumatice? ¿Esperar a que Palafolls se quede muerto en cualquier rincón de esta puta ciudad?

—¡Si chilla no puedo pensar! ¿Me oye? ¡No puedo pensar!

Se quedó paralizado ante mi grito. Proseguí, bajando la voz:

—No podemos sumarnos a esta locura colectiva, Fermín, ahora menos que nunca. Procure serenarse.

Suspiró profundamente.

—Perdone, es verdad.

Me apreté los ojos con las manos y permanecí en esa postura hasta que mi teléfono móvil sonó. Contesté, asentí, colgué. Me encaré con Garzón.

—Es el doctor Montalbán. Ya tiene el resultado de la autopsia de Ivanov. Vamos a hablar con él. Antes de salir, haga que localicen al padre Villalba. Vamos a dejar estos interrogatorios en manos de un experto. Que nos espere en comisaría. Calcule que dentro de una hora estaremos de vuelta.

Asfixia inducida por la presión de una cuerda alrededor del cuello. Así de simple era el dictamen de Montalbán. Dejó caer sus pesadas gafas sobre la nariz y continuó:

—Murió alrededor de las tres de la mañana. Un esparadrapo firmemente pegado en la boca impidió que pidiese ayuda. Luego se lo arrancaron, un trabajo muy profesional.

—¿Se resistió?

—Mínimamente; aparte de las marcas en las manos, cuello y pies, apenas existían excoriaciones. Debía de estar seguro de que no podría escapar. El paquete que hicieron con él le deparó una muerte cruel. Había oído mencionar el sistema utilizado por la mafia italiana, pero nunca había visto nada igual.

—Es evidente que la mafia rusa lo ha adoptado.

—Sí, una terrible exportación.

—¿Está castrado?

—No.

—¡Maldito cabrón! —susurró el subinspector.

—Los que predican una religión no siempre cumplen sus preceptos —comentó Montalbán.

—¡Una vez dentro de la locura cualquier cosa es posible!

Garzón me miró, acusador.

—Puede que estuviera loco —dijo—, pero guardó el suplicio de la castración para los demás.

Montalbán intervino de nuevo:

—Amigo Garzón, ¿quién puede saber cuáles son los motivos que impulsaban a este hombre a una conducta tan estrafalaria? ¿Locura, ansia de dominio, traumas infantiles, simples motivos económicos? Los profetas suelen ser indescifrables.

—¡Pues me cago en la madre que los parió! —resumió palmariamente mi compañero.

—¿Podemos ver el cadáver? —pregunté atajando otra posible «guerra de religión».

Montalbán nos acompañó hasta la camilla en la que yacía el malvado Ivanov, pendiente de ser almacenado. ¡El malvado Ivanov! Incluso después de muerto no había perdido su imponente presencia. Sin embargo, la piel de la cara presentaba una coloración amoratada debido a la sofocación y los ojos se adivinaban hinchados bajo los párpados. El *rigor mortis* era grotescamente evidente en las puntas de los pies, que se curvaban hacia arriba como babuchas.

Garzón lo miró con curiosidad.

—¡Qué feo era, el jodido! —exclamó.

—Feo y dañino —añadió el forense.

Me acerqué y estuve contemplando su imagen lívida, las guedejas apelmazadas que le caían sobre los hombros. No tenía expresión, ni plácida ni crispada, no parecía un hombre especial en absoluto. Entonces, ¿qué le había conferido en vida aquella fascinación paralizante de la que hasta yo fui víctima? ¿La potencia de su mente, o aquella vieja entelequia llamada alma? ¿O tal vez toda aquella fuerza no estaba más que en la psique de los demás en forma de autosugestión?

—¿Puedo? —pregunté a Montalbán como somera petición de permiso. Asintió. Entonces levanté el lienzo quirúrgico que protegía el cuerpo y me concentré en su desnudez. El profeta dormido era tan sólo un hombre.

—¿Cree que su sexo es normal? —dije dirigiéndome al doctor.

—Sí, es normal.

Los tres contemplamos un momento su pene posado de lado sobre un nido de vello muerto.

—¿Está buscando explicaciones psicosomáticas para su conducta, Petra?

—Ya sabe, doctor, el testículo que le faltaba a Hitler...,

el tamaño pequeño de los penes de muchos violadores... Quizá...

—¡Si a cada tío que tiene la polla pequeña le diera por fundar una secta...! —soltó el subinspector.

Montalbán se echó a reír.

—Vámonos fuera si ya han terminado. Aquí no se puede fumar y mi cuerpo está pidiendo una pequeña dosis de nicotina después de toda una tarde de trabajo.

Nos golpeó la claridad de los fluorescentes del pasillo.

—¿Tiene algún dato del Instituto de Toxicología sobre la ropa que llevaba el muerto?

—No, ya sabe que eso es lento, no tenemos nada aún.

Montalbán encendió su pipa aspirando una vez tras otra como si en ello le fuera la vida. En los intervalos comentaba:

—Un desgraciado asunto..., pero ahí tienen al culpable... Al final no ha quedado impune.

—En cierto modo, sí. El castigo no ha venido de donde debía.

Enarcó las cejas inquisitivamente.

—¿Usted también se ha vuelto mística, inspectora?

—Siempre lo he sido —contesté sonriendo, y mientras nos dirigíamos a la salida añadí—: ¡Pero nunca he tenido seguidores!

—Eso no me lo creo; apuesto a que algún admirador la ha seguido por la calle más de una vez.

Me despedí con una risotada.

—¡Avísenos en cuanto tenga la analítica, doctor!

Asintió entre nubes de humo provenientes de su pipa, que ya parecían las de una hoguera.

Garzón daba cabezadas en el trayecto de vuelta a comisaría. Lo dejé en paz. De pronto, despertó sobresaltado.

—¿Me he dormido? —dijo como cogido en falta.

—Apenas un minuto.

—¡No quiero dormirme!

—¿Por qué?

—Porque tengo la impresión de que si me duermo... —Se interrumpió bruscamente.

—Palafolls morirá, ¿es eso?

—Sí. ¡Qué estupidez! ¿Verdad?

—Sí. ¡Qué estupidez! —dije en voz muy baja, y seguí conduciendo con un nudo en el pecho.

12

En los pasillos del primer piso topamos con Coronas. Parecía Napoleón después de Waterloo. Advertí enseguida la derrota en sus ojos. Garzón cometió el error de preguntarle:

—¿Han encontrado algo en el Borne?

Lo miró con mala cara.

—¡Es obvio que no! ¿Y ustedes?

—Julieta es una *skopi*, señor. Hace tiempo que era una infiltrada de Ivanov en mi casa, y después en el ámbito de Palafolls y sus investigaciones. Pensaba largarse con el ruso a Santo Domingo. Cuando lo asesinaron, se desfondó y volvió a su casa.

—¿De modo que ha cantado?

—No lo principal; sigue sin querer decir dónde está Palafolls.

Coronas, cansado, se pasó las manos por la cara. De pronto me miró con expresión de locura.

—¡Mátela, hóstiela, amenácela con lo más espantoso!

—Eso le digo yo —apuntó Garzón.

—No serviría de nada. Ya ha visto cómo actúan estos tipos. Si piensa que su sagrada obligación es callar, callará.

—¿Aun después de muerto su gurú?

—Con más motivo; en ella recae la responsabilidad de continuar su labor.

—Pero el tiempo va pasando, inspectora. El agente Palafolls puede estar incomunicado en cualquier zulo. Solo, atado, sin comer...

—Soy consciente de eso. Vamos a hacer que el padre Villalba, el experto en sectas que ya nos ayudó, interrogue no sólo a Julieta, sino también a Adrián Atienza.

—Ojalá no sea demasiado tarde.

Garzón intervino diciendo con una sorprendente seguridad:

—No señor, no lo es.

Coronas montó en cólera para decir:

—¡¿Y cómo coño lo sabe?! ¿Cómo coño puede estar tan seguro de que no ha muerto ya, de que no ha estado muerto desde el principio?

El subinspector respondió con el mismo brío que la vez anterior:

—Porque lo sé, señor. Estoy seguro de que aún vive.

Aquella inesperada respuesta deshizo milagrosamente el enfado del comisario, que bajó la vista y susurró:

—¡Dios le oiga, Garzón, ojalá!

A pesar del dramatismo de aquellos momentos, cuando vi al padre Villalba volví a experimentar la sensación de que era justo el hombre con el que debería haberme casado. Sólo el atisbo de su americana de espiguilla gris ya me llenó de serenidad. No era la recaída en los brazos de mi joven ex esposo lo que hubiera necesitado, pero tampoco un desaforado *flirt* con un eslavo de buen ver. No, la opción segura era el padre Villalba, que habría proporcionado a mi vida espuertas de paz. Claro que quizá las tardes de domingo hubieran sido un poco aburridas, y que tampoco me divertiría recibiendo la visita de beatas o de otro cura dispuesto a charlar, pero en realidad ni siquiera me enteraría de aquellos detalles, tan ocupada como estaría preparando tazas de té. ¡Ah, si por lo menos se convirtiera al protestantismo, ya tendríamos un primer paso dado!, pensé. Luego salí de aquella conservadora imagen mental y sondeé el estado de ánimo del cura. No estaba optimista.

—No creo que mi intervención vaya a cambiar las cosas, inspectora. Esos dos chicos se hallan ahora sometidos a una fuerte presión psicológica, y en esas circunstancias los sectarios se crecen.

—¿Qué quiere decir?

—Sienten que participan en algo de tipo épico. Los efluvios del martirio colman sus expectativas de mística y elevación. Es como si se vieran reconfirmados en la misión que les ha sido encomendada.

—¿Los primeros cristianos sintieron algo así? —preguntó con imprudencia Garzón.

—Salvando las distancias..., sí.

—¿Qué distancias?

—Que ellos sí estaban siendo mártires de la auténtica fe.

Vi que nos deslizábamos por un terreno en verdad peligroso y atajé la imprevisible respuesta del subinspector.

—Fermín, ¿no le parece que deberíamos dejar que el padre intentara convencer a esos chicos ya?

Afirmó, volviendo de la abstracción, pero me percaté de que le hubiera gustado seguir. Como a todo ateo, los temas teológicos le entusiasmaban.

Llevamos al padre Villalba a la sala de interrogatorios donde lo esperaba Adrián. Nosotros nos quedamos fuera, observando su actuación desde la ventana de falso espejo.

El cura era hábil, contaba con las virtudes básicas de un buen interrogador: paciencia, serenidad e impenetrabilidad en el rostro. Sólo le faltaba un ramalazo de genio de vez en cuando que hiciera titubear al sospechoso. Además, no parecía importarle no recibir ninguna respuesta a sus monólogos, al fin y al cabo estaba acostumbrado a hablar con Dios.

Debíamos reconocer que lo estaba intentando de todos los modos posibles, tanto con Adrián como con Julieta, que entró después. Les habló de la espiritualidad, del amor, de la misericordia, de la libertad. Les contó ejemplos de personas que no habían sido comprendidas por sus coetáneos en un principio, pero a quienes todos acababan dando la razón, con tal de que ellos desearan cooperar. Pasó a argumentos más teóricos, rozando la herejía a su propia religión al acercarse a un panteísmo que englobaba a todos los seres vivos de la creación reconociéndoles dignidad casi divina.

Pero a pesar de todos los esfuerzos, ambos chicos seguían impasibles ante cualquier persuasión. Julieta le había mirado todo el tiempo en un silencio que sobrecogía por su absurda persistencia. Sólo Adrián, en un momento dado, se conmovió y, casi al borde de las lágrimas, le dijo:

—Padre, no siga más. Comprenda que no puedo hablar, no puedo hablar. Quiero que lo comprenda. Le diré una única cosa, y quiero que sepa que es toda la verdad: yo no sé dónde está Miguel Palafolls. No lo sé.

Al final de aquel largo e infructuoso tiempo, el cura salió y abrió sus brazos frente a nosotros.

—¡Lo siento, no puedo hacer más! —exclamó.

—¿Cree que ese chico dice la verdad? —inquirió mi compañero.

—¿Quién puede saberlo? Se trata de una mente trastornada, programada con antelación y sometida ahora a un profundo estrés. En el fondo es como si no fueran ellos, como si alguien les hubiera implantado una nueva personalidad. Quizá un psiquiatra, desprogramándolos, consiguiera mejores resultados que yo.

—¿Cree que los desprogramaría en una sola sesión? —preguntó Garzón con vehemencia.

El padre Villalba sonrió con tristeza.

—Me temo que no. Son procesos que pueden durar años.

—No tenemos tiempo para eso, padre. Estamos obrando a la desesperada, casi en busca de una solución milagrosa.

—¿Quiere poner en mi boca la afirmación de que no debemos confiar en milagros?

—Yo sólo pretendía... —balbuceó el subinspector.

El padre Villalba volvió a sonreír, y entonces fue cuando le oí pronunciar aquella frase maravillosa. Dijo:

—Es fácil para nosotros, inspectora. Nosotros estamos en la luz, vivimos en ella. Pero esos jóvenes pertenecen ahora a otra parte, y sólo son mensajeros de la oscuridad.

Una hermosa definición. Mensajeros de la oscuridad. Mensajes sangrantes del lado oscuro, un lugar que probablemente yo nunca visitaría, aunque hubiera rondado sus aledaños.

Despedimos al cura en la puerta. Parecía descorazonado. Me dio la mano y sonrió con cansancio.

—Espero que no hubieran confiado demasiado en mí, inspectora.

¿Qué contestar a aquello? Sonreí yo también. Cuando se hubo alejado, Garzón rezongó:

—¡Confiar en un cura! Eso sí demuestra que ya no nos queda ningún cartucho más.

Lo miré con curiosidad. Dejarlo por imposible era una opción tentadora. Pero en vez de eso, dije:

—Nos queda intentarlo con un psiquiatra; o al menos con nuestro psicólogo Sanjuán. La ciencia siempre debe ser el último cartucho. Es una cuestión de principios.

Sanjuán nos escuchó preocupado. Era una papeleta que no había imaginado jamás. No solía realizar actuaciones directas sobre sospechosos. Además, él no era un experto en desprogramación, ni en una sola charla nos prometía nada. Pero haría todo lo posible para encontrar el punto flaco de aquella pareja de mudos recalcitrantes.

Garzón asistió, pero yo no quise estar presente en los interrogatorios. Me producía auténtico dolor de estómago empezar desde cero otra vez. ¿Qué diferencia existía entre los métodos religiosos o los psicológicos? Al final, todos iban a las mismas raíces: un intento de estimulación del sentido común, de la racionalidad. Y si eso fallaba, cada uno acudía a sus recetas para entrar directamente al corazón. Vía Dios o vía Freud, poco importaba.

Fui a mi despacho y me derrumbé sobre un sillón. No pasé más de un segundo consciente, el sueño no encontró contrincante en mí, me venció sin ninguna resistencia. Cuando me despertó Garzón, tuve la suficiente lucidez para comprender que tenía la boca abierta, los pelos revueltos y los zapatos desencajados de los pies. Quedé horrorizada al punto, me incorporé e intenté remediar lo irremediable con torpes manotazos al peinado. Pero no debía inquietarme, el subinspector estaba peor que yo. Dejó caer su peso sobre una silla y se rascó la derrotada cara.

—No hablarán, Petra, no hablarán. Todos ellos han hecho una promesa y no hablarán. Hay algo muy enraizado en su mente. ¿Por qué cree que Ramón Torres montó ese cirio tan complicado mandándole los penes? Era el más inclinado a hablar y no habló, imagínese éstos, que no tienen la más mínima intención de hacerlo.

—De modo que tampoco frente a Sanjuán capitulan.

—Está haciendo todo lo que puede, pero es dar contra piedra. Y si quiere que le diga la verdad no me extraña. Estamos tratándolos con todo miramiento: un cura, un psiquiatra... Que si están programados, que si viven fuera de la realidad... ¡Nosotros también estamos fuera de la realidad! ¡Hemos perdido los papeles, el oremus!

Me había despertado de mi siesta con mal cuerpo y atajé sus berridos de mal humor.

—¡Pues habrá que volver a la realidad, Garzón! ¡A ver si se le ocurre a usted la manera en vez de andar protestando!

—Un par de hostias sería suficiente realidad. Una acción traumática, ¿no la llaman los psiquiatras así?

De repente me quedé colgada de sus palabras, en un éxtasis momentáneo, en una iluminación. Luego empecé a considerar los pros y los contras de la idea que acababa de tener. Pero no era el momento de calibrar, sino de actuar. De salir mal, tampoco perderíamos mucho. Me levanté de un salto.

—Subinspector, vaya a la sala de interrogatorios e interrumpa a Sanjuán. Dígale que vamos a llevarnos a esos dos. Disponga un coche celular y que un par de guardias nos acompañen.

—¿Adónde los vamos a llevar?

—Si alguien le hace esa misma pregunta, responda que no lo sabe, así no mentirá.

No me paré a ver cuál era su reacción. En ciertos momentos la sensibilidad es un lujo que uno no puede permitirse.

Mi cálculo no falló, como el doctor Montalbán había seguido el caso desde el principio, se sentía implicado y con ganas de colaborar. Aun así, hube de bregar con él más de media hora para conseguir que accediera a mis planes. El auricular del teléfono estaba caliente cuando colgué.

Garzón ya me esperaba con guardias, coche y sospechosos. Éstos no manifestaban la menor curiosidad por su traslado. Por desgracia, Garzón no sentía la misma indiferencia. Dispuse que el coche celular con los dos chicos custodiados nos siguiera, y en cuanto estuvimos solos y cogí el volante, el subinspector preguntó:

—¿Hacia dónde nos dirigimos?

—Al Anatómico Forense.

—¿Nos dejarán entrar?

—Tenemos una cita con el doctor Montalbán.

Quedó callado, se mordió las puntas del bigote. Por fin, explotó:

—Oiga, Petra; ya sé que es usted mi superior y que no está obligada a informarme de sus decisiones, pero creo que...

Lo atajé:

—¡No me presione, Fermín! No se trata de que no quiera contarle lo que voy a hacer, simplemente aún no sé con exactitud lo que voy a hacer. De modo que estoy intentando pensar.

—Está bien, está bien; discúlpeme.

La llegada en plena noche al Instituto resultaba bastante fantasmal. Junto al tipo de recepción, ya nos esperaba Montalbán con su bata blanca. Guardias y sospechosos quedaron en el pasillo, aguardando. Garzón y yo entramos en el despacho del forense: Éste preguntó:

—¿Sigue decidida?

—Sí.

—Le repito que puede caérsenos el pelo... a los dos.

—¿Se ha echado atrás?

—No.

—Se lo agradezco. Entonces vamos allá.

Ante los ojos desorbitados de Garzón salimos de nuevo al pasillo y condujimos a los jóvenes hasta el depósito de cadáveres. Los guardias recibieron la orden de esperar fuera.

Dentro hacía un frío espantoso. Montalbán se dirigió hacia uno de los cajones frigoríficos y lo abrió. Apareció un muerto envuelto en su funda de plástico con cremallera. El médico cogió una camilla y la puso al lado. Me miró. Asentí.

—¡Ayúdenos, subinspector! —ordené al expectante Garzón.

Entre los tres colocamos el cadáver en la camilla no sin cierta dificultad. Miré de reojo a los chicos y vi que Adrián exhibía una mueca de aprensión. Julieta estaba seria. Montalbán empujó la fúnebre camilla hasta situarla bajo una potente lámpara de quirófano. La encendió y procedió a abrir la cremallera. Quedó al descubierto el cuerpo de Ivanov. Estaba muy blanco, excepto el rostro, que continuaba amoratado. Guardamos silencio. Adrián se echó a llorar y apartó los ojos instintivamente.

—¡Ah, no —dije—, os hemos traído aquí para que veáis, y vais a mirar! —Los empujé a ambos hacia el círculo de luz—. ¡Abrid los malditos ojos de una vez! ¿No queréis rendir un postrer homenaje a vuestro hombre santo? ¡Pues ahí lo tenéis!

Adrián sollozaba y Julieta había empezado a sudar a pesar del intenso frío.

—¡El puro, el profeta, el ser superior que debía preservaros del mal! ¿Lo veis? ¿Veis esa manchita que tiene en la barriga? ¿Sabéis qué quiere decir? ¡Pues que ya ha comenzado la putrefacción! Está muerto, y fueron sus compinches mafiosos los que se lo cargaron, no el diablo ni la sociedad. No es ningún mártir, ¿entendéis?

El chico estalló:

—¡Esto es horroroso! ¡Quiero salir de aquí!

—¡No irás a ninguna parte, nos quedaremos mirando a este muerto hasta que se lo coman los gusanos! ¡Decidme dónde está Palafolls!

—Le diré todo lo que sé. Ramón Torres era el encargado de realizar las operaciones de castración. Ivanov se lo ordenó porque era el mejor con el bisturí; pero Esteban Riqué resultó alérgico a la anestesia y se quedó en la mesa de operaciones, muerto. Entonces Ramón se desesperó y se suicidó.

—Todo eso ya lo sabíamos. Ahora lo que queremos es que nos digas dónde está Palafolls.

—¡No lo sé, juro que no lo sé!

Se agitaba entre estertores de nerviosismo y terror. Julieta tenía la mandíbula desencajada de tanto apretar. Montalbán se dirigió hacia un extremo de la sala y se puso de espaldas. Atenacé por el brazo a Adrián y lo obligué a acercarse mucho, sujetándolo. Grité con todas mis fuerzas:

—¡Mira, fíjate bien! ¡Tu dios no está castrado! Curioso, ¿verdad? Ha mandado pasar por las armas a un montón de muchachos para que se conservaran castos, pero él... lo necesitaba para joder con Julieta, ¿verdad? Es una manera muy poco equitativa de aplicar los designios del Señor. Quizá tú también hayas sido víctima de esa injusticia, ¿no es cierto, Adrián?

Garzón se aflojó el nudo de la corbata. Adrián, llorando, miró al suelo. Vociferé:

—¡Mírame cuando te hable, mírame! ¿Dónde está Palafolls? ¿Es que tenéis miedo de este fantoche? ¿De qué tenéis miedo, decid, de qué? —Me acerqué con gestos furibundos a la mesilla del instrumental y tomé un bisturí. Luego volví junto a Ivanov y, encarándome a los chicos, bramé—: ¡¿Queréis ver en qué acaba vuestro profeta, queréis verlo?! ¡Pues adelante, un poco de justicia final para él!

Cogí el pene helado del muerto entre mis manos y de un tajo preciso, se lo rebané. Luego lo arrojé a los pies de ambos. Siguió un instante de silencio sepulcral. Entonces Julieta lanzó un alarido largo, animal, estremecedor, y se tapó la cara con las manos. Adrián, enloquecido, totalmente fuera de control, cayó de rodillas frente a ella y, chillando de modo demencial, pidió:

—¡¡Díselo, díselo, Julieta, por Dios, díselo!! ¡Tú sabes dónde está. Que acabe esto de una vez!

La chica reaccionó un poco y, agachándose, le pasó el brazo consoladoramente por los hombros. Acto seguido levantó la cara hacia mí y en un tono exento de toda pasión o tristeza, dijo por fin:

—Está en Gracia, en un antiguo almacén. Es lo único que sé, lo juro, es lo único que sé.

—¿Seguro?

—Sí —respondió en voz baja, y estuve convencida de que decía la verdad.

Garzón y yo intercambiamos una mirada intensa. Tomé la palabra.

—Que los lleven de vuelta, subinspector. Y ya sabe, inmediatamente todas las unidades que haya disponibles. Registro exhaustivo, sin órdenes del juez ni leches. Informe a Coronas hasta donde se pueda informar.

Garzón no dijo una sola palabra, pero salió llevándose a los dos derrumbados sospechosos con una energía envidiable. Me encaminé hacia Montalbán.

—Hubiera preferido que no viera esto, doctor.

—No ha sido agradable, lo reconozco. Pero tampoco practicar autopsias es como tocar el violoncelo.

Sonreí.

—No creo que ninguno de esos dos se vaya de la lengua.

—En el fondo no me importa demasiado; pagar por un poco de heterodoxia no estaría del todo mal. ¿Cree que tiene suficiente con lo que le ha dicho para encontrar a Palafolls?

—Por lo menos sabemos por dónde empezar a buscar.

—Suerte, inspectora, se la deseo de verdad. Y si algún día me hace falta ayuda, pensaré en usted; ha demostrado tener muy buena mano para la disección.

Nos sonreímos. Salí de la patética sala que ahora debería ordenar el pobre forense. Los pasillos estaban en penumbra. Por primera vez desde hacía un buen rato tomé conciencia de mí misma. Tenía el pulso acelerado, me palpitaban las sienes y notaba un peso indefinido en el pecho. Entré en unos lavabos y me mojé la cara. Me di abundante jabón en las manos. Estuve unos segundos recuperando la respiración. Después llegué hasta la salida y me interné en la noche clara y fresca, dispuesta a olvidar lo que acababa de suceder.

La tarea no se presentaba nada fácil. En Gracia abundaban los almacenes abandonados, las casonas decrépitas que alguna vez habían servido de almacén. Todas estaban cerradas y no contábamos con ninguna orden judicial. En algunos casos podía localizarse al dueño; en otros, no. Para hacernos con esos datos nos prestaba ayuda el ayuntamiento de barrio, situado en la plaza Rius y Taulet. Ellos tenían noticia bastante actualizada de las actividades comerciales de cada local, del censo de habitantes de Gracia.

La mayor parte de las veces, cuando no podíamos acceder al interior de los locales, los hombres inspeccionaban cuidadosamente el exterior para cerciorarse de que no había sido violado o abierto en los últimos días. En ocasiones había sido necesario saltar desde casas vecinas a jardincillos traseros provocando entre la gente alarma y curiosidad. Pese a los escollos, a las diez de la mañana nuestros agentes habían registrado ya unos doce almacenes. Pero sin suerte. Se nos facilitó una lista de locales recientemente alquilados. Ninguno de los locatarios resultó ser Ivanov. Los vecinos cercanos a almacenes fueron interrogados por si habían visto u oído algo sospechoso. Nadie sabía, nadie se fijó en nada, ningún extranjero, ningún joven... Las cosas extrañas sucedían lejos de allí.

Hacia mediodía me avasalló una fuerte sensación de desánimo y cansancio. Me dejé caer sobre un banco de la plaza, hice ademán de dormirme allí mismo. Garzón vino al instante.

—Inspectora, ¿por qué no se va a descansar?

—No, estoy bien.

—¿Está bien? ¡Pero si parece una vagabunda!

—Mejor, me gusta parecer una vagabunda.

Cabeceó y me cogió del brazo, obligándome a ponerme de pie.

—Vamos, si no quiere marcharse, por lo menos tome otro café. No puede quedarse ahí quieta con el frío y la humedad cayéndole encima.

—Quiero parecer una vagabunda —repetí con los ojos entrecerrados.

Un sol de verano sin fuerza ninguna me dio en la cara y me deslumbró. Garzón me forzaba a caminar. Entramos en un bar. Oí que pedía:

—¡Cerveza, y un par de buenas tortillas de tres huevos!

—Yo no tengo apetito —repliqué.

—Petra, por una vez en su puta vida va a hacer lo que yo le mande.

—Usted todo lo arregla comiendo.

—Una experta castradora como usted debe reponer fuerzas de vez en cuando.

—¿Cómo consigue no perder nunca el humor?

—No tomándome la vida demasiado en serio, ni demasiado en broma tampoco.

—Un justo equilibrio.

—Eso es.

Lo miré. Sonreía, relajado y entero. Con su bigote y sus manos grandes y acogedoras parecía una madre. Me eché a reír.

—¿Y ahora qué coño pasa? —se sorprendió.

—Estoy agotada —confesé.

Se puso muy firme.

—Coma esto y la llevo a su casa. No puede seguir en pie. Si descubrimos algo no se preocupe, que la llamaré.

Le pasé la responsabilidad sobre mí misma, descansé en él. Comí la tortilla y me dejé guiar de vuelta a casa. Pero en pleno desplazamiento sonó mi teléfono. Era Rodríguez, del Toxicológico.

—Petra, perdone que la moleste; ya he pasado mi informe sobre el cadáver vía de urgencia al doctor Montalbán. La llamo directamente porque el doctor estaba en una autopista y... la verdad..., yo no sé, pero quizá hay algo que le pueda interesar saber cuanto antes.

El cansancio se me pasó de golpe.

—Diga, dígame.

—Se trata de las sustancias que hemos encontrado en la piel de las manos y las uñas de ese individuo ruso. Bueno, la mayor parte es lo habitual: polvo, nicotina, piel muerta..., pero ha aparecido también un alto nivel de taninos.

Recapacité, intenté encontrar el concepto en mi mente.

—¿Taninos?

—Sí, ¿sabe qué es?

Asentí con la cabeza, que en aquellos momentos funcionaba como un ordenador: buscaba, seleccionaba, unía, segregaba...

—¡Inspectora! ¿Me oye?

—Sí, sí, perdón. Mil gracias, Rodríguez, después le llamo.

No di tiempo a que Garzón preguntara.

—Vuelva inmediatamente a la plaza de Rius y Taulet.

Quedé sorprendida de que no pidiera precisión alguna. Condujo en silencio y aprisa. Sólo cuando ya estábamos bajando del coche me miró intensamente y dijo:

—¿Lo tiene, Petra?

—Creo que sí —contesté.

Pasamos por delante del atónito guardia urbano como dos exhalaciones y nos precipitamos al interior del ayuntamiento del barrio. Entramos en el despacho donde nuestros hombres trabajaban mano a mano con los funcionarios.

—Quiero que todos, absolutamente todos, se pongan

a buscar en qué lugar de Gracia ha habido o hay un secadero de pieles —dije sin siquiera saludar.

Uno de los empleados municipales me llamó hacia su mesa.

—Inspectora, yo creo recordar que hace años hubo uno. Se mandó cerrar porque los vecinos denunciaron muchas veces los malos olores.

—¿Puede recordar en qué calle estaba?

Se concentró mientras todos los demás le mirábamos.

—Pues... no sé, quizá localizando algunas denuncias...

Tecleó furibundamente en su ordenador. Había un silencio anegado de humo que se colaba en los ojos del funcionario haciéndolo parpadear. Veinte minutos después pegó un soplido de alivio y exclamó:

—¡Lo sabía, aquí está! Un almacén secador de cuero y pieles con uso industrial. El juez lo mandó cerrar en el ochenta y nueve. Está vacío desde entonces.

Le zarandeé la espalda sin darme cuenta de lo que hacía. El pobre hombre se volvió horrorizado hacia mí.

—¡Dígame en qué calle está! —casi grité.

—En la calle de la Perla número 16.

Miré a Garzón.

—Llame a todas las unidades que estén buscando a Palafolls —dije—, que se concentren allí. ¡Y una ambulancia, Fermín, que no se les olvide la ambulancia!

Nuestra loca carrera continuó y acabó en la calle de la Perla número 16, frente a un portalón de madera cubierto de polvo. Coincidimos con algunas de las unidades que iban llegando. Mandamos acordonar.

—¿Derribamos? —preguntaron los guardias al observar la envergadura de la puerta maciza.

—Es una cerradura antigua, intenten abrir con ganzúa.

Tras las expertas maniobras de nuestros guardias, el

cerrojo cedió. Entré yo la primera seguida del subinspector y los demás. Cegados por la luz del día no lográbamos ver nada entre el aire frío y polvoriento. Aunque el tiempo había pasado, el deleznable olor de las pieles curadas flotaba aún en el ambiente. Llamé con voz titubeante, sin atreverme a avanzar más:

—¡¿Javier Palafolls está aquí?!

Me espantó el sonido de mi propia voz. Uno de los guardias se dirigió hasta el fondo del local y abrió un ventanuco por el que se coló un poco de sol. Oí tras de mí la voz de Garzón:

—¡Mire, inspectora, allí!

En un rincón se veía sobresalir un bulto informe de harapos o mantas viejas. Entre aquellos jirones, y no sin dificultad, pude distinguir los ojos abiertos y anhelantes del agente Palafolls.

Yo estaba a la cabeza de los que se dirigieron hacia él; y sin embargo, cuando ya me encontraba a su altura, fui incapaz de tocarlo. Tenía la sensación de que bajo aquel embozo mugriento podía encontrar a un hombre mutilado, troceado o en carne viva, cualquier enormidad. El subinspector se percató de mi falta de reacción y, tomando la iniciativa, se agachó y apartó el hediondo revoltijo. Palafolls estaba desnudo, atado de pies y manos, con un esparadrapo en la boca. Garzón, sin pensárselo dos veces, se lo arrancó. Luego le preguntó convulsamente:

—¿Estás bien, te han hecho algo?

El joven policía, casi exánime, negó lentamente con la cabeza. Entonces vi cómo Garzón tironeaba de las mantas con nerviosismo hasta hacer más evidente su desnudez. Tardé un momento en comprender que estaba intentando cerciorarse de que su cuerpo seguía entero. Pegó un resoplido de alivio. Por primera vez me fijé en el estado del chico. Estaba pálido, delgado, con surcos profundos en la cara y ojeras como sombras eternas. Parecía cercano a la muerte. Garzón había pasado a intentar desatarlo con habilidad y delicadeza. Las exclamaciones a media voz de nuestros hombres empezaron a rasgar el silencio. A medida que las firmes cuerdas de plástico iban aflojándose quedaban al descubierto las señales terribles de sus mordiscos. Úlceras, moraduras y sangre seca orlaban ahora las muñecas y tobillos de Palafolls. Los miembros libres quedaron agarrotados y rígidos. Nadie parecía capaz de articular ni una frase coherente. Me acuclillé junto al chico, le puse la mano en la cara y dije:

—No te preocupes, Miguel, ya estamos aquí, ya no hay peligro. Ivanov está muerto.

Aflojó la tensión y cerró los ojos, sin poder hablar aún. Entonces el subinspector empezó a moverse dando paseítos nerviosos y, de pronto, con una curiosa mezcla de rabia y dolor gritó:

—¡¿Y esa puta ambulancia, es que no va a llegar?! ¡Y ustedes! —añadió dirigiéndose a los hombres—. ¿Se puede saber qué coño hacen ahí? ¡Registren cada centímetro de este antro!

Los tres minutos que tardó en llegar la ambulancia los empleé mirando a Palafolls. Dormía. Parecía mayor, como si el sufrimiento lo hubiera hecho envejecer. Cuando se lo llevaron pensé que me despertaría muchas noches sobresaltada, intentando conjurar los diablos de aquella visión sobrecogedora.

No hubo dificultad ninguna para determinar por dónde había entrado Ivanov en el almacén. El patio interior tenía un acceso asequible desde el callejón trasero. Todo había consistido en forzar una vieja ventana y mantener amordazado al cautivo cuando estaba solo para no alertar a los vecinos. Dedujimos que casi no le había dado de comer. Sólo unos restos de pan y té se veían desperdigados en un rincón.

Precintamos el local y quedaron dos guardias de vigilancia. Salimos al aire y respiré con intensidad.

—¿Se va a descansar, inspectora?

Lo miré casi sin verlo.

—No —dije—. Voy a emborracharme.

—¿A su casa?

—A un bar.

—Entonces la acompaño.

—Le advierto que no tengo ganas de hablar.

—Yo tampoco.

Fuimos a un bar. Nos sentamos a la barra. Bebimos tres whiskis seguidos sin intercambiar una sola palabra. Al final del tercero me volví hacia Garzón y afirmé:

—No quiero volver a aparecer en televisión nunca más.

—Bien —dijo él.

—Ni tampoco que me pongan escoltas en mi casa.

—Bien —repitió.

—Y sobre todo, ¿sabe lo que no quiero nunca, nunca en la vida?

—¿Qué?

—Ser policía.

—Inspectora, ¿cree que ya se ha emborrachado lo suficiente?

—Sí.

—Pues entonces, vámonos.

Miré un momento al techo, y le obedecí.

Coronas estaba contento. Podía considerarse que el caso se había resuelto bien: Palafolls había sido rescatado y la prensa estuvo lejos durante todo el proceso. Nada pudimos hacer, sin embargo, contra los asesinos de Ivanov. Cazar a Esvrilenko o hincar el diente en su organización mafiosa estaba por encima de nuestras posibilidades. Lo único que podíamos hacer era vigilar bien al nuevo hombre de Esvrilenko que fuera enviado a la costa para controlar las obras de la urbanización. Aunque suponíamos que, esta vez, se encargaría de buscar a alguien que le creara menos conflictos.

Lo único que mantenía un poco en vilo al comisario era saber a quién correspondían los penes no identificados que Montalbán conservaba en el Anatómico. Tampoco habíamos determinado cuántos seguidores de Ivanov en la facultad de Medicina habían sido castrados en total. «Si ellos mismos no lo denuncian, no hay nada que hacer», dijo el juez que instruía el caso.

—Es algo terrible, ¿verdad? —se lamentaba Coronas, quizá fuera de plazo—. ¡Todos esos chicos privados de su masculinidad para toda la vida!

—¡Y con el cerebro programado, que también es importante! —agregué con malicia.

—Quizá si esos chicos que han pertenecido a la secta afloraran, aún sería posible hacer algo a ese respecto —dijo Garzón.

—Eso excede nuestra misión —comentó el comisario—, pero si lo que les apetece son situaciones difíciles, yo voy a brindarles una.

Miré a Garzón jurando asesinarlo cuando tuviera tiempo.

—Quiero que uno de los dos vaya a hablar con Miguel Palafolls.

—Fuimos a verle ayer al hospital.

—He dicho a hablar.

—¿Ocurre algo, comisario?

—No para de preguntar por Julieta..., y yo..., la verdad, no me he atrevido a contarle nada. Le he dicho que se encontraba bien, algo nerviosa, que iría dentro de un par de días, pero está desesperado. No logra entender por qué no ha aparecido aún por allí.

—Con razón —musitó el subinspector, y me miró con algo cercano al reproche.

Comprendí que la vieja y apreciada imagen de la mujer traidora acababa de colarse en la habitación. Me adelanté a cualquier comentario que cargara la culpa compartida sobre mí.

—Yo jamás hubiera hecho una cosa así —dije—. Aunque también soy una mujer.

Coronas se volvió de súbito hacia Garzón y exclamó con mucho aspaviento:

—¿He dicho yo algo sobre las mujeres, subinspector? ¿Acaso me ha oído usted?

Garzón se escandalizó todavía más.

—¿Y yo, comisario, por un casual me ha oído usted a mí?

Me largué haciendo un amplio ademán de despedida.

—De acuerdo —dijo—, pues yo me voy por si les apetece oírse decir lo que sea.

Me negué a ser quien relatara a Palafolls las desgraciadas circunstancias de Julieta. Entre otras cosas porque carecía de argumentos para hacerlo. No podía imaginar cómo aquella chica había llegado hasta el punto de fingir un enamoramiento a instancias de su amo espiritual. Pensé que cualquiera se las apañaría mejor que yo, cargando las tintas, renegando contra ella, explicando con lugares comunes lo que en realidad no tenía explicación. Más tarde me enteré de que el portador de las siniestras noticias había sido su compañero Marqués, y no me pareció mal, la amistad siempre ha sido un buen sustitutivo del amor.

Cuando el fragor que sigue a todo caso se había disipado un poco, crucé con Garzón hasta La Jarra de Oro para tomar una cerveza después del trabajo.

—Lo que más me jode de que esa chica esté en chirona es que me he quedado sin asistenta —solté.

—Usted siempre tan prosaica.

—¡Vaya por Dios! ¿Tiene una tarde crítica?

—No más de lo habitual.

Me fijé en que el camarero le había traído un pequeño vasito helado.

—¿Qué demonio ha pedido?

—¡Vodka! —respondió tan contento, echándose el licor al cuerpo.

—¡No me lo puedo creer!

Me miró, feliz de haberme sorprendido.

—Y menos se lo creerá si le digo que esta mañana me ha llamado Silaiev.

—¿A usted?

—¡Pues claro, somos amigos!

—¿Y han conseguido entenderse?

—¡Desde luego que sí! Nos hemos reído un rato; primero yo, luego él. Supongo que nos acordábamos de las mismas cosas. Después hemos cantado un trocito de *Kalinka*.

—Una comunicación apasionante. ¿Le ha dicho si los hombres de Esvrilenko volvieron a Moscú?

—¡Ah, no, para tantas precisiones tendrá que telefonear a Rekov! —respondió sonriendo con picardía.

—Lo haré cuando tenga un rato —dije aparentando una expresión distraída.

—Ha sido un caso complicado, ¿verdad, inspectora? —comentó paladeando su segundo vodka.

—Dudo que volvamos a encontrarnos con algo igual. Para mí ha sido como una pesadilla.

—No vuelva a pensar en ello o se deprimirá. ¿Quiere que le cante una cancioncilla sobre pollas que le levante el ánimo?

—¡No, gracias, Fermín! Ya he podido comprobar junto a usted la cantidad de posibilidades canoras que tiene el tema.

—Pues al menos un versito. ¿Conoce aquel que reza: «Una dama en una loma se pregunta con ardor...»

Lo interrumpí entre risas.

—¡Cállese, por favor! ¿No ha probado a ser formal al menos una vez en su vida?

—Aún no ha llegado el momento —dijo tan fresco, y pidió una nueva copa al camarero.

EPÍLOGO

El «día después» de cualquier caso suele devolver todo a la cotidianidad. No se trata de un tránsito que yo aguante bien. Es como si, tras haber tenido todos tus sentidos embebidos en un tema, de pronto te lo arrebataran dejándote vacía e inservible. La actividad prescriptiva consiste en redactar un informe que haga comprensible todo lo que acaba de suceder. En el caso de los penes cortados la tarea se presentaba atípica y complicada. En realidad, no sabía cómo darle forma coherente ni de qué manera encerrar acontecimientos tan poco corrientes dentro de los estrechos márgenes del lenguaje policial.

La actividad de Garzón se centraba en recopilar informes de todos los participantes en el caso: datos forenses, huellas, registros, transcripciones de cintas..., y dejarlos sobre mi mesa. A medida que lo hacía, iba dándome cuenta de hasta qué punto aquel caso había sido duro de pelar. En una de sus entradas y salidas le espeté:

—No me traiga más papeles, Fermín. A partir de este momento todos los papelotes que lleguen a sus manos, hágalos desaparecer. A lo mejor así consigo acabar un buen día.

Soltó una carcajada irónica y continuó su quehacer. Acabar un caso lo ponía de buen humor. Nunca las experiencias de dos tipos, aunque sean las mismas, causan idénticas sensaciones, pensé, y seguí escribiendo después de tanta profundidad.

«Ramón Torres, horrorizado tras comprobar que su amigo Esteban Riqué había resultado muerto por una alergia durante la operación de castración (informe forense 125) decidió quitarse la vida. A este efecto acudió a la casa de recreo que la familia posee en Cambrils (Tarragona), y procedió a suicidarse por el procedimiento de la propia emasculación y consecuente desangramiento (informe forense 126)...»

Recordé el momento del hallazgo del cadáver, mi mano tanteando entre la densidad del agua ensangrentada... Me estremecí. En ese momento Garzón entraba de nuevo cargando cosas en las manos. Me aferré a la posibilidad de bromear con él, olvidando las siniestras imágenes.

—¿No le dije que no me trajera más incordios? —Pero enseguida me di cuenta de que venía trasmutado y serio. Me asusté un poco—. ¿Qué pasa, subinspector?

Lo que llevaba en la mano era un paquete. Me lo acercó. Cualquier atisbo de sonrisa se borró de mi rostro. Era un paquete muy parecido a los de la macabra serie. Venía a mi nombre y sin remitente. Miré a mi compañero:

—¿Y esto?

Agitó la cabeza, vencida hacia adelante:

—No sé, Petra, no sé.

—¡Pero si no puede ser! ¿Qué hacemos?

—¡Pues abrirlo! ¡A ver qué otra cosa podemos hacer!

Mientras mis dedos deshacían los nudos del embalaje con repugnancia, tenía la sensación de estar muy lejos de allí. Pero debía enfrentarme a la realidad, y la realidad era que en el interior de los papeles volví a encontrar algo que ya conocía perfectamente: un pene cortado nadando en una bolsita de formol. El subinspector lanzó una maldición terrible, cogió un pisapapeles y lo estampó contra el suelo. Entonces me di cuenta de que, bajo la cajita, sobresalía la punta de un papel doblado. Lo leí, sonreí, miré a Garzón y le dije:

—No se preocupe, solamente se trata de un delicado presente para mí.

Garzón no entendía ni una palabra. Leí el papel en voz alta.

—«Querida Petra, ya que nadie reclama los restos de Ivanov, y no consta en ninguna parte que este miembro peregrino ande libre por ahí, he pensado que quizá le apetezca conservarlo como recuerdo. Un abrazo y perdone la broma.» Firmado: Joaquín Montalbán.

Me eché a reír de buena gana. Mi compañero rezongó:

—Pues no le veo la gracia.

—No me extraña, hay que reconocerle a este médico un particular sentido del humor.

—¿Y ahora qué va a hacer con esa porquería, ponerlo sobre la tele?

—Lo exhibiré como trofeo de caza en la pared. Cada cual que saque sus conclusiones.

Evidentemente, tampoco apreciaba mi sentido de lo cómico.

—Oiga, Petra...

—No se enfade, Fermín. Le invito ahora mismo a un café en La Jarra de Oro.

—¿Va a dejar esa cosa en su despacho? Si alguien lo encuentra usted se la puede cargar.

—Tiene razón, lo llevaré en el bolso.

—¡Ah, no, me parece de muy mal gusto!

—¡No tengo más remedio que hacerlo así! —dije riendo.

Se quedó mirándome con sorna.

—Se lo pasa usted bomba ¿verdad?

—¡Vamos, Garzón, relájese! Una polla tampoco es algo tan sagrado.

La sonrisa empezaba a escapársele, aun a su pesar.

—De acuerdo, vámonos. Pero ya que ha desdramatizado el tema, supongo que no le importará que le recite otros versitos sobre pollas.

Y lo hizo, ¡vaya que sí!, durante toda la hora del desayuno. Su repertorio no parecía tener un final. Estaba claro que muchos hombres habían dedicado tiempo e inspiración a glosar el miembro viril. ¡Bueno, después de todo aún les habían quedado ratos libres para escalar el Everest! No dejaba de ser una distracción inofensiva.

ALICIA GIMÉNEZ BARTLETT
Barcelona, 28-X-98

AGRADECIMIENTOS

A la doctora Itzíar Idiaquez, forense del Juzgado n.° 11 de Barcelona, que me informó sobre los variados y complicados problemas médicos que llevó aparejados la redacción de la presente novela, sin impacientarse ni horrorizarse un segundo.

A Mari Luz Sanz y Joaquín Pastor, farmacéuticos y analistas, que me asesoraron en las cuestiones químicas que aparecen en el libro, y que estaban siempre dispuestos a atenderme en mis numerosas llamadas telefónicas.

Al periodista y escritor Pepe Rodríguez, conocedor de la verdadera y falsa espiritualidad del hombre, por sus abundantes libros de información impagable que no sólo yo sino toda la sociedad debería agradecer.

Al escritor y crítico Alberto Hernando, que dio con una de las principales claves argumentales de *Mensajeros de la oscuridad* y me puso en la pista de una bibliografía que se reveló imprescindible.

A Pilar Fraguas, de la librería Síntesis de temas espirituales, psicológicos y esotéricos, que encontró para mí libros inencontrables sin los que no hubiera podido trabajar.

A Conchita Martínez y José Ramón Ollés, que con su profundo conocimiento de la Biblia me ayudaron a escoger los fragmentos ideales para mi trama novelesca.

A todos ellos, mi público reconocimiento.

Nota: Todos los temas desarrollados en esta novela proceden, por inverosímil que parezca, de la más absoluta realidad. La vida siempre supera la ficción.

Otros títulos de Alicia Giménez Bartlett publicados en Booket:

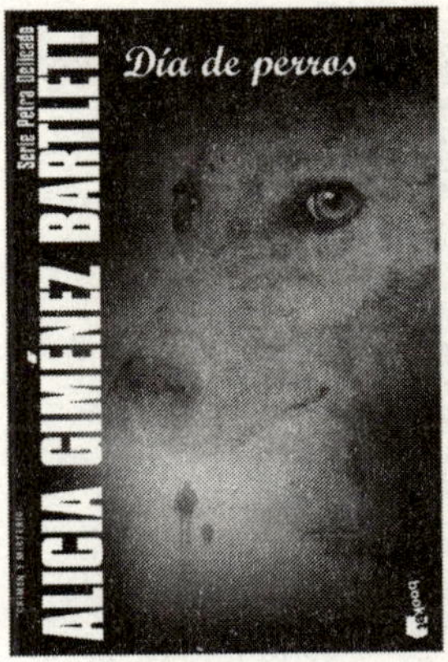

Día de perros

El silencio de los claustros